**HAYMON** verlag

Johannes Gelich

# Wir sind die Lebenden

*Roman*

Ereignisse und Figuren sind frei erfunden.
Wer sich wiedererkennt, ist selber schuld.

Gedruckt mit freundlicher Unterstützung durch
die Kulturabteilungen der Stadt Wien, der Stadt Salzburg
sowie des Landes Salzburg.

Der Autor bedankt sich bei der Literar-Mechana für das
Aufenthaltsstipendium in der Villa Bielka und beim bm:ukk
für das österreichische Projektstipendium 2011.

Auflage:
4    3    2    1
2016  2015  2014  2013

© 2013
**HAYMON** verlag
Innsbruck-Wien
www.haymonverlag.at

ISBN 978-3-7099-7030-0

Umschlag- und Buchgestaltung, Satz:
hœretzeder grafische gestaltung, Scheffau/Tirol
Coverfoto: photocase.com / froodmat

Gedruckt auf umweltfreundlichem,
chlor- und säurefrei gebleichtem Papier.

*There was a time, when you could dream,*
*now it has become a crime to dream.*
Alan Vega

*I always had a secret feeling that*
*I am really a fake of something.*
Marilyn Monroe

*Für Linda*

Der glasig blaue Rauch schwebte in meinem Kabinett wie ein dicker Buddha-Geist, der einem Flaschenhals entstiegen war. Ich blickte den Rauchschwaden hinterher und hörte im Hof den Formel-1-Motor eines Videospiels aufheulen. Ein Kind schrie, die Stimmen anderer Kinder kreischten dazu, und vom nahen Bahnhof ertönte der Pfiff eines abfahrenden Zuges. Ich malte mir die Stimmung im Inneren der Abteile aus, in denen sich die Passagiere für die lange Fahrt nach Paris oder Bukarest einrichteten. Mir war mein Krankenlager schon so vertraut, als hätte ich nie anders gelebt, bis mich die Geräusche Amalias in der Küche daran erinnerten, dass nichts mehr so war wie früher.

Nach meinem Unfall hatte mir meine Schwester angeboten, bei ihr zu wohnen, aber ich lehnte ab, da sie nicht gezögert hätte, ihre Macht über mich auszuspielen. So kam mir Amalia ins Haus, die es aus dem moldauischen Kuhdorf Piatra Neamț nach Wien verschlagen hatte. Ich bewohnte seit vorigem Jahr eine ebenerdige Portierwohnung, in die ich vom zweiten Stock hinuntersiedeln hatte müssen, weil die Eigentümerin die obere Wohnung angeblich für eine Wohnungszusammenlegung benötigte. Ich hatte den Eindruck gewonnen, dass sie mich gerne aus dem Haus gehabt hätte, aber sie hatte die Rechnung ohne mich gemacht. Ich dachte nicht daran auszuziehen, da ich Umzüge verabscheute wie nichts sonst auf der Welt. Die Wohnung im Parterre bestand aus zwei kleinen Kabinetten und einem Vorraum, der zugleich als Bad und Küche diente. Nach meiner Entlassung aus dem Krankenhaus überließ ich das größere Kabinett meiner Heimhilfe Amalia und zog mich in das kleinere zurück, in dem ein altes, zerschlissenes Kanapee stand, auf dem ich die Tage liegend und rauchend verbrachte. Das Kanapee füllte das Kabinett der Breite nach aus, daneben befand sich die

Kommode, deren Läden offen standen und aus denen alte, muffige Kleidungsstücke heraushingen. Die Oberfläche der Kommode war, wie die gesamte Wohnung, mit einer dicken Staubschicht bedeckt, auf der man mit dem Zeigefinger hätte schreiben können. Überhaupt legte ich keinen besonderen Wert mehr auf Ordnung. Ordnung wozu und für wen? Am Boden des Kabinetts lagen Scherben von Tassen und Gläsern, die unter den Schuhsohlen knirschten, was Amalia schier in den Wahnsinn trieb. Mich störte die Unordnung nicht, und wenn mich meine Schwester besuchte und sich darüber empörte, gratulierte ich mir insgeheim zu meiner Verwahrlosung. Als ich Judith von der bevorstehenden Übersiedlung erzählt hatte, mokierte sie sich über die Vorgehensweise der Wohnungsbesitzerin, aber ich erklärte ihr, dass ich darüber gar nicht so unglücklich sei. Die kleinere Portierwohnung sei billiger und ich würde für mich allein nicht wirklich mehr Platz benötigen. Hauptsache ich müsse nicht aus dem Haus, Hauptsache ich bräuchte keinen Möbelwagen. Sie betrat die dunkle Portierwohnung mit dem allergrößten Widerwillen und rief entrüstet aus, die Wohnung sei doch nicht standesgemäß. Sie verwendete tatsächlich das Wort standesgemäß und auch das Wort Prestige. Sie behauptete, die Portierwohnung entspreche doch nicht dem Prestige unserer Familie.

Zu den enervierenden Besuchen meiner Bekannten kamen die viel schlimmeren Nachrichten aus dem Radio. Ob ich wollte oder nicht, hörte ich jeden Tag das Mittagsjournal und war den Berichten aus Fukushima hilflos ausgeliefert. Ich sah mich noch immer auf meinem Sofa liegen, wenn alle längst in ihre Luftschutzbunker und Keller geflüchtet waren, nachdem die radioaktive Wolke unser Land erreicht hatte.

Wir hielten bei Tag dreizehn nach dem Erdbeben, ein vierundsechzigjähriger Gemüsebauer in der Stadt Sukagawa, Präfektur Fukushima, hatte sich am Vortag das Leben genommen, da er zu der Überzeugung gekommen war, dass sein Gemüse wegen radioaktiver Kontamination unverkäuflich sei. Zu meiner Bewegungsunfähigkeit kam erschwerend hinzu, dass meine Wohnungstür ihren Namen gar nicht verdiente, denn sie war eigentlich ein klappriger Fensterladen, der im Wind auf und zu schlug. Jedes Kind konnte sie mit der Hand aufstoßen, und dieser Umstand verstärkte nicht gerade mein Sicherheitsgefühl.

Nach unseren anfänglichen Zänkereien hatte sich das Verhältnis zwischen Amalia und mir so weit eingependelt, dass wir miteinander auskamen, von einem normalen Umgang waren wir jedoch meilenweit entfernt. Einerseits bemutterte sie mich und ließ sich zu peinlichen familiären Zärtlichkeiten hinreißen, andererseits wies sie mich permanent wegen meiner Unordentlichkeit zurecht. Sie hielt mich wohl für einen idiotischen Hippie, der aus reiner Bequemlichkeit oder Faulheit alles vergammeln ließ. Es war ihr einfach nicht beizubringen, dass ich keine Lust mehr hatte, die äußere Welt mit meinem menschlichen Ordnungssystem zu domestizieren. Deshalb weigerte ich mich, abzustauben oder zerbrochene Dinge aufzuheben, wenn es nicht unbedingt sein musste. Schon am ersten Tag ihres Dienstantritts nahm sie Schaufel und Besen zur Hand, um die Scherben aufzukehren, woraufhin ich ihr mit dem Hinauswurf drohte, wenn sie meine Sachen nicht in Ruhe lassen würde.

Ich schreckte von Amalias Schritten und dem Klimpern ihrer Schlüssel vor der Wohnungstür hoch. Hastig griff ich mir ein Buch aus der kleinen Bibliothek, die ich auf dem schmalen Brett der Fensternische über dem Kanapee aufgestellt hatte, da ich nicht den Eindruck erwecken wollte, nichts zu tun. Amalia legte jede meiner Schwächen gegen mich aus und tat so, als hätte ich kein Anrecht, meine

Tage liegend auf dem Kanapee zu verbringen. Sie warf die Tür polternd hinter sich zu und räumte die Lebensmittel lautstark in den Kühlschrank, wobei sie vor sich hin murmelte, was wie ein Knurren klang. Ich hörte sie in Richtung Kabinett schlurfen und wusste, dass sie in wenigen Augenblicken a) vor mir stehen und b) zu meckern beginnen würde, weil ich noch immer auf dem Kanapee herumlag. Sie riss die Tür auf und schlug die Hände über dem Kopf zusammen.

„Kommen Sie mir nicht zu nahe", rief ich zur Begrüßung, „Sie kommen aus der Kälte!"

Sie fragte, warum ich noch nicht aufgestanden sei, worauf ich ihr zur Antwort gab, ich würde im Liegen arbeiten. Dieses Geplänkel war unsere tägliche Begrüßungsschallplatte, und in der Zwischenzeit hatte ich mich damit abgefunden, dass die Platte abgespielt werden musste. Sie stand breitbeinig in ihrem rosa geblümten Haushaltskleid, über das eine durchsichtige Plastikschürze fiel, vor mir. In ihren Händen hielt sie einen Haufen Prospekte und Briefe, die sie angewidert auf meinen Bauch fallen ließ. Sie dachte offensichtlich, dass ich schon gesund genug sei, mich mit den Gemeinheiten der Geschäftswelt abzugeben. Ich bat sie, die wichtigen Briefe auszusortieren, was sie mit dem allergrößten Widerwillen tat. Amalia schien es zu gefallen, mir meine Wünsche erst nach einer anfänglichen Geziertheit zu erfüllen. Ich akzeptierte diesen mütterlichen Impuls und spielte das Spiel mit, schließlich hatte ich von ihr noch immer das bekommen, was ich gewollt hatte. Nach der Begrüßung ging unser Ritual weiter, und wir stritten uns über den Schmutz. Sie beschwerte sich über den Staub in der ganzen Wohnung und versuchte, mir endlich die Erlaubnis zum Abstauben und Aufwischen abzuringen. Ich untersagte ihr zum wiederholten Mal jegliches Putzen und erinnerte sie daran, dass ich gegen die

Hausstaubmilbe allergisch sei. Ich erklärte ihr, dass beim Staubwischen so viel Staub aufgewirbelt würde, dass ich tagelang vor Asthma keine Luft bekäme.

„Putzen Sie doch, wenn ich nicht zuhause bin!"

„Wie ich soll putzen", rief sie grimmig aus, „wenn Sie sind immer da, immer Sie liegen in Bett, immer Sie sind zuhause! Sie nicht gehen im Kino, im Theater, wie ich soll da putzen?"

Ich versicherte ihr, dass ich schon wieder ausgehen würde, sobald es mein Bein erlaubte, aber sie ließ das kaputte Bein nicht als Ausrede gelten. Ich hätte doch zwei starke Hände und einen Rollstuhl, mit dem ich ins Kino fahren oder Freunde besuchen könne. Ich versuchte sie abzuwimmeln und schützte wichtige Arbeiten vor, um diese unsägliche Diskussion, die wir jeden Vormittag führten, abzubrechen.

„Ich Sie nicht verstehen", ließ sie nicht locker, „warum Sie nicht können haben Gips wie andere auch. Warum Sie nicht können leben wie andere auch?"

„Wie die anderen? Ich glaube, ich hör wohl nicht richtig?" Ich schrie sie an, sie solle mir auf der Stelle aus den Augen gehen. „Ich will Sie nicht mehr sehen!" Sie verzog sich mit einem Poltern in ihr Kabinett, aber ich konnte mich nicht beruhigen und rief noch einmal nach ihr. Nachdem sie auch nicht auf mein zweites Rufen gekommen war, hupte ich mit meiner alten Ballhupe nach ihr. Schließlich trottete sie verschämt zurück in mein Kabinett. Ich bat sie mit einer einladenden Geste, im Rollstuhl vor dem Kanapee Platz zu nehmen, aber sie zog es vor, in der Tür stehen zu bleiben. Ich wiederholte meine Bitte, woraufhin sie ein paar Schritte in meine Richtung kam und sich an der Kommode anlehnte. Ich fragte sie, ob ihr klar sei, dass sie mich sehr verletzt habe. Sie blickte mich desinteressiert an, sodass ich stärkere Geschütze auffahren musste.

„Sie haben mich sehr gekränkt", wiederholte ich, „ich bin sehr enttäuscht von Ihnen." Allmählich drangen meine Vorwürfe zu ihr vor, und sie fragte, was sie denn Schlimmes gesagt habe, dass ich mich so gekränkt fühlte.

„Wie kommen Sie dazu, mich mit den anderen zu vergleichen?", fragte ich angriffslustig. „Wissen Sie, wer so ein anderer ist, wissen Sie, wie er lebt? So ein anderer, wie Sie meinen, steht um acht Uhr auf und lässt sich von seiner Frau die Marmelade und den Kaffee auf den Küchentisch stellen, nachdem sie ihm die frische Unterhose und den aufgebügelten Anzug in das Ankleidezimmer gelegt hat. Dann fährt dieser andere mit seinem BMW, den er über die Firma abschreibt, aus der Garage, wobei er glücklich ist, dass die Fernsteuerung des Garagentors wieder funktioniert und er beim Hinausfahren nicht mehr aussteigen muss. Dieser andere kommt um neun Uhr in sein Büro und lässt sich von seiner Sekretärin die Termine durchgeben. Dann liest er die Zeitung und beantwortet zwei, drei dringende Fragen seiner Angestellten. Anschließend geht er Mittagessen, und am Nachmittag hat er einen Termin mit einem Klienten. Er verlässt das Büro ausnahmsweise früher und fährt zu seiner Geliebten auf ein Schäferstündchen. Dann kommt er am Abend nach Hause, gibt seiner Frau einen Kuss auf die Wange und setzt sich vor den Fernseher, wo sie ihm ein Bier auf den Couchtisch stellt. Am Wochenende geht er Tennis spielen oder fischen oder bergsteigen und macht mit seinen Freunden Witze über die Ehefrauen. Wenn sein Sohn in der Nacht betrunken nach Hause kommt, gibt er ihm am Sonntag Hausarrest, aber am Mittwochabend hat er ihm wieder verziehen, denn da gibt es ein Fußballspiel, das sie immer zusammen ansehen. Das ist ein anderer, Frau Amalia, wollten Sie mich etwa mit so jemandem vergleichen?"

Amalia blickte mich finster an, trat von einem Fuß auf den anderen und schwieg.

„Oder noch ein anderer", fuhr ich fort, „arbeitet Tag und Nacht und erniedrigt sich und biedert sich überall an, damit er in einer Bank oder in einer Versicherung die Karriereleiter hochsteigt. Bin ich vielleicht so ein anderer?"

Meine Belehrung zeigte Wirkung, denn die Maske Amalias bekam Risse. Ihre Stirn legte sich in tiefe Falten und ihr dämmerte langsam, dass sie den Bogen überspannt haben könnte.

„Nein", schüttelte sie den Kopf, „sind Sie ganz ein anderer, sind Sie etwas Besonderes. Wollte ich nur sagen –"

„Nichts wollten Sie sagen", fuhr ich ihr in die Parade, „gar nichts, ich bin nämlich kein anderer! Renne ich etwa den ganzen Tag herum? Arbeite ich vielleicht? Esse ich vielleicht wenig? Sehe ich denn mager und elend aus? Mangelt es mir an etwas? Bin ich ein schlechter Mensch, habe ich ein Verbrechen verübt? Habe ich einen Menschen missbraucht?"

Ich beobachtete ihr Mienenspiel. Ihre Gesichtsmuskeln zuckten, die Lippen zitterten, sie blinzelte und schien den Tränen nahe. Ich setzte nach und fragte sie, wie sie nur dazu gekommen sei, mich derartig zu beleidigen.

„Verzeihen Sie mir", sagte sie in einem flehenden Tonfall, „haben ich nur so geredet, bin ich eine dumme Frau und rede nur so, bitte verzeihen Sie, habe ich nur so gesagt."

So leicht wollte ich sie nicht davonkommen lassen und fragte sie gereizt, ob sie mich jemals wieder mit den anderen vergleichen werde. Sie schüttelte heftig den Kopf und versprach, es nie wieder zu tun. Davon unberührt setzte ich zu meinem finalen Vernichtungsschlag an: „Ich zerbreche mir täglich den Kopf, wie es mit meinem Zinshaus weitergeht, ich mache mir Sorgen über den Zustand der Erde, der Weltschmerz plagt mich, ich helfe meinen Freunden, wann immer ich kann. Habe ich Sie etwa schlecht behandelt, habe ich Ihnen zu wenig Geld gegeben, bezahle ich Sie etwa schlecht? Ich kann oft nächtelang nicht schlafen, ich werfe mich von einer Seite auf die andere, mir raucht der Kopf, während ich versuche, das Leben zu verstehen und ihm einen Sinn zu geben. Ich zermartere mir den Schädel, was ich besser machen könnte, was wir alle besser machen könnten, wie wir Menschen glücklicher leben könnten, und Sie vergleichen mich mit den anderen?"

Amalia konnte sich nicht mehr beherrschen und schluchzte laut auf. Ich war von der Wirkung meiner Worte beeindruckt.

„Bitte verzeihen Sie", krächzte sie weinerlich, „ich sie nie wieder vergleichen mit die anderen."

„Schon gut, Amalia", antwortete ich, „jetzt sind wir wieder gut miteinander! Aber was ist Ihnen da nur über die Lippen gekommen?" Ich bat sie, mir noch eine Tasse Jasmintee zu bringen, ehe sie sich in ihr Kabinett verabschiedete. Man musste ihr immer wieder demonstrieren, wer der Herr im Haus war.

Sie zog sich schnell in die Küche zurück, worauf ich mich erschöpft auf das Kanapee fallen ließ und die Augen schloss. Abgesehen von all diesen nichtigen Streitereien weiß ohnehin niemand mehr, wie man leben soll, dachte ich, obwohl ich mir nicht sicher war, ob der Mensch überhaupt glücklicher wäre, wenn er so leben würde, wie er leben sollte. Das galt für mich genauso wie für die anderen!

Nachdem ich meine Atemübungen beendet hatte, überlegte ich, was ich zuerst lesen sollte: die Briefe oder das Comic-Heft? Ich konnte mich nicht entscheiden, und über meine Unschlüssigkeit verging noch einmal eine halbe Stunde, bis schließlich die Neugierde siegte. Ich wollte einen Blick auf die Absender der beiden Briefe werfen, doch ich fand sie nicht mehr. Ich tastete mit meinen Händen auf der Bettdecke herum, aber von den Briefen fehlte jegliche Spur.

Ich rief nach Amalia, aber nichts rührte sich. Ich schrie ihren Namen in Richtung ihres Kabinetts, schließlich drückte ich mehrmals die Ballhupe und vernahm wenig später ein Ächzen aus dem Nebenzimmer. Amalia hatte die schlechte Angewohnheit, niemals auf mein erstes Hupen zu kommen, sondern erst nach dem zweiten oder dritten Mal, wobei mich ihre Art hereinzuplatzen noch rasender machte: Bevor sie mein Zimmer betrat, kickte sie mit einer ihrer Fußspitzen, welche in schweren Holzpantoffeln steckten, derart an die Tür, dass ihr Eintreten von einem Knall begleitet war, bei dem ich jedes Mal zusammenzuckte. Sie polterte mit einem scheinheiligen Gesicht ins Kabinett, und ich erklärte ihr, dass ich die Briefe, die sie mir gegeben hatte, nicht mehr finden könne, woraufhin sie das Bett abzusuchen begann. Schließlich fuhr sie mit ihren kalten Händen unter die Decke und fingerte nach den Umschlägen.

„Sie kitzeln mich ja, Amalia, lassen Sie das!"

„Wie soll ich finden Briefe, wenn ich nicht kann suchen mit Hand?"

Sie zog die zerknitterten Briefe schlussendlich unter meinem Bein hervor und fächelte mit ihnen vor meinem Gesicht herum. Ich wartete darauf, dass sie endlich verschwinden würde, da legte sie sich unvermittelt auf mich und versuchte mit einer Hand den Griff des Fensters zu erreichen, das in der Nische über dem Kanapee eingelassen war. Ich wollte wissen, was sie vorhabe, worauf sie mir schnaufend erklärte, sie müsse lüften, in dieser schlechten Luft könne ja kein Mensch leben.

„Ich kann in dieser Luft sehr gut leben", fuhr ich sie an und befahl ihr, das Fenster unverzüglich wieder zu schließen. „Soll ich mir vielleicht den Tod holen? Außerdem wissen wir nicht, ob die Luft nicht radioaktiv verseucht ist." Ich spürte einen kalten Windzug im Nacken und versuchte das Fenster wieder zuzumachen, aber es gelang mir nicht. Ich schrie noch einmal nach Amalia, aber sie war schon zur Tür hinaus und hörte mich nicht mehr.

Meine Mutter hatte denselben Tick mit dem Lüften, kaum hatte sie das Haus betreten, riss sie auch schon die Fenster auf und flutete die Räume bei jedem Wetter mit Frischluft, ohne sich im Geringsten darum zu scheren, ob die anderen froren oder nicht. Ich war, da ich ein Nordzimmer hatte, immer etwas kälteempfindlich gewesen und drehte die Heizung stärker auf, als für die sonnigen Zimmer auf der Südseite des Hauses nötig war. Meine Mutter empfand die warme Luft wie einen Angriff auf ihre Person, als hätte ich aus Bosheit eingeheizt, ganz abgesehen davon, dass sie meinen Geruch nicht ertrug. Meine Schwester hat diesen Tick geerbt, dachte ich und wälzte mich auf die andere Seite, auch sie erträgt meinen Geruch nicht.

Nepomuk Lakoter
Pouthongasse 6/26
1150 Wien

Betreff: Beschwerdebrief vom 2. März 2011

Wien, 9. März 2011

*Sehr geehrter Herr Lakoter,*

*bezugnehmend auf Ihre Beschwerde über die Ihrer Meinung nach sich häufenden Warteschlangen in den Postfilialen dürfen wir Folgendes erwidern: In Ihrem mit dem Betreff „Warten auf Godot" versehenen Schreiben behaupten Sie, dass sich Ihnen aufgrund der immer länger werdenden Warteschlangen in den Postfilialen der Verdacht aufdränge, dass die Kunden der Post unfreiwillig Testpersonen einer staatlichen Versuchsanordnung seien, in deren Rahmen getestet würde, welche Zumutungen die Staatsbürger aushalten, ohne Amok zu laufen. Sie schreiben weiter, dass Sie bei Ihrem letzten Besuch einer Filiale im 15. Bezirk, bei dem sie über eine halbe Stunde auf die Aufgabe eines Briefes gewartet hätten, tatsächlich beinahe Amok gelaufen wären und sich die Wartezeit mit der Vorstellung verkürzt hätten, den Generaldirektor der Post zu kidnappen und ihm dabei erhebliche körperliche Schmerzen zuzufügen.*

*Ich darf Ihnen zunächst versichern, dass die Österreichische Post AG es außergewöhnlich bedauert, dass Ihnen durch das Warten auf die Abfertigung einer*

*Briefsendung ein derartiger Ärger erwachsen ist. Aufgrund der politischen Vorgabe, die Österreichische Post AG als vorwiegend privatisierte AG gewinnorientiert zu positionieren, ist unsere Direktion jedoch gezwungen, die Personalkosten so gering wie möglich zu halten, um die vorgegebenen wirtschaftlichen Ziele zu erreichen. Dass es dadurch bei außerordentlich großem Kundenandrang zu erhöhten Wartezeiten kommen kann, ist leider unvermeidlich und liegt nicht in der Absicht der Postdirektion. Dessen ungeachtet dürfen wir Sie jedoch darauf hinweisen, dass die Androhung von Gewalt gegenüber unseren Mitarbeitern für unser Unternehmen nicht akzeptabel ist und wir uns im Falle einer nochmaligen Gewaltandrohung Ihrerseits rechtliche Schritte gegen Sie vorbehalten.*

*Wir hoffen, Ihnen mit dieser Information gedient zu haben, und verbleiben in der Zwischenzeit mit freundlichen Grüßen*

*Mag. Christian Kühnert*
*Abteilungsleitung Reklamation*

Ich ließ den Brief zu Boden gleiten, schloss die Augen und verlagerte das Gewicht meines Gipsbeines auf dem Polster. Ich setzte meine Atemübungen fort und spürte, wie sich mein Körper entspannte und mein Bewusstsein allmählich den Kontakt mit der Außenwelt verlor. Ich versank in eine andere Welt und begann mit dem Rezitieren meines Mantra-Gesangs. Ommmmmmmmmmmmmmm. Aummmmmmmmmmmmmmmm. Ommmmmmmmmmmmm.

Ich erwachte vom Klappern der Teller und dem rhythmischen Hackgeräusch eines Messers auf dem Holzbrett. Ich richtete mich mühsam auf und schaltete den Radiorekorder, der am Fußende des Sofas stand, ein, um das Mittagsjournal zu hören. Eine Reporterin berichtete über das Unglück in Fukushima und erklärte mit einer betont sachlichen und um gute Laune bemühten Stimme, dass durch die Kühlversuche mit Meerwasser zu befürchten sei, dass das Salz die Brennstäbe verkrusten und so die Kühlung blockieren könne. Ich wusste nicht, wovor mich mehr ekelte: vor den schlechten Nachrichten aus Japan oder der unerträglich guten Laune der Radiosprecherin. Mir erschien der heitere Tonfall, den die Sprecher wahrscheinlich im ersten Semester ihrer Ausbildung eingetrichtert bekamen, wie eine Verhöhnung aller menschlichen Regungen in Anbetracht dieses Wahnsinns. Immer ging es im Radio oder Fernsehen darum, ein größtmögliches Ausmaß an guter Laune und Ferienstimmung zu verbreiten. Wie fröhliche, lustige Kinder sollten auch noch die übelsten Neuigkeiten über den Äther ins Zimmer hereinspringen, als wären sämtliche Hörer senile Pensionisten, die in einem Seniorenheim oder Sterbeheim vor sich hindämmerten. Ich hatte keine Lust aufzustehen und versuchte, das Radio mit meinem gesunden Fuß auszuschalten. Unglücklicherweise erreichte ich mit meiner großen Zehe nur den Lautstärkeregler, sodass die scheppernde Stimme der Sprecherin jetzt in voller Lautstärke durch das Zimmer schallte. Ich schrie nach Amalia, die gleich darauf panisch ins Zimmer stürzte. Ich flehte sie an, das Radio auszuschalten, worauf sie sich auf mich legte und an den Knöpfen herumdrehte. Sie stellte sich dabei so ungeschickt an, dass sie nur den Schalter erwischte, der von Kurz- auf Langwelle wechselte. Auf einmal ertönte die leise Stimme eines polnisch sprechenden Moderators, der eine von Störgeräuschen begleitete Polka folgte.

„Hören Sie", rief Amalia aus, „das ist polnische Mazurka, hören Sie, haben wir immer getanzt auf die Land." Sie begann ihre Hüften zu wiegen und machte vor meinem Kanapee eine Drehung um ihre eigene Achse. „Herrlich, ich immer tanze Polka, das ist ganze Geheimnis der Liebe!"

„Ja, ja, Amalia", stimmte ich zu, „wie schön Sie tanzen!" Ich beobachtete, wie sie ihren Kopf hin und her drehte und zu der Musik mitfederte. Plötzlich fiel mir ein, dass ich ihr aufgetragen hatte, mir Jodtabletten und ein Spezial-Textil-Klebeband zum Abdichten der Fenster zu besorgen. Ich fragte sie, ob sie meine Jodtabletten und das Klebeband gekauft habe, aber sie hörte mir gar nicht zu und tanzte unbeirrt weiter.

„Ob Sie meine Jodtabletten und das Klebeband besorgt haben?", schrie ich sie an. Sie drehte sich noch einmal um ihre eigene Achse, während sie ihre Ellbogen von ihrem Oberkörper abspreizte und auf und nieder wippte. Natürlich hatte sie auf die Tools vergessen.

Nachdem das Lied verklungen war, trollte sie sich knurrend in die Küche und ließ mich verstört auf dem Kanapee zurück. Der ganze Tag war ruiniert, weil sie nicht tat, was man ihr anschaffte. Ich verlagerte mein Gewicht, als ich einen Gegenstand unter meinem Hintern spürte. Ich zog ihn hervor, es war der zweite Brief. Der Tag war ohnehin verdorben, und ich öffnete widerwillig den Umschlag.

Nepomuk Lakoter
Pouthongasse 6/26
1150 Wien

1. März 2011

Verwahrlosung des Mietobjektes

*Sehr geehrter Herr Lakoter,*

*nachdem auch die letzten Briefe der Mieter von Top 4 (Nader) und Top 7 (Palffy) unbeantwortet geblieben sind, sehen wir uns aus aktuellem Anlass gezwungen, Ihnen einen Sammelbrief zu schreiben, da die Situation in der Wiener Straße mittlerweile untragbar geworden ist. Wir fordern Sie auf, folgende Mängel unverzüglich zu beheben, da wir uns widrigenfalls genötigt sehen, die Mieteinzahlungen einzustellen und einen Rechtsanwalt in der Angelegenheit beizuziehen:*

- *Die Eingangstür wurde noch immer nicht repariert beziehungsweise unten abgeschnitten, sodass das Haus Tag und Nacht frei zugänglich wäre, würden die Mieter die Türe nicht jeden Abend händisch in das Schloss hämmern, da sie völlig verzogen ist und nicht von alleine schließt.*
- *Die Gangbeleuchtung ist aufgrund eines elektrischen Defektes ausgefallen.*
- *Aufgrund eines Wasserschadens hat sich im Stiegenhaus des ersten Stocks ein riesiger Wasserfleck gebildet, der sich inzwischen auf die angrenzen-*

den Wohnungen Top 2 und 4 ausgebreitet hat.
Durch das Wasser hat sich an den Wänden bereits
Schimmel gebildet, welcher schon gesundheits-
schädliche Ausmaße (Asthma) erreicht hat.

- Aus uns unerfindlichen Gründen wird (möglicher-
weise aufgrund unbezahlter Rechnungen) das Altpapier nicht mehr abtransportiert, sodass sich im
Garten ein etwa zwei Meter hoher Papierberg
angesammelt hat.
- Immer wieder fallen morsche Zweige des Birn-
bzw. Kirschbaums auf die im Garten abgestellten
Autos, wodurch zahlreiche Lackschäden entstanden sind, welche wir künftig zu Lasten ihrer Versicherung geltend machen werden.
- Auch das Gartentor ist witterungsbedingt verzogen und das Schloss derart verrostet, dass es
nicht mehr versperrbar ist, weswegen es immer
wieder zu Diebstählen kommt, mitunter verwen-
den Obdachlose den Keller als Schlafplatz, was die
Wohnqualität äußerst beeinträchtigt.

Wir fordern Sie nachdrücklich auf, die angeführten
Mängel, welche ausschließlich im Verantwortungs-
bereich des Hausbesitzers liegen, umgehend zu beseitigen, da wir sonst juristische Hilfe in Anspruch nehmen werden, und setzen Ihnen für die Beseitigung der
Mängel die Frist eines Monats. Bei dieser Gelegenheit
dürfen wir auch unserem Unmut über die Mieter auf
Top 5 Ausdruck verleihen, welche in Ihrem Eigentum
einen dubiosen Massagesalon („Malibu") betreiben,
in dem täglich eine große Anzahl von ebenso dubiosen Männern ein- und ausgeht, was weitere Erklä-
rungen wohl unnötig macht. Wir fordern Sie aus-
drücklich auf, dieses Mietverhältnis zu überdenken.

*Mit vorzüglicher Hochachtung*
*Mieter Wiener Straße 3*
*(Muhm, Top 2)*
*(Böhm, Top 3)*
*(Nader, Top 4)*
*(Wintersteiger, Top 6)*
*(Palffy, Top 7)*
*(Kulterer, Top 8)*
*(Liechtenstern, Top 9)*

Ach, hätte ich den Brief doch nie geöffnet. Was sollte ich jetzt machen? Wir uns widrigenfalls genötigt sehen, die Mieteinzahlungen einzustellen ... das konnte doch nicht wahr sein. Das war doch nicht möglich. Ich hätte den Brief nicht öffnen dürfen, dachte ich, aber er war zum Glück nicht eingeschrieben verschickt worden ... Ich habe ihn gar nicht bekommen, die Post hat ihn verschlampt, das ist die Lösung ... Bei dieser Gelegenheit dürfen wir auch unserem Unmut über die Mieter auf Top 5 Ausdruck verleihen ... dubioser Massagesalon ... Malibu ... dubiose Männer ... Mietverhältnis überdenken ...

Ich schloss meine Augen und fühlte, wie ich langsam in einen angenehmen Dämmerzustand versank. Vielleicht sollte ich mir einen Hund zulegen, fragte ich mich schlaftrunken, einen Pudel vielleicht? Aber das war nicht minder trostlos. Die Menschen liebten die Tiere, weil sie den Menschen hassten, sie liebten die Tiere, weil sie sich in Wirklichkeit selber hassten.

Ich erwachte vom stürmischen Läuten meines Handys, während Amalia in der Küche mit den Tellern klapperte. Wer rief mich um diese Uhrzeit an? Das konnten nur schlechte Nachrichten sein, vielleicht war jemand krank oder die radioaktive Wolke flog bereits auf Westeuropa zu?

Ich drückte mehrmals die Ballhupe und rief nach Amalia, aber sie machte keine Anstalten, hereinzukommen. Der Handyklingelton Hawaii-Party erklang noch einige Takte, dann verstummte er. Eine Minute später hörte ich den scharfen Piepton, der, wie ich mittlerweile wusste, eine Nachricht auf der Sprachbox ankündigte. Ich drückte aufgeregt die Ballhupe und schrie nach Amalia, die kurz darauf mit nassen Gummihandschuhen ins Kabinett trottete. Ich bat sie, mir das Handy zu bringen. Als sie bereits im Begriff war, das Gerät mit ihren nassen Handschuhen anzugreifen, ermahnte ich sie, diese gefälligst auszuziehen und dann zurückzukommen.

Während ich sie in der Küche hantieren hörte, überlegte ich, wer mich angerufen haben könnte, das heißt, eigentlich wusste ich, wer mich angerufen hatte, aber ich wollte es nicht wahrhaben. Es konnte nur meine Schwester gewesen sein, denn sie hatte mir erst vor wenigen Tagen ihr altes Handy vorbeigebracht, niemand sonst wusste, dass ich mittlerweile auch ein Handy hatte. Amalia kam mit trockenen Händen zurück und wollte mir das Telefon überreichen, aber ich winkte ab. Ich bat sie, die Nachricht abzuhören, weil ich mich ohnehin verdrücken würde. In Wirklichkeit verspürte ich eine tiefe Abneigung gegen das Handy, das ich wie den verlängerten Arm meiner Schwester empfand. Amalia tippte hilflos auf den Tasten herum, auf einmal hörte ich meinen eigenen Klingelton. Sie vertippte sich so lange, bis sie beim Sudoku landete, schließlich wurde es mir zu bunt und ich riss ihr das Handy aus der Hand. Sie fragte mich trotzig, warum ich es nicht von

Anfang an selber bedient hätte, worauf ich ihr erklärte, dass ich keine Lust hätte, Bill Gates oder Steve Jobs zu jedem Zeitpunkt Informationen darüber zu liefern, wo ich mich gerade aufhalten oder wen ich anrufen, ganz zu schweigen davon, welchen Pizza-Service ich frequentieren oder welche Websites ich besuchen würde.

„Mucki", schepperte es aus dem Lautsprecher, „wenn du die Nachricht hörst, ruf mich bitte zurück, nein, du brauchst mich nicht anzurufen, ich bin in einer halben Stunde bei dir, ich habe dir ein paar Sachen gekauft, Bussi, Judith." Da war also die Nachricht, die ich bereits befürchtet hatte.

„Haben Sie gehört?", fuhr ich Amalia an, „meine Schwester ist im Anmarsch, wir müssen sofort etwas unternehmen." Sie wollte wissen, was sie tun solle. Ja, was?

Ich ließ mich erschöpft auf meinen Polster fallen, während sich Amalia zurück in die Küche trollte. Sie wird mich nach meinen Mietern fragen, sagte ich mir, sie wird wissen wollen, was ich in der Angelegenheit unternommen habe. Ich drückte die Ballhupe und rief nach Amalia, die sich bereits mit einem Besen bewaffnet hatte. Ich erklärte ihr, dass wir uns schleunigst an die Arbeit machen müssten, bevor meine Schwester auftauchen würde.

„Helfen Sie mir auf, nein, warten Sie, suchen Sie zuerst Papier und einen Kugelschreiber, irgendwo müssen ein Kugelschreiber und ein Bogen Papier herumliegen, ich muss sofort einen Brief aufsetzen, kommen Sie, suchen Sie, ich glaube, unter der Kommode liegt der Kugelschreiber, ja, er muss unter die Kommode gerollt sein!" Amalia bückte sich mit einem Ächzen und streckte mir ihren ausladenden, von ihrem geblümten Haushaltskleid umspannten Hintern entgegen. Sie konnte den Kugelschreiber nicht finden und steckte ihre Nase noch einmal unter die Kommode.

„Vielleicht liegt der Kugelschreiber auf dem Klapptisch",
sagte ich rasend, „schauen Sie doch. Schnell!" Sie erhob
sich stöhnend und blickte sich im Zimmer um. Schließlich
fand sie den Kugelschreiber auf meinem Nachtkästchen.
Ich erklärte ihr, dass wir schnellstens einen Geschäfts-
brief aufsetzen müssten und sie das Briefpapier suchen
solle. Sie schüttelte ungläubig den Kopf und warf einen
abschätzigen Blick auf meine Kleiderhügel. Ich trieb sie
an, im Kleiderkasten nachzusehen, vielleicht hatte ich den
Bogen Papier neben den Pullovern verstaut.

„Bis meine Schwester kommt", sagte ich atemlos, „muss
ich zumindest einen Brief aufgesetzt haben." Amalia betrat schwerfällig den begehbaren Kleiderschrank, während die Glasscherben des zerbrochenen Wandspiegels
unter ihren Schritten knirschten.

Nach einer Viertelstunde entdeckte sie den Bogen mit
dem vergilbten Briefpapier zwischen den Büchern in der
Fensternische. Sie zog mich aus dem Bett und half mir in
den Rollstuhl. Ich bat sie, schnell noch sauber zu machen.
Was sollte meine Schwester nur von uns denken?

Ich strich das Briefpapier glatt und versuchte, mich
auf das Schreiben an die Mieter zu konzentrieren. Zuerst
musste ich den richtigen Ton treffen, ich musste mit aller
Bestimmtheit, aber auch nicht zu aggressiv vorgehen, das
war nicht meine Art. Ich schrieb die Adresse der Mieter an
den oberen Rand des Blattes und begann mit der Anrede.
Ich brauchte eine Ewigkeit für den ersten Satz, doch
schließlich gelang es mir, den richtigen Einstieg zu finden. Ich erklärte, dass ich durch anderweitige Geschäfte
verhindert gewesen sei und dass ich mich in allernächs-
ter Zukunft um die Handwerker kümmern würde. Aber
hier waren doch zwei dass in einem Satz, das war ein
dass zu viel! Ich strich den Satz wütend durch, wobei
ich das halbe Papier zerriss. Ich versuchte es mit einem

neuen Blatt, aber ich ärgerte mich derart, dass ich mich nicht mehr konzentrieren konnte. Was hatte ich meiner Schwester vorzuweisen? Ich drückte die Ballhupe und rief verzweifelt nach Amalia, wenig später betrat sie mit schokoladeverschmiertem Mund mein Kabinett.

„Was haben Sie denn schon wieder zu naschen, Amalia? Wir haben keine Zeit zu verlieren. Wo ist der Rechnungsordner?" Ich erklärte ihr, dass ich die offenen Rechnungen addieren wolle, damit ich wenigstens eine Zahl nennen könne. Sie schleckte sich den Schokoladerest von den Lippen. Nach einer weiteren Suchaktion fand sie den Rechnungsordner in der Lade mit den Unterhosen.

„Los, schnell", herrschte ich sie an, „holen Sie die Aktuell-Folie heraus!" Sie wollte wissen, welche Aktuell-Folie ich gemeint hätte, woraufhin ich ihr erklärte, es sei die Folie mit den aktuellen Rechnungen. Sie wusste von nichts. Schließlich fand ich die Aktuell-Folie und holte ein Bündel zerknitterter Rechnungen heraus. Ich fragte sie, ob sie irgendwo den Taschenrechner gesehen habe, aber sie hatte keine Ahnung. Ich drückte am Handy herum, bis der Rechner am Display erschien, dann befahl ich ihr, sich an den Tisch zu setzen und ein Blatt Papier zur Hand zu nehmen. Ich rollte mit dem Rollstuhl an ihr vorbei und ließ mich erschöpft auf das Kanapee fallen.

„Jetzt schreiben Sie! Hier ist die erste Rechnung, der Installateur vom letzten Jahr, 269 Euro, eine Unverschämtheit. Hier der Elektriker, 135 Euro, und die Müllabfuhr 980 Euro. Schreiben Sie!"

Ich diktierte ihr etwa zehn Beträge und bat sie, die Ziffern mit Hilfe des Rechners am Handy zu addieren, was wieder beinahe zehn Minuten dauerte. Schließlich wollte ich wissen, welche Zahl sie errechnet habe.

„Gesamt: 745 Euro!", sagte sie mit einer ausladenden Handbewegung.

„Mir kommt die Zahl etwas gering vor, das kann doch nicht sein, wenn schon die Müllabfuhr 980 Euro ausmacht." Ich wollte wissen, ob sie sich vielleicht vertippt habe. Sie schüttelte beleidigt den Kopf, aber ich bat sie trotzdem, das Ganze noch einmal durchzurechnen. Sie addierte erneut und verkündete mit einem Strahlen im Gesicht die errechnete Zahl: 7455 Euro!

„Aber Amalia", entgegnete ich zerknirscht, „das kommt mir jetzt wieder viel zu viel vor, geben Sie schon her!" In diesem Moment ertönte aus dem Vorzimmer ein behutsames Klopfen. Ich schrie Amalia an, sie möge sich beeilen, wir bräuchten zumindest eine Zahl.

„Warten Sie!", rief ich, „nehmen Sie die Wolldecke und werfen Sie sie über die Schmutzwäsche am Boden, das ist ja ein Anblick, man bräuchte für das ganze Kabinett eine Decke, so eine Unordnung herrscht hier, machen Sie schon!" Amalia ließ sich von meiner panischen Geschäftigkeit anstecken. Das Klopfen wiederholte sich, und ich hörte die leise, aber entschlossene Stimme meiner Schwester.

„Mucki, kommst du zur Tür?"

„Los, Amalia", fuhr ich sie an, „machen Sie schon auf! Öffnen Sie die Tür!"

Amalia knurrte, zupfte sich ihr Kleid zurecht und ging in den Vorraum hinaus. Ich hörte meine Schwester hereinkommen und versuchte meine Gedanken zu ordnen, um für alle Angriffe gewappnet zu sein. Judith tänzelte mit der ihr angeborenen Heiterkeit in mein Zimmer.

„Entschuldige Mucki, ich bin noch etwas aufgehalten worden."

„Kein Problem, die Zeit existiert ohnehin nicht wirklich."

„Wie geht es dir, kannst du schon alleine aufs Klo gehen?"

„Komm mir nicht zu nahe, du bringst sicher Bakterien mit."

„Die Bakterien schwirren überall herum, mein Lieber!"

Sie gab mir einen Kuss auf die Wange.

„Wo kann ich das abstellen?"

In Ermangelung einer anderen Sitzgelegenheit ließ sich Judith belustigt in den Rollstuhl fallen.

„Ich habe dir Vitaminsäfte und Magnesiumtabletten mitgebracht, und ein paar Krimis, falls dir langweilig wird."

Sie stellte den Nylonsack provokant auf meinen Bauch, und mir blieb nichts anderes übrig, als die Geschenke herauszuholen.

„So viele Vitamine", rief ich angeekelt aus, „da muss man ja krank davon werden!"

„Du brauchst jetzt Vitamine, vor allem in der Übergangszeit. Mein Gott, wie es hier riecht, kann ich kurz das Fenster öffnen, hier stinkt es ja wie in einem Obdachlosenheim."

Während sie sich über mich beugte, roch ich ihr süßliches Parfum, das nach Neroli duftete. Mir war intensiver Parfumgeruch schon immer zuwider gewesen, weswegen ich jetzt den Atem anhielt. Sie stützte sich auf meinem Bauch ab und versuchte das Fenster zu öffnen.

„Nein, lass das Fenster zu, ich habe keine Lust, mich auch noch zu erkälten."

„Nur kurz, Mucki, ganz kurz!"

„Bist du dir sicher, dass die Luft noch nicht radioaktiv verseucht ist?"

„Sie haben in den Nachrichten nichts dergleichen durchgesagt. Beruhige dich!"

„Du glaubst ja alles, was sie in den Nachrichten sagen! Woher weißt du, dass das überhaupt stimmt?"

Sie hatte schon das Fenster geöffnet, und ich spürte einen eiskalten Luftzug hereinströmen.

„Mach sofort das Fenster zu, es zieht, da holt man sich ja den Tod!"

„Zwei Minuten, Mucki!"

„Und was ist das? Ein Schafskrimi, was soll denn das sein?"

„Das sind ein paar neue Krimis, sind im Moment total in, diese Schafskrimis."

„Wenn ich das Wort Krimi höre, zücke ich die Pistole! Schafskrimi, das ist ja ekelhaft."

„Sei nicht undankbar. Es täte dir nicht schlecht, etwas zu lesen, damit du auf andere Gedanken kommst!"

Sie nahm ein verstaubtes Buch aus dem Blumentopf meines Gummibaums.

„Schau dir das an, das Buch ist ja völlig verstaubt!"

„Ach, danke, das Buch habe ich schon die ganze Zeit gesucht."

Ich nahm es ihr schnell aus der Hand, wischte mit meinem Hemdsärmel über das Cover und steckte das zerknitterte Buch zu den anderen in der Fensternische.

„Ach, du hast mehr verloren als ein Buch."

„Ich bin ans Bett gefesselt, was soll ich machen?"

„Das ist doch nur eine Ausrede, der Beinbruch ist dir doch gerade recht gekommen!"

Amalia steckte ihren Kopf zur Tür herein und wollte wissen, ob Judith einen Tee oder einen Kaffee wolle.

„Ich muss gleich wieder, Amalia, danke! Also, wie steht es, wie geht es dir?"

„Ganz gut."

„Spritzt du dir auch die Thrombose-Mittel?"

„Diese Injektionen machen mich völlig fertig", erklärte ich erschöpft, „ich habe schon überall blaue Flecken."

„Sei froh, dass du nicht zuckerkrank bist. Die Zuckerkranken müssen das jeden Tag machen. Wann kommt eigentlich der Gips herunter?"

„Nächste Woche."

„Nächste Woche, na siehst du, dann geht es ja wieder aufwärts."

„Nichts geht aufwärts, es wird sich nicht viel ändern."

„Wieso soll sich denn nichts ändern?", fragte Judith beleidigt.

„Ich werde weiterhin an den Rollstuhl gefesselt sein, daran wird sich nichts ändern. Und an dem Zustand der Welt schon gar nicht."

„Aber doch nicht für immer, du tust ja so, als wärst du für den Rest deines Lebens an den Rollstuhl gefesselt."

„Das meinte ich nicht."

„Die Mobilisierung wird schnell beginnen, da sind die Ärzte heutzutage ziemlich fix!"

„Die Mobilisierung? Was für ein grässliches Wort."

„Warum gehst du eigentlich nicht auf Kur, wo man sich um dein Bein kümmert und du im warmen Wasser liegen und Gymnastik machen kannst?"

„All diese sogenannten Wellness-Oasen", antwortete ich aufbrausend, „sind doch nur dazu da, um den Menschen wieder fit zu machen, um sich weiter ausbeuten zu lassen. Das sind doch keine Erholungsorte, sondern Reparaturwerkstätten."

„Da muss man sich bei dir ja keine Sorgen machen!"

„Wie meinst du das?"

„Du arbeitest nichts, also brauchst du dich auch nicht reparieren zu lassen."

„Das Berufsleben ist ein einziger Bürgerkrieg geworden. Jedes Wellness-Wochenende ist doch nur ein getarnter Fronturlaub."

„Aber du könntest dir doch einfach einmal etwas gönnen?"

„Gönnen? Wenn ich auf Urlaub bin, fühle ich eine ganz schreckliche Leere, ich fühle absolut nichts, da kann es noch so schön sein."

„Aber warum gehst du nicht wenigstens hinaus und setzt dich in die Sonne? Heute ist so ein schöner warmer Tag."

„Ich kann die Natur und die Sonne nicht ausstehen. Dauernd braucht man Sonnenmilch und Mückenmilch und muss gegen die Verdunstung seiner Körperflüssigkeit ankämpfen, das ist alles so tyrannisch."

„Hör zu, hast du den Brief deiner Mieter erhalten?"

Judith setzte ihr strenges Geschäftsgesicht auf.

„Welchen Brief? Von welchem Brief redest du?"

„Einer deiner Mieter hat mir einen Brief geschrieben und sich über dich beschwert."

„Dir einen Brief geschrieben? Das geht doch dich nichts an. Welcher Mieter?"

„Der Wintersteiger!"

„Ach, der Blockwart!", rief ich aus.

„Er hat mir die Kopie eines Sammelbriefes beigelegt, den dir deine Mieter vor Wochen geschickt haben. Ich war ziemlich schockiert. Die kaputte Haustür, der Wasserfleck, der Papierhaufen, Mucki, wie soll das weitergehen, wie stellst du dir das vor?"

„Ach, Besitz schafft doch nichts als Probleme!"

Nach dem Tod unserer Eltern, die vor wenigen Jahren kurz hintereinander gestorben waren, hatten meine Schwester und ich ein Doppel-Zinshaus in Baden geerbt, das aus zwei voneinander getrennten Einheiten mit zwei separaten Stiegenhäusern bestand. Während Judith immer wieder in ihre Haushälfte investierte und Renovierungen durchführte, überließ ich meine Hälfte dem Spiel der Zeit, was manche abschätzig als Verwahrlosung bezeichneten. Ich kümmerte mich nicht um den Garten, was mir die Kinder meiner Mieter hoch anrechneten. Sie liebten ihn, so wie er war. Der wilde Garten hatte mich bis dato auch davor bewahrt, dass die Mieter mit Kindern, und das waren die meisten, aus der Wiener Straße auszogen. Während der Obstgarten auf Judiths Hälfte, so er noch nicht den betonierten Parkplätzen zum Opfer gefallen war, immer gemäht und gestutzt wurde, wucherte in meiner Hälfte meterhohes Unkraut, und die verfallenen Holzlagen boten mehr Platz und Geheimnisse als jeder Abenteuerspielplatz der Stadt.

„Probleme sind dazu da, um aus der Welt geschafft zu werden."

„Aber nicht von dir!", rief ich widerwillig aus, „sie sollen zu mir kommen, wenn sie ein Problem haben."

„Sieh mal, das ist ja das Problem. Der Mieter behauptet, sie hätten dir schon zwei Briefe geschrieben, die unbeantwortet geblieben seien."

„Ich arbeite daran", entgegnete ich kleinlaut, „wir haben heute ein Antwortschreiben verfasst."

„Ach, Mucki, wie lange hast du für die Antwort gebraucht, der Mieter hat mir bereits vor vier Wochen davon berichtet!"

„Ist dir eigentlich klar", herrschte ich sie an, „dass ich im Krankenstand bin? Ich habe den Brief erst jetzt bekommen."

„Den letzten Brief. Die Mieter haben dir aber schon mehrere Briefe geschrieben, die alle unbeantwortet geblieben sind."

„Ich habe den letzten Brief erst jetzt lesen können, weil ich, wie du vielleicht mitbekommen hast, eine Woche im Krankenhaus gewesen bin und niemand meinen Briefkasten entleert hat."

„Du hast zwei Wochen lang deinen Briefkasten nicht entleert? Das ist wieder einmal typisch!"

„Machst du dir überhaupt eine Vorstellung, in welchen Zeiten wir leben? Wir könnten in wenigen Tagen komplett verstrahlt sein und alle Schilddrüsen-Krebs bekommen –"

„Was hat Fukushima mit deinen Mietern zu tun?"

„Man kann doch nicht einfach so zur Tagesordnung übergehen."

„Das Leben geht immer weiter", säuselte Judith, „das hat doch nichts damit zu tun, Mucki. Ich habe jedenfalls den Eindruck, dass das Haus für dich nur eine unnötige Quälerei darstellt. Hast du dir meinen Vorschlag durch den Kopf gehen lassen?"

„Welchen Vorschlag?", stellte ich mich dumm.

„Dass ich für dich die Hausverwaltung übernehme."

„Du hast vorgeschlagen, mir meine Anteile wegzunehmen."

„Ich wollte dir die Anteile nicht wegnehmen, sondern abkaufen."

„Du wolltest sie mir um einen Pappenstiel abkaufen, um dir das Haus unter den Nagel zu reißen."

„Mucki, du weißt, dass das nicht stimmt. Du siehst doch selbst, dass du dich nicht darum kümmern kannst, du kannst dich doch nicht einmal um dein eigenes Leben kümmern!"

„Was geht dich mein Leben an?"

„Es geht mich nichts an, aber das Haus geht mich schon etwas an."

„Warum denn, es ist ja nicht dein Haus?"

„Es ist unser Erbe, Mucki, und das geht mich schon etwas an."

„Du redest von Tradition?"

„Ja, unser Erbe, unsere Familientradition!"

„Du bringst mir einen Schafskrimi mit", schrie ich sie an, „und redest von Tradition, warum bringst du mir dann kein anderes Buch mit?"

„Was hat denn der Schafskrimi mit unserer Familie zu tun?"

„Die Leute legen ihr Geld auf den Bahamas an, lesen am Abend Schafskrimis und dann reden sie von Tradition!"

„Hör zu, Mucki, wenn dir der Schafskrimi nicht gefällt, tut es mir leid", erwiderte sie eingeschnappt, „ich nehme ihn gerne wieder mit –"

„Nein, nein, lass das Buch ruhig hier, ich möchte mich nicht dem Verdacht aussetzen, dass ich über Dinge rede, von denen ich keine Ahnung habe. Lass ihn ruhig hier, ich werde ihn lesen. Und am Ende werde ich blöken, jawohl!"

„Mach dich ruhig über mich lustig, du kommst trotzdem nicht umhin, dich um deine Mieter zu kümmern!"

„Ich will mich nicht über dich lustig machen, aber so ist es eben. Wehe, man wagt es, wie ein Schaf in den Tag hineinzuleben, ich meine, was glaubst du, wie der Garten aussehen würde, wenn dort zwei Schafe leben würden, was würden die Leute sagen?"

„Der Rasen wäre zumindest gemäht."

„Der Rasen wäre gemäht, gut, aber die Leute würden sich schön über den Gestank beschweren. Sie lesen ihre Schafskrimis, aber sie wollen mit Schafen nicht das Geringste zu tun haben."

„Ich weiß nicht, wovon du redest, aber du willst deine Mieteinnahmen doch nicht verlieren, oder etwa schon?"

Amalia streckte noch einmal ihren Kopf zur Tür herein.

„Sie wirklich nichts wollen trinken?"

„Nein, danke Amalia, lassen Sie nur!"

Ich hatte gleich auf den ersten Blick erkannt, dass Amalia meine Schwester offensichtlich als meine Retterin ansah. Die sprichwörtliche Frauensolidarität kannte im Fall Amalias keine Grenzen, ja, bei jeder kritischen Bemerkung und Zurechtweisung Judiths fühlte ich Amalias Zustimmung, auch wenn sie gar nicht im Zimmer war. Trotzdem verwunderte mich ihre Sympathie gegenüber meiner Schwester, da Judith mit einer kaum verhohlenen Herablassung mit ihr sprach. Im Gegensatz zu meiner Schwester hatte ich immer das allernatürlichste Verhältnis zu den sogenannten kleinen Leuten gehabt und redete mit ihnen wie mit normalen Menschen, wohingegen Judith im Gespräch mit Installateuren, Rauchfangkehrern oder Kellnern schon als Jugendliche einen unangenehm dünkelhaften Tonfall an den Tag gelegt hatte. Sie behandelte Amalia, ohne dass es diese bemerkt hätte, mit einer Überheblichkeit, die sich durch ihre distanzierte Höflichkeit gegen jede Nähe immunisierte. Ich fragte mich, ob Amalia auch nur einen Schimmer davon hatte, welche Geisteshaltung dieser Tonfall verkörperte, und wusste nicht, worüber ich mehr staunen sollte: über das perfekte Schauspiel meiner Schwester oder ihren unendlichen Dünkel.

„Versuchen wir es noch einmal", bemerkte Judith in einem versöhnlichen Tonfall, „es muss ja nicht für immer sein, es kann ja auch bloß vorübergehend sein."

„Du willst mir meine Anteile in ein paar Jahren also wieder zurückschenken, für wie dämlich hältst du mich eigentlich?"

„Ich habe dir doch gesagt, dass du mir deine Anteile nicht gleich überschreiben musst. Du brauchst mir bloß eine Vollmacht zu geben und ich regle die Dinge für dich."

„So uneigennützig bist du nicht, meine liebe Schwester."

„Im Gegenzug lässt du mich auf deinem Grund ein paar Parkplätze errichten, dafür kümmere ich mich um deine Probleme und die Betriebskostenabrechnung. Und du kannst in aller Ruhe deiner Inspiration und deiner Berufung nachgehen."

„Welcher Berufung denn?"

„Na, deiner Kunst oder deiner Meditation, was auch immer du tust."

„Ich habe keine Berufung", rief ich aus, „wieso soll ich eine Berufung haben, wieso soll immer jeder zu irgendetwas auf dieser Welt berufen sein? Von wem soll ich denn eine Berufung haben?"

„Das war nicht abschätzig gemeint, Mucki."

„Es klang aber so. Es klang aber so. Soll ich dir etwas sagen: Ich habe keine Berufung und auch keine Bestimmung, und ich bin stolz darauf."

„Ich verstehe dich ja", wandte sie ein, „ich finde den ganzen Autowahnsinn und die vielen Abgase auch schrecklich –"

„Ich bitte dich, Judith!"

„Das macht wenigstens Sinn. Dass du den Garten erhalten willst, verstehe ich ja, und ich verspreche dir, dass ich mein Bestes tun werde, damit der Garten in seiner jetzigen Form weitestgehend erhalten bleibt. Aber die ganze Bausubstanz derart verfallen zu lassen, werde ich nicht hinnehmen. Weißt du eigentlich, wie schnell so ein Haus von innen verfault? Was macht das bitte für einen Sinn?"

„Das ist ja das Problem, Judith, ich verfolge keinen Zweck, ich will überhaupt keinen Sinn machen, ich will nicht, dass das, was ich tue, Sinn macht, verstehst du das nicht? Es kotzt mich einfach an, dass alles auf der Welt Sinn ergeben soll."

„Du willst das Haus also verfallen lassen, ist es das, was du willst?"

Judith hatte Tränen in den Augen. Ich war bereits im Begriff, ihr zu eröffnen, dass ich nicht nur das Haus, sondern auch unseren Familiennamen verfallen lassen wolle, aber ich brachte es nicht übers Herz.

„Ich will es nicht verfallen lassen", bemerkte ich versöhnlich, „bitte fang jetzt nicht zu heulen an, das ist erpresserisch. Ich verfolge nur ein anderes Konzept. Woher weiß ich außerdem, dass du die Holzlagen nicht niederreißen und dort ein paar Bungalows hinbauen willst, so wie es Vater vorgehabt hat?"

„Ach ja, du hast ein anderes Konzept, und welches bitteschön?"

Ich hatte mir schon so oft den Kopf über die Wiener Straße zerbrochen und war jedes Mal zu dem Schluss gekommen, dass es im Moment das Beste sei, nichts zu unternehmen. Mir gefiel der verwilderte Garten so, wie er war.

„Ich möchte abwarten, bis ich mich entschieden habe."

„Und die Äste von deinem Kirschbaum fallen inzwischen auf die Autodächer meiner Mieter? Bis du dich entschieden hast, habe ich das richtig verstanden?"

„Na, und? Dann fallen sie eben auf die Autodächer."

„Und bezahlst du die Rechnung für die Waschanlagen und die neuen Lackierungen?"

„Warum sollte ich das tun, bin ich der Kirschbaum? Wenn die Leute ihr Auto unter einem Kirschbaum parken, müssen sie eben damit rechnen, dass ein paar reife Kirschen auf ihre sensiblen Autodächer fallen."

„Sie bezahlen aber für ihren sauberen Parkplatz!"

„Mir bezahlt niemand etwas fürs Parken!"

„Mit dir ist es sinnlos!"

Wir schwiegen und starrten eine Weile aneinander vorbei ins Leere.

„Hast du eigentlich schon etwas wegen dem Massagesalon im zweiten Stock unternommen?"

„Welcher Massagesalon?"

„Die beiden Prostituierten, du weißt doch ganz genau, wovon ich rede. Du hast versprochen, etwas gegen sie zu unternehmen."

„Ich will aber nichts unternehmen!"

„Du hast ihnen nicht gekündigt? Du willst sie also drinnen lassen?"

„Warum sollte ich ihnen kündigen? Sie zahlen die Miete pünktlich ..."

„Also gut!"

Judith erhob sich ruckartig von meinem Rollstuhl.

„Bei dir ist wirklich Hopfen und Malz verloren. Hast du eigentlich noch Freunde? Diese Wohnung ist doch nichts anderes als eine Gruft. Du wirst dich nie ändern!"

„Warum sollte ich mich ändern?", fragte ich höhnisch, „kein Mensch ändert sich. Nichts ändert sich auf dieser Welt. Das Leben bleibt immer gleich, es hat immer denselben Charakter. Es ist eine langatmige Variation auf ein- und dasselbe Thema. Wir betrachten die Dinge immer gleich, wir bleiben dieselben, wir haben einen Gips oder nicht, die Haut verwelkt, wir verlieren die Haare, die Prostata macht uns zu schaffen, aber wir betrachten die Dinge wie vor dreißig Jahren. An unserer Sicht auf das Leben ändert sich nichts und deswegen ändern auch wir uns nicht im Geringsten."

„Mit dieser Einstellung wirst du nie glücklich werden!"

„Was ist denn schon das Glück?", rief ich verärgert aus, wobei meine Stimme kippte. „Das Leben ist doch nur dann geglückt, wenn wir es, vor die Wahl gestellt, dem ungelebten Leben vorziehen, und wer kann das schon von sich behaupten? Wir wollen leben, weil wir Angst vor dem Tod haben, nicht weil wir so glücklich sind. Kannst du von deinem Leben etwa behaupten, dass es geglückt ist?"

Judith hatte sich bereits abgewandt, um grußlos zu verschwinden.

„So warte doch, ich werde es mir überlegen, ich lasse es mir durch den Kopf gehen, aber ich bin wegen des Beinbruchs einfach noch nicht der Alte."

Sie drehte sich nach mir um und rief mit einem bösen Blick über die Schulter: „Du warst schon immer der Alte! Ruf mich an, wenn du etwas brauchst!"

„Wie meinst du das? Danke für den Schafskrimi!"

Sie reagierte nicht mehr und warf die Tür krachend hinter sich ins Schloss. Ich nahm das zweite Buch, das sie mir mitgebracht hatte, zur Hand und drehte es von der

Rückseite nach vorne: „Nein, ich gehe nicht zum Seniorentreff". Wieso schenkte mir meine Schwester ein derart schwachsinniges Buch?

Amalia stand breitbeinig in der Tür und machte ein finsteres Gesicht. „Jetzt Sie haben Ihre Schwester auch noch beleidigen", erklärte sie mit erhobenem Zeigefinger, „schämen Sie sich, Herr Lakoter, schämen Sie sich!"

„Amalia, machen Sie einfach die Tür zu, machen Sie einfach die Tür hinter sich zu!"

Der Tag war endgültig verdorben. Amalia versuchte mich am späten Nachmittag zu unserem täglichen Spaziergang zu überreden, aber ich hatte keine Lust hinauszugehen.

Die Besuche meiner Schwester versetzten mich jedes Mal in einen deprimierten Gemütszustand. Obwohl ich Judith mehr liebte, als ich mir eingestand, fühlte ich mich neben ihr immer wie ein kleines Kind. Gleichzeitig blickte ich nach ihren Besuchen tief in meine eigene Geschichte und spürte geradezu körperlich, wie ihre Bevormundung in meine trotzige Passivität umschlug, ohne dass ich mich dagegen auflehnen konnte. Ich wusste um die Ausweglosigkeit meiner Situation, die durch den Zusammenprall meiner Herkunft und meines Charakters entstanden war. Ich verachtete mich nicht einmal für meine Passivität, waren die Angriffe meiner Schwester doch nichts anderes als die Angriffe meiner Gesellschaftsklasse auf meinen Unwillen, ihre Herrschaftsansprüche unhinterfragt fortzusetzen. Am ehesten noch verachtete ich mich dafür, nicht hassen zu können, aber wohin sollte das alles führen?

Schon als Kind hatte ich Angst vor meiner Schwester gehabt. Wenn ich in meinem Kinderzimmer las, polterte sie herein und störte mich oder zerriss meine Bücher. Und wenn ich über meinen am Fußboden ausgebreiteten Landkarten brütete, trampelte sie mit den Füßen auf ihnen herum. In unserer Studienzeit, die vor allem ihre Studienzeit war, da ich nicht wirklich studierte, hatte Vater vorgeschlagen, ich solle mit ihr zusammenziehen und eine Wohngemeinschaft bilden, natürlich mit keinem anderen Ziel, als mich auf diese Weise qua Schwester kontrollieren und lenken zu können. All das kam mir in meiner düsteren Stimmung nach Judiths Besuch wieder in den Sinn.

Bei anderen Leuten war sie hingegen immer auf größtmögliche Distanz aus. In öffentliche Schwimmbäder ging sie nicht, weil sie sich vor den anderen ekelte und der Meinung war, dass man sich dabei nur Krankheiten und Pilze einfing, und wenn sie ausnahmsweise einmal mit dem Schlafwagen reiste, nahm sie ihre eigenen Leintücher mit. Ihre ersten Worte nach der Fukushima-Katastrophe waren, dass sie jetzt lange Zeit nicht mehr japanisch essen gehen würde. Konnte man sich eine größere Gemeinheit vorstellen? Im Gegensatz zu mir war sie jedoch schon immer der Mensch mit dem Sinn fürs Geld gewesen. Ich war der Fantast und Träumer – sie die Frau mit dem Hausverstand. Wenn wir früher, was glücklicherweise selten vorkam, die Eltern gemeinsam besuchten, nannte sie mich vor allen Anwesenden einen Irren oder Versager und schwärzte mich bei meinen Eltern oder irgendwelchen Besuchern auf das schamloseste an. Nach ihrem Jus-Studium und der mühsamen Kleinarbeit in einer Anwaltskanzlei sattelte sie, nachdem sie genügend Kontakte geknüpft hatte, auf die Immobilienbranche um und verdiente vor allem mit den Erste-Bezirk-Objekten in kürzester Zeit Unsummen von Geld. Ich bewunderte sie für ihren Geschäftsgeist ebenso wie für ihre Eloquenz, mit der sie Konversation führte. Ich konnte mir nicht erklären, woher sie dieses Talent hatte, denn unser Vater war an Gesellschaften nicht interessiert und Mutter eher auf den Mund gefallen. Gleichzeitig hatte sie ja mit allem Recht, was sie über mich und mein Leben behauptete, das gar kein richtiges Leben war. Du verachtest das Leben, sagte sie bei jeder Gelegenheit, das ist dein Unglück, du bist immer krank, du willst ja krank sein, deshalb wirst du auch bald sterben, wenn du dich nicht änderst. Du verachtest alles, was mir Vergnügen bereitet, und du verachtest dich selber.

Ich versuchte mit einer Änderung der Sitzposition meine unheilsamen Gedanken zu vertreiben und begann mit einer Zen-Übung, aber es gelang mir nicht, in mein Mantra zu tauchen. Ich war ganz von mir abgeschnitten. Obwohl ich nach allen Seiten hin Nachbarn hatte, war jetzt kein Geräusch zu vernehmen. Mir war dieser Zustand angenehm, und ich versuchte, ihn so lange wie möglich zu erhalten und die Vorstellung zu genießen, dass alles um mich herum abgestorben sei.

Gegen Abend konnte ich meinen apathischen Zustand langsam abschütteln, legte eine CD von Pink Floyd ein und beschloss, zur Beruhigung einen Joint zu rauchen. Ich tastete mit den Fingern auf meinem Nachtkästchen herum, aber die Blechdose mit dem Gras lag nicht dort, sondern auf der Kommode an der Wand. Ich überlegte, wie ich zu der Dose gelangen könnte, ohne noch einmal aufstehen zu müssen. Ich zog meinen Greifarm, den ich in den Spalt zwischen Kanapee und Wand (wie in einen Köcher) gesteckt hatte, heraus und tastete nach der Schachtel. Ich führte den Arm in Richtung Kommode und hielt ihn waagrecht in der Luft, was mir bereits nach den ersten Sekunden einen stechenden Schmerz in meinem Oberarm verursachte. Ich drückte mehrmals den Hebel der Papierkralle, aber die Greifhilfe war zu kurz. Ich verfluchte Amalia, denn ich war mir sicher, sie hatte die Dose absichtlich auf der Kommode deponiert, um mich zu ärgern. Sie wusste genau, was sich darin befand, und verabscheute den Inhalt. Ich richtete mich unter Schmerzen auf und schließlich gelang es mir, mit Hilfe des Greifarms die Dope-Dose auf das Bett zu manövrieren. Ich steckte die Greifhilfe wieder zurück an ihren Platz und ließ mich erschöpft in den Polster fallen. Nachdem ich den Gürtel meiner Hose gelockert hatte, drehte ich mir einen Joint und genoss den Zauber des blauen Rauches, der seine Schlieren wie ein freundlicher Geist über das Zimmer verteilte. Amalia war am Abend ausgegangen, sodass ich zumindest vor den quälenden Diskussionen über den Konsum von Cannabis sicher war. Sogar um die kleinsten Freuden des Lebens musste man in Zeiten wie diesen kämpfen! Ich fühlte, wie sich meine Muskeln entspannten, als die Wirkung des Cannabis einzusetzen begann.

Ich erwachte nach einem traumlosen und schwerelosen Schlaf. Für mich war eine durchgeschlafene Nacht wie für andere eine Gehaltserhöhung oder eine sonstige berufliche Erfolgsmeldung, denn in letzter Zeit wachte ich immer öfter von seltsamen Geräuschen auf, die ich nicht allein auf Amalias Anwesenheit schieben konnte, denn sie schlief wie ein Stein. Das Geräusch ihres tierischen Schnarchens war nur eines von vielen, und es fiel mir zunehmend schwer, wieder einzuschlafen. Gleichzeitig erschienen mir die Geräusche wie ein Vorwand, mich meiner Hoffnungslosigkeit hinzugeben. Ich fühlte mich dann so hilflos, dass ich mich fragte, was ich hier (im Leben) verloren hätte, was der Sinn von all dem sein solle. Ich malte mir in meinen schlaflosen Nächten die schrecklichsten Dinge aus. Was würde aus mir werden, wenn ich alt und krank wäre oder von einem Auto überfahren oder mein Augenlicht verlieren würde? Unter solch peinigenden Gedanken schlief ich meist erst im Morgengrauen ein, um am späten Vormittag von der ahnungslosen Amalia mit dem Vorwurf geweckt zu werden, was für einen sorglosen Schlaf ich doch hätte. „Ein Mann ohne Sorgen", rief sie dann aus, ohne dass ich die Energie aufbringen konnte, sie auf ihre Fehleinschätzung der Verhältnisse aufmerksam zu machen.

An diesem Vormittag lag sie ausnahmsweise richtig. Sie hielt mir einen Brief vor die Nase, hieß mich ein Faultier und wollte mich zumindest zum Öffnen der Augen bewegen.

„Hier ist schon wieder Brief gekommen", sagte sie mürrisch, „wahrscheinlich von Polizei, damit Sie endlich aufstehen!"

Sie warf mir den Umschlag, nach dem ich schlafwandlerisch griff, auf den Bauch und schlurfte aus dem Zimmer.

Nepomuk Lakoter
Pouthongasse 6/26
1150 Wien

Wien, 20. März 2011

Betrifft: Münzschlitze

*Sehr geehrter Herr Lakoter,*

*bezugnehmend auf Ihr Schreiben vom 9. März des Jahres, in dem Sie bemängeln, dass die Schlitze der Einkaufswägen der Firma Zielpunkt nicht für 50-Cent-Münzen vorgesehen seien, erlauben wir uns, Stellung zu nehmen. Sie schildern in Ihrem Brief, dass Sie bei Ihrem Einkauf zehn Minuten warten mussten, bis die Kassierin die Lade ihrer Kassa öffnete, um Ihnen für Ihre beiden 50-Cent-Münzen eine 1-Euro-Münze auszuhändigen. Die zweite Kassa sei, wie Sie schreiben, wie üblich nicht geöffnet gewesen, weil unsere Supermarkt-Kette ihre Mitarbeiter derart auspressen und ausquetschen würde, dass jede Sekunde für das Einschlichten der Waren in die Regale verwendet werden müsse. Dieser Zustand führe jedoch dazu, dass die Schlange an der Kassa auf ein unerträgliches Ausmaß anwachse. Da die Zielpunkt-Filiale die einzige Supermarkt-Filiale in Ihrer nächsten Umgebung sei, seien Sie in Ermangelung einer Alternative gezwungen, unsere Filiale aufzusuchen. Sie fordern uns in Ihrem Schreiben dazu auf, unsere Einkaufswägen auf 50-Cent-Münz-Schlitze umzurüsten, um*

**45**

Ihnen ein derart erniedrigendes Warten in Zukunft zu ersparen.

Wir dürfen zunächst unser Bedauern über Ihren Ärger ausdrücken und möchten auf Ihre Beschwerde wie folgt antworten: Die Einkaufswägen der Zielpunkt-Filialen werden prinzipiell nicht von der Firma Zielpunkt, sondern von einer dafür beauftragten Firma hergestellt. Laut Auskunft des Herstellers ist es aus technischen Gründen nicht möglich, in den Einkaufswägen drei Münzschlitze anzubieten. Die Firma Zielpunkt hat sich daher nach reiflicher Überlegung und einer eingehenden Marktanalyse (63 % der Befragten für 2-Euro- und 1-Euro-Schlitze) dazu entschlossen, auf ein Angebot von 50-Cent-Schlitzen zu verzichten.

Entschieden entgegentreten möchten wir jedoch Ihrer Unterstellung, die Firma Zielpunkt könne sich, wie Sie schreiben, eine Umrüstung der Einkaufswägen nicht leisten, da unser Konzern seinen gesamten Gewinn in den Bau von Weltraumhotels investieren würde, in die sich Direktoren und Manager im Falle einer atomaren Katastrophe flüchten könnten. Wir dürfen Ihnen versichern, dass die Firma Zielpunkt an derartigen Projekten zur Erschließung des Weltraums nicht beteiligt ist, und hoffen, Ihnen mit dieser Information gedient zu haben.

Mit der Bitte um Kenntnisnahme verbleibe ich mit freundlichen Grüßen,

Mag. Janatschek
Abteilung Reklamation

Ich ließ den Brief aus meiner Hand gleiten, beobachtete, wie er zu Boden fiel, und driftete langsam in einen tiefen erholsamen Vormittagsschlaf.

Ich erwachte vom Klimpern des Kochgeschirrs aus der Küche und drückte mehrmals die Ballhupe. Amalia öffnete die Tür einen Spalt, streckte den Kopf herein und wollte wissen, was ich benötigte. Ich bat sie, mir eine Tasse Jasmintee einzuschenken, weil ich vom Lesen durstig geworden sei.

„Durstig geworden ist er?", rief sie höhnisch aus, „vom Lesen von eine Brief? Meine Vater haben gearbeitet ganze Tag draußen auf Kartoffelfeld und nix haben Tee gehabt und nix ist gestorben vor Durst." Sie schlurfte zurück in die Küche und goss aus dem Samowar heißes Wasser in die Tasse. Sie stellte die Tasse auf dem Nachtkästchen neben meinem Kopf ab, blieb vor mir stehen und fragte, wo ich essen wolle. Ich erklärte ihr, der Brief hätte mir den Appetit verdorben. Sie musterte mich mit einem grimmigen Blick, dann schüttelte sie den Kopf und trottete wieder in die Küche hinaus. Wenig später kam sie mit einem dampfenden Teller in mein Kabinett und stellte ihn auf den Klapptisch im hinteren, völlig verdüsterten Teil des Zimmers. Sie half mir, mich aufzusetzen, rollte den Rollstuhl neben das Kanapee und zog mich hoch. Ich plumpste in den Stuhl und war von der Anstrengung in kürzester Zeit ermattet.

„Ich fühle mich ganz schwindlig!", erklärte ich.

„Wenn ich die ganze Tag liege", antwortete sie grob, „ich fühle auch schwindlig, jetzt kommen Sie schon!"

Sie schob mich durch das schmale Kabinett zu dem Klappstuhl, band mir eine Serviette um den Hals und überließ mich dem Wurzelfleisch.

„Ich muss aufpassen, dass ich nicht zu schnell esse", rief ich Amalia hinterher, „mein Magen ist sofort beleidigt, wenn ich zu schnell esse. Andererseits reagiert er noch verstimmter, wenn ich überhaupt nichts esse. Ich habe wirklich einen empfindlichen Magen."

Ich sah vom Essen auf, aber Amalia hatte sich längst in ihr Zimmer zurückgezogen. Nachdem ich den letzten Rest der Sauce mit der Zunge vom Teller geleckt hatte, rief ich nach ihr.

„Wissen Sie, was das Deprimierende an so einem herrlichen Mittagessen ist, Amalia? Dass damit das Highlight des Tages auch schon der Vergangenheit angehört, verstehen Sie mich, nach so einem köstlichen Essen kann es nur noch bergab gehen!" Sie reagierte überhaupt nicht und wollte wissen, wann wir unseren Ausflug machen würden. Ich würde noch den Frühling verpassen, wenn ich nicht hinausging. „Umso besser", antwortete ich, „mir ist das Frühlingserwachen ohnehin suspekt. All diese Knospen, all diese Lebensfreude, all dieser grauenhafte Optimismus. Das sind doch nichts als leere Versprechungen, Amalia!"

Sie schüttelte den Kopf und ging in die Küche zurück. Durch das Völlegefühl und die Beschäftigung meines Magens mit dem Wurzelfleisch vergaß ich völlig auf meine Sorgen. Ich malte mir im Halbschlaf aus, wie eine gigantische Armee mit Millionen von chinesischen und indischen Soldaten in Europa einmarschieren und die Herrschaft übernehmen würde, nachdem China und Indien das transpazifische Militärbündnis gegründet hätten. Ich stellte mir vor, wie der indische Bürgermeister Wiens seine Staatsgäste empfangen oder der chinesische Bundespräsident Österreichs die Parade am österreichischen Nationalfeiertag abhalten würde. Die Europäer sollten überhaupt durch Chinesen und Inder ersetzt werden, dachte ich, dann hätte der unerträgliche Dünkel der Europäer endlich ein Ende. Mein Tagtraum ging nahtlos in einen tiefen Mittagsschlaf über.

Ein bekanntes Lachen im Vorzimmer weckte mich. Ich schrie nach Amalia, aber sie rührte sich nicht. Ich horchte angestrengt in den Flur und vermeinte, Simons Stimme zu hören. Amalia kam nicht herein, worauf ich ungeduldig die Ballhupe drückte. Plötzlich hörte ich ein Poltern, und Simon stand in der Tür und sah mich belustigt an.

„Was machst du denn für Sachen?", rief er aus. „Hast du jetzt etwa eine richtige Haushälterin?"

Ich umarmte Simon und küsste ihn auf die Wangen. Ich erzählte ihm, dass ich am Tag des Unfalls bereits im Begriff gewesen sei, ins Hallenbad zu gehen, dann aber von dem Unfall in Japan gehört und beschlossen hätte, mich mit Lebensmitteln und Wasservorräten einzudecken. Auf dem Nachhauseweg sei ich, mit den schweren Einkaufssäcken beladen, auf dem vereisten Gehsteig ausgerutscht und hätte mir das Sprunggelenk gebrochen. Er grinste und meinte, das sei wieder einmal typisch für mich.

Simon und ich kannten uns seit dem Kindergarten, und er war nicht nur mein ältester, sondern auch mein bester Freund. Ich erzählte ihm, dass ich schon geahnt hätte, dass wir uns bald wiedersehen würden, weil ich von ihm geträumt hätte. Er fragte nach meinem Traum, woraufhin ich zu erzählen begann: „Wir beide sind mit einer Gruppe von Paragleitern in eine deutsche Stadt gefahren, vielleicht war es Leipzig oder Dresden. Wir haben die ganze Nacht durchgefeiert, und am Morgen sind wir ziellos durch die Stadt gerannt. Ich hatte meine Schuhe verloren und bin barfuß durch die Straßen gelaufen. Ich hatte kein Geld, kein Handy, und wir haben uns unterwegs gestritten. Du hast mir vorgeworfen, ich hätte meinem Vater nie gesagt, dass er ein FPÖ-Schwein sei, und bist davongelaufen. Ich hab dir nachgerufen, dass der Vorwurf ungerecht sei und du leicht reden hättest, aber du warst schon verschwunden. Ich bin dann hilflos in der Stadt umhergerannt, hatte völlig die Orientierung verloren und wusste einfach nicht mehr, wo das Haus war, in dem die Party mit den Paragleitern stattgefunden hatte."

„Das klingt ja grauenhaft", meinte Simon mit einem säuerlichen Gesicht.

„Warst du wieder auf dem Schiff?", wechselte ich schnell das Thema.

„Ja, mit den Amis!", antwortete Simon.

„Wie ist es gelaufen?"

„Mühsam! In letzter Zeit häufen sich die Gerüchte, dass es auf der Tour Mystery Traveller gibt."

„Was ist denn das?", rief ich erstaunt aus.

„Weißt du nicht, was ein Mystery Shopper ist?"

Ich zuckte mit den Achseln.

„Ein Freund von mir arbeitet in der Filiale einer großen Weinhandlung und hat mir von einem Mystery Shopper erzählt, der bei ihm im Geschäft inkognito hereinschneite. Der Mann sah sich in dem Geschäft um, wandte sich an ihn und meinte, er finde die neue Filiale ja ganz wunderbar, das Angebot habe sich nach dem Umbau auch vervielfacht, nur mit den Parkplätzen sei es eben so eine Sache. Das Angebot an Parkplätzen sei doch wirklich sehr mangelhaft, hat dieser Idiot gejammert, verstehst du, und weißt du, was mein Freund geantwortet hat? Dann fahren Sie mit Ihrem Auto doch die Rolltreppe hinauf und stellen Sie es bei uns auf der Terrasse ab! Das hat der Ulrich dem Mystery Shopper direkt ins Gesicht gesagt, ohne natürlich zu ahnen, dass der Mann ein getarnter Spitzel war. Grandios, nicht? Der Haken an der Sache war nur, dass der Mystery Shopper ihn bei der Firmenleitung angezeigt hat, und die ihm anschließend ordentlich den Marsch geblasen haben. Das also ist ein Mystery Shopper. Und bei uns auf der Tour sollen jetzt angeblich diese total fiesen Mystery

Traveller eingesetzt werden. Die Zeiten werden immer ungemütlicher!

Diesmal wäre ich beinahe hinausgeschmissen worden, weil ich mich über die Touristen angeblich lustig gemacht habe. Als mich ein bescheuerter Ami fragte, ob wir in Österreich auch einen Präsidenten hätten, habe ich geantwortet, wir hätten zwar keinen Präsidenten, dafür aber einen Kaiser. Der Tourist war vielleicht so ein Mystery Traveller, jedenfalls hat mich jemand beim Office angezeigt, und so wäre es mir beinahe gelungen, rausgeschmissen zu werden, wogegen ich im Grunde ja nichts gehabt hätte. Strohdumm, diese Amis, verstehst du, aber dann null Toleranz, wenn du dir aus ihrer Dummheit einen Spaß machst."

Simon jobbte als Reiseleiter einer Schiffsagentur, die Seniorenreisen für Gäste aus Übersee anbot, bezeichnete sich selbst aber gerne als Maler, obwohl er seit mehr als zwanzig Jahren an einem einzigen Bild arbeitete. Das Bild, das er immer wieder von neuem malte, zeigte zwei Forellen, die in einer Schüssel lagen, wobei die eine bereits am Kopf zu faulen begann. Für ihn stellte dieses Motiv die Tantalusqualen des modernen Menschen dar, der vergeblich auf den Verzehr seiner Beute wartete, während die Zeit verging und der Fisch am Kopf zu stinken begann.

„Ich verstehe das alles nicht", setzte er fort, „da surfst du am wohlverdienten Feierabend im Internet, und dann blinkt dir so ein Werbebanner entgegen, der für die Greencard in den USA wirbt: ‚Leben und arbeiten in den USA, lassen Sie Ihren Traum wahr werden'! Wieso glauben diese hirnlosen Vollidioten eigentlich, dass es für mich das größte Geschenk auf Erden sein soll, mich in den USA für einen Hungerlohn ausbeuten zu lassen? Wie kommen die auf die Idee, dass ich da unbedingt hin will? Jedenfalls müssen diese Spione hinterher Bericht erstatten, und das heißt dann in deren Diktion natürlich nicht, dass da herumgeschnüffelt wird, nur um auf einen Fehler von dir zu lauern, damit sie dich endlich rausschmeißen können, worauf ich ja insgeheim gehofft habe, sondern offiziell heißt das: ein erweitertes Feedback einzuholen, um im Team an der Verbesserung unserer Performance zu arbeiten. So nennen sie das, was natürlich nichts anderes bedeutet, als dass du gefälligst die Peitsche selber in die Hand nehmen sollst! Aber dafür haben wir ja die flachen Hierarchien und die Supervision, damit wir auch wirklich lernen, die Peitsche selber in die Hand zu nehmen, und bitte auch am Wochenende an uns zu arbeiten, so funktioniert das. Und wenn du bei einer Supervision gefragt wirst, wo du dich auf einer Skala zwischen eins und zehn einstufen würdest, und du gibst dir sieben von zehn Punkten, dann rufen sie entrüstet aus: ‚Was?, Sie müssen aber schon auf zehn Punkte kommen, also sollten wir gemeinsam daran arbeiten, meinen Sie nicht?‘ Und wenn du dir zehn von zehn Punkten gibst, dann meinen sie süffisant: ‚Was, bei Ihnen gibt es nichts zu verbessern, nichts, woran es sich zu arbeiten lohnen würde? Also, so perfekt ist doch nicht einmal der liebe Gott, nicht wahr, da müssen wir schon noch an unserer Selbsteinschätzung arbeiten‘, so funktioniert das, verstehst du?"

„Kann mir bitte jemand erklären", antwortete ich, „warum die Welt so schrecklich gegenstandslos geworden ist?"

„Das Böse ist immer und überall", warf Simon ein und zündete sich eine Zigarette an.

„Musst du mit denen eigentlich auch am Abend etwas unternehmen", wollte ich wissen, „ich meine, Animation und so?"

„Trinken darfst du schon mit ihnen, sollst du bis zu einem gewissen Grad auch, aber für einen Alkoholiker wäre das nichts, denn in der Früh darfst du maximal 0,2 Promille Restalkohol haben, und gelegentlich lassen sie die

Guides sogar blasen. Das musst du einmal zusammenbringen: Du sollst mit den Gästen zwar bis zwei Uhr saufen, aber wenn du dann um sieben wieder auf der Matte stehst, soll dein Körper den Alkohol gefälligst herausgepumpt haben, damit du nicht wie die Sau nach Alk stinkst und in der Früh wieder hundert Prozent leistungsfähig bist, woran ich mich natürlich nicht gehalten habe. Sie haben mich aber noch immer nicht hinausgeworfen. Ich würde so gern auf Urlaub fahren und eigentlich möchte ich etwas ganz anderes machen und tue wirklich alles dafür, aber sie schmeißen mich einfach nicht raus."

Ich wollte wissen, wann er zurückgekommen sei und wie lange er bleiben würde. Er schüttelte den Kopf, blies den Rauch aus und meinte, er wisse es nicht. Es komme darauf an, ob sie ihn rauswerfen würden oder nicht.

„Ich tue wirklich alles dafür", sagte er nachdenklich, „diesmal hätten sie mich ja auch beinahe erwischt, und du weißt ja, darauf steht die sofortige „Termination", quasi die Todesstrafe, und zwar stante pede. Du musst das Schiff unverzüglich verlassen, wenn du etwas mit einer Kundin hast, jedenfalls war sie eine Witwe, die –"

„Du hast schon wieder?"

„Und wie! Sie war Witwe, und hast du eine Ahnung, wie sie Witwe geworden ist? Ihr Mann starb vor einigen Jahren während einer Aufführung im House of Dracula."

„Du meinst *das* Dracula-Schloss?"

„Nein, nicht das Original-Dracula-Schloss! Das gibt's ja in Wirklichkeit gar nicht, das ist ja alles nur ein Fake. Wir hatten das früher auch im Programm, mit Autobussen von Giurgiu über Bukarest zum Schloss Bran bei Braşov, mit Übernachtung im House-of-Dracula-Hotel. Der Mann der Witwe starb jedenfalls an einem Herzinfarkt, direkt nach der Vorführung im Keller, bei der ein junger rumänischer Bauer den Dracula gemimt hatte und brüllend aus dem

Sarg gesprungen war. Die Witwe war natürlich jahrelang untröstlich, aber –"

„Aber jetzt ließ sie sich trösten?"

„Oh ja, jetzt ließ sie sich trösten, aber sie hätten mich am Morgen danach beinahe erwischt. Als nämlich einer ihrer Kabinennachbarn, ein dämlicher Frühaufsteher, bei Morgengrauen seine Kabine verließ, hab ich mich gerade aus ihrem Zimmer geschlichen, und –"

„Sie haben dich erwischt?"

„Warte. Ich hatte zum Glück die Tür schon hinter mir geschlossen und wollte mir vor ihrer Kabine gerade die Hose richten, da stand auf einmal dieser Pensionist in seinen Turnhosen vor mir. Ich habe geistesgegenwärtig an ihre Tür geklopft und gerufen: Everything all right, Mrs. Bradock? Der Ami hat mich komisch gemustert und gefragt: Something wrong? Ich hab ihm zugenickt und geantwortet: She called me on my mobile, but she doesn't open. Er machte ein besorgtes Gesicht und fragte mich, ob ich Hilfe bräuchte, worauf ich ganz cool geantwortet habe: No, thanks, I think she is asleep now. Er schlug noch einmal vor, den Arzt oder einen Schiffstechniker zu holen, aber ich schüttelte nur den Kopf und meinte: I'm sure, and wir verabschiedeten uns schnell. So bin ich noch einmal davon gekommen, aber ich habe mir geschworen, mich in Zukunft zurückzuhalten. Ich kann meine Finger einfach nicht davon lassen –"

„Wie alt war sie denn?"

„Sag ich nicht, ich kann's dir nicht sagen, verstehst du, es ist auch nicht so wichtig, jedenfalls habe ich mir geschworen, dass ich mir das nicht mehr antue, aber das habe ich mir beim letzten Mal auch schon gesagt, und ich weiß nicht, was schlimmer war: dieses Erlebnis oder die Geschichte, als mich die Hausdame mit dem Stubenmädchen erwischt hat. Jedenfalls gerate ich zunehmend in Schwierigkeiten, weswegen ich wieder zu den SLAA-Meetings gehen muss –"

„Was für Meetings?"

„Mir hat der regelmäßige Besuch der Meetings ziemlich gut getan", setzte Simon unbeirrt fort, „ich bin sogar drei Monate ohne Selbstbefriedigung ausgekommen, kannst du dir das vorstellen?"

„Kann ich mir nicht vorstellen", warf ich ein.

Er beugte sich über mich, klopfte auf den Gips und fragte, wann er herunterkomme. Er wollte mir etwas auf den Gips schreiben, aber ich erklärte ihm, dass ich keinen Stift zur Hand hätte.

„Willst du nicht nach draußen gehen?"

„Gehen, du machst vielleicht Witze."

„Ich meinte natürlich fahren. Komm, ich fahre dich hinaus!"

„Ich bin in so schlechter Stimmung", entgegnete ich, „meine Mieter drohen mir mit der Einstellung der Mietzahlungen und mit Vertragskündigung und Klage und was weiß ich noch alles."

Ich wälzte mich von einer Seite auf die andere und suchte den Brief zwischen den Büchern in der Fensternische, aber ich konnte ihn nicht finden. Ich rief nach Amalia. Nach einer Viertelstunde fand sie den Brief, nachdem sie meine Bettdecke ausgeschüttelt hatte. Er fiel aus einer Falte, und ich fing ihn erleichtert auf. Simon las sich das Schreiben der Mieter belustigt durch, dann legte er es behutsam auf eines der Bücher.

„Das ist doch nicht weiter schlimm", meinte er gut gelaunt, „du fährst einfach nach Baden und regelst die Dinge mit den Handwerkern, in zwei Wochen hast du das Problem erledigt."

„Ich habe bereits ein Antwortschreiben entworfen", erklärte ich zerknirscht.

„Ein Antwortschreiben entworfen, Mann, du musst da hinfahren!"

„Wie soll ich denn in meinem Zustand nach Baden fahren?"

„Das gibt's doch nicht", rief er aus, „das Haus ist doch nicht irgendwo in Russland! Wir reden von Baden, oder ist dein Zinshaus etwa nicht in Baden?"

Ich musste ihm leider Recht geben, nur verstand er nicht, dass ich überhaupt keine Lust verspürte, nach Baden zu fahren.

„Ich kann keinen Schritt gehen!"

„Das ist doch nur eine Ausrede", fuhr mich Simon an, „wenn du willst, fahre ich mit dir, das sind vierzig Kilometer, das ist doch keine Entfernung! Ich schiebe dich mit dem Rollstuhl durch die Gegend, das macht bei den Mietern sicher Eindruck."

Amalia hatte die letzten Sätze unserer Unterhaltung interessiert mitangehört. Jedes Mal, wenn ich etwas erwiderte, verdrehte sie die Augen, schüttelte den Kopf und warf daraufhin Simon einen aufmunternden Blick zu.

„Komm jetzt!", rief Simon aus, „wir gehen erst einmal nach draußen, dann sieht die Welt gleich anders aus."

„Ich will nicht nach draußen gehen, woher wissen wir, dass die Stadt nicht längst kontaminiert ist?"

„Dann ist es eben dein letzter Spaziergang, komm jetzt!"

„Nur unter einer Bedingung!"

„Und die wäre?"

„Du hilfst mir zuerst, die Fenster zu verkleben und meinen Notvorrat in den Kleiderkasten zu schleppen."

Simon schüttelte sich vor Lachen, dann wollte er wissen, wofür das alles gut sein solle.

„Ich will für den radioaktiven Niederschlag gerüstet sein. Darum!"

„Aber du glaubst doch nicht, dass das irgendetwas bringt? Im Falle eines radioaktiven Niederschlages gehen wir alle drauf!"

„Du kannst ja ruhig draufgehen, ich möchte jedenfalls nicht unvorbereitet sein."

„Und wozu sollen wir die Konserven und das Wasser in den Kleiderschrank tragen?"

„Ich errichte im Schrank einen Schutzraum, im Ernstfall muss ich ihn nur mit Möbeln und einer Matratze verbarrikadieren –"

„Das gibt's doch nicht!", rief Simon lachend aus, „du wirst auf deine alten Tage wirklich seltsam!"

„Hilfst du mir oder nicht?"

Simon zog mich von meinem Bett hoch, und ich hievte mich mit seiner Hilfe in den Rollstuhl. Ich zeigte ihm, was zu tun war, und gab ihm Anweisungen, die Fenster in meinem und Amalias Kabinett (die Fenster in der Küche wurden nach einer harten Auseinandersetzung zwischen Amalia und mir zu Entlüftungszwecken bis auf weiteres nicht versiegelt) an den Ritzen mit Textilband zuzukleben. Dann bat ich ihn, sämtliche Konservendosen und Wasservorräte in den begehbaren Kleiderkasten zu tragen. Als wir fertig waren, dankte ich ihm aufrichtig.

Während wir uns anschickten, die Wohnung zu verlassen, flatterte Amalia herbei und ermahnte mich, nicht so bald wiederzukommen. Sie machte ein erleichtertes Gesicht und meinte in ihrem mütterlichen Befehlston, sie wolle die Wohnung putzen und könne es nicht erwarten, dass wir zur Tür draußen wären.

Nachdem ich mich auf meinen Krücken die wenigen Stufen aus der Parterrewohnung hinuntergekämpft hatte, plumpste ich erschöpft in den Rollstuhl, den mir Simon nachgetragen hatte. Als wir auf die Straße kamen, hatte ich das Gefühl, die Sonne würde mich ohrfeigen. Ich hielt mir die Hand zur Abschirmung des Lichts an die Schläfe und stöhnte auf.

„Die Sonne kommt mir viel aggressiver vor als sonst, vielleicht sind daran die radioaktiven Strahlen schuld?"

„Das bildest du dir nur ein, weil du so lange in deiner dunklen Höhle gelegen hast", beruhigte mich Simon.

„Die Sonne ist immer aggressiv, und alles, was unter der Sonne geschieht, kommt mir genauso bösartig vor."

„Mein Gott", rief Simon aus, „was sind denn das für Gedanken?"

Ich verstummte. Simon wechselte das Thema und begann wieder über seine Sexsucht zu sprechen, das heißt, er war gerade dabei, sich einzugestehen, dass sein Verhalten etwas von einer Sucht an sich haben könnte.

„Ich vermisse meine Frau und meinen Sohn", erzählte er in einem Anflug von Selbstmitleid, „aber ich kann einfach nicht die Finger von den Chicas lassen."

Wir schwiegen und hörten dem Knirschen des Streusands unter den Rädern des Rollstuhls zu.

„Manchmal fühle ich mich so einsam", erklärte ich, „dass ich es kaum aushalte, und an anderen Tagen habe ich ganz im Gegenteil den Wunsch, allein auf der Welt zu sein. Kannst du dir so einen Zwiespalt vorstellen?"

„Ich kriege das auch nicht auf die Reihe", entgegnete Simon, „das heißt, bei mir läuft das alles natürlich auf die Frage nach der richtigen Partnerin hinaus. Ich nehme mir vor, vielleicht fünfzehn Minuten im Web zu surfen, und daraus werden dann Stunden, ja eine ganze Nacht, bis ich mich erschöpft und depressiv in der Morgendämmerung ins Bett lege und nicht einschlafen kann."

Simon machte eine Pause, während er den Rollstuhl über die Straße und den Weg hinauf in den Park schob.

„Die Rückfälle sind am schlimmsten", setzte er fort, „ich spüre es schon beim Aufstehen, verstehst du, ich fühle regelrecht, dass der Tag gekommen ist, derart gnadenlos rollt so ein Rückfall auf mich zu. Ich brauche nach dem Milchkaufen bloß eine junge Frau in einem Minirock zu sehen, und schon ist es um mich geschehen. Ich renne ihr, mit der Milchpackung im Arm, auf der Straße hinterher und stelle mir vor, die Milchpackung ist mein Penis und ich spritze sie mit einem Liter Sperma von oben bis unten voll –"

„Hör auf", schrie ich ihn an, „das ist ja widerlich!"

„Natürlich ist das grauenhaft", fuhr Simon zerknirscht fort, „das ist unendlich widerlich, aber du brauchst dir keine Sorgen zu machen, ich bin der Erste, der sich dafür bestraft. Ich hasse mich dann und bin tagelang depressiv, am liebsten würde ich mich freiwillig auspeitschen oder kastrieren lassen, aber ich kann einfach nichts gegen diese Fantasien machen. Ich bin da oben", räsonierte er und tippte sich dabei an die Stirn, „einfach nicht Herr im Haus. Deswegen versuche ich mich jetzt auch an das Zwölf-Schritte-Programm zu halten, das ist sozusagen meine zweite Reifeprüfung!"

Ich fragte ihn, was an seinen sexuellen Gedanken so schlimm sei, solange er nur Lust empfinde und niemanden verletze.

„Das ist ja der springende Punkt", antwortete Simon schnell, „ich empfinde ja keine Lust. Höchstens unmittelbar während des Sex' oder während die Erregungskurve steil nach oben geht. Aber die Kurve fällt, wie wir alle wissen, rasch wieder ab, und ich falle hinterher und stürze in die ärgsten Depressionen."

„Und die Meetings helfen?", wollte ich wissen.

„Ja, je offener ich darüber rede, je genauer ich mein Suchtverhalten in der Gruppe schildere, je mehr ich meine

Vergangenheit akzeptiere und je gelassener ich mit den Anforderungen des täglichen Lebens umzugehen lerne, umso leichter fällt mir die Abstinenz. Seit drei Monaten komme ich ohne Bordellbesuch und ohne Sexfotos aus –"

Ich wandte ein, dass ich auch gern so eine Gruppe hätte, nur wisse ich nicht den Namen meiner Krankheit.

„Zum Glück", fuhr Simon fort, „lasse ich jetzt wenigstens die Finger vom Firmencomputer. Es gehört zu meinen schlimmsten Erinnerungen, als ich letztes Jahr nachts am Hospitality-Desk des Schiffes auch noch am PD-Computer zum Rattern anfing. Das war schon grenzwertig, als sie mir den USB-Stick vor die Nase hielten und mich grinsend fragten, ob ich im Computer nicht etwas stecken gelassen hätte? Der Computer ist jetzt tabu, absolutes Tabu, verstehst du –"

„Du hast im Gegensatz zu mir wenigstens Sex", warf ich ein.

„Aber was für einen!", rief Simon aus. Er habe nach dem Sex immer das Bedürfnis, seine Partnerin so schnell wie möglich zu verlassen. Sogar bei einer wunderschönen fünfundzwanzigjährigen Studentin habe er dieses Gefühl und könne nichts dagegen unternehmen. Kaum lägen sie nach dem Sex auf dem Rücken und rauchten eine Zigarette, bekomme er eine Panikattacke und frage sich, wie er da am schnellsten wieder herauskomme.

„So schnell ich vom Sex high werde", fügte Simon hinzu, „so schnell komme ich wieder herunter, und die Landung ist alles andere als weich. Ich bin ja eigentlich schwul, verstehst du? Ich kann Frauen eigentlich nur lecken, wenn ich dafür zahle, sonst nicht. Der Intimgeruch ist meistens eine Belastung für mich, und wenn ich mit einer Frau zwei Wochen zusammen bin, wird mir der Sex schon wieder langweilig. Mich interessieren ja nicht die Mösen, sondern ein schöner Arsch oder ausladende Titten. Ich will bei einer Frau auch nichts vorher machen, sie stimulieren oder so."

Er machte eine Pause und schaute abwesend ins Leere.

„Ich habe mich einmal mit einem Pfarrer unterhalten, der auch in Bordelle ging, der hat mich sofort verstanden. Dieses Ambiente, das Rotlicht, der Kick des Verbotenen, den du da kriegst, all das reizt mich so ungeheuerlich. Aber hinterher frage ich mich: Ist es wirklich das, was ich will? Und bin das tatsächlich ich, der diese Nutte will, oder ist es nicht ganz wer anderer, den ich gar nicht kontrollieren kann?"

Ich erzählte ihm, dass Messalina, die Frau von Kaiser Claudius, auch sexsüchtig gewesen sei. Simon schüttelte den Kopf und machte ein deprimiertes Gesicht.

„Der Kaiser war ein Sex-Maniac", setzte ich fort, „und ließ in einem privaten Pläsier-Palast auf Capri Gruppensexpartys veranstalten. Messalina, seine Frau, hat mit der stadtbekannten römischen Hure Scylla um die größere Ausdauer beim Sexmarathon gewetteifert. Die Kaiserin hat mit fünfundzwanzig Runden in vierundzwanzig Stunden gewonnen. In der Nacht hat sie sich aus dem Königspalast gestohlen und ist der Geheimprostitution nachgegangen. Hätte es damals schon schicke Sextherapie-Kliniken gegeben, wäre Messalina vielleicht weniger tragisch zugrunde gegangen: Weil Claudius nämlich irgendwann die Geduld mit ihr verlor, ließ er sie durch die Schwerter seiner Prätorianergarde hinmetzeln."

„Ja", antwortete Simon zerknirscht, „Sexsucht hat es wohl schon immer gegeben!"

Ich wollte wissen, was seine Ex-Frau zu all dem sage.

„Ich habe ihr erzählt", antwortete Simon betrübt, „dass ich zu den Meetings gehe. Und dass ich sie vermisse, ich meine, ich vermisse sie wirklich, der Lukas ist jetzt neun, und es ist mit ihm fast so, wie mit einem Freund abzuhängen, es ist völlig entspannt."

„Die Tragödie des Lebens besteht darin", entgegnete ich, „dass man nie frei sein kann und immer das haben will, was man nicht bekommt, das war schon immer so. Das, was man ganz tief drinnen befürchtet, passiert. Das, was man sich ganz tief drinnen wünscht, passiert nicht. Wenn wir jung sind, wollen wir die eine Frau, die wir nicht haben können, und wenn wir alt sind, wollen wir alle Frauen."

Wir blieben eine Weile schweigend sitzen und sahen den gurrenden Tauben zu, die sich, beflügelt von den erwachenden Trieben im Frühling, voreinander im Kreis drehten und um die Gunst eines Partners buhlten.

Mir waren die Tauben schon immer zuwider, dachte ich angeekelt, das wäre ein Projekt, das mich noch reizen würde, für das es sich lohnen würde, in die Lokalgeschichte Wiens einzugehen: der Mann, der Wien von der Taubenbelagerung befreite. Ich scharrte mit meinem gesunden Fuß im Sand und überlegte, ob ich Simon davon erzählen solle, aber ich war zu müde.

Wir saßen noch eine halbe Stunde im Park, schließlich verlor ich das Interesse an Simons Geschichten. Als die Sonne hinter den Dächern verschwunden war und es empfindlich kalt wurde, bat ich ihn, mich nach Hause zu schieben. Zurück auf dem Kanapee konnte ich mich nicht entschließen, einen Joint zu drehen oder Radio zu hören. Vielleicht sollte ich mir ein Hobby zulegen, dachte ich, sobald mein Bein wieder in Ordnung ist. Fotografieren vielleicht? Oder Taekwondo? Oder malen? War ich schon so angegraut, ins Hobbyalter hinüberzuwechseln?

Am folgenden Montag fuhr ich ins Hanusch-Krankenhaus, um mir den Gips abnehmen zu lassen. Als der Arzt meine Unterlagen durchsah, stellte er fest, dass ich Geburtstag hatte. Sein Gesicht hellte sich auf, und er meinte, dass ich heute tatsächlich allen Grund zu feiern hätte: Gips herunter, Geburtstag, was wolle man mehr? Ich entgegnete, dass weder mein Geburtstag noch die Abnahme des Gipses für mich ein Grund zum Feiern seien. Der Arzt sah mich verständnislos an und schüttelte den Kopf.

„Das Glück sieht anders aus", erklärte ich bestimmt. Er betrachtete mich argwöhnisch, dann fragte er: „Wie sieht denn das Glück Ihrer Meinung nach aus?"

Mich ärgerte sein angriffslustiger Ton. Wie kam ein Arzt dazu, mich derart anzuschnauzen? Ich hätte ihm gerne erklärt, dass mich die Behinderung am Bein in gewisser Weise zu einem freieren Menschen gemacht hatte, weil sie die unzähligen Wahlmöglichkeiten, denen ich permanent ausgeliefert war, reduzierte. Sobald ich den Gedanken zu Ende gedacht hatte, wusste ich jedoch, dass mich der Arzt nicht verstehen würde.

„Freuen Sie sich doch", versuchte er es noch einmal, „Sie Glücklicher, Sie können bald wieder gehen!"

„Der Hass auf das Glück ist entscheidend", antwortete ich schlagfertig, „wenn man das Glück erobern will."

Der Arzt schaute mich entgeistert an und fragte empört: „Was ist denn das für eine kranke Einstellung? Soll ich Ihnen vielleicht noch einen Gips verpassen?" Sein Gesicht war jetzt rot und angespannt. „Sie glauben wohl, Sie können sich über mich lustig machen."

Er brüllte richtig.

„So etwas ist mir ja in meiner ganzen Laufbahn noch nicht passiert!"

Ich erklärte ihm, dass ich mich durch seine Reaktion geschmeichelt fühlen würde. Daraufhin warf mir der Arzt wutentbrannt meine Unterlagen vor die Füße und wehte wortlos zur Tür hinaus.

Ich fuhr mit dem Taxi nach Hause. Es war ein wolkenloser blauer Tag gewesen und die Sonne tauchte die Hausfassaden der vorüberziehenden Gründerzeithäuser in ihr goldgelbes Abendlicht. Die Welt musste einmal sehr schön gewesen sein, dachte ich, als man am Morgen noch nicht mit dem Gefühl aufgewacht war, dass sie jeden Tag untergehen konnte. In diesem Augenblick erinnerte ich mich an einen kleinen Unfall, den ich als Sechsjähriger erlitten hatte. Ich hatte mir den Knöchel verstaucht, als ich auf dem Gepäckträger eines Freundes aus der Nachbarschaft mitgefahren war. Mein Knöchel war in die Speichen geraten, und Florians Eltern hatten mir auf ihrer Terrasse im Garten ein richtig schönes Bett auf zwei Stühlen hergerichtet, wo ich mein Bein hochlagern konnte. Daneben hatten sie eine Infrarotlampe aufgestellt, mit der sie meinen verletzten Knöchel bestrahlten. Der korallenrote Sonnenball hatte mich jetzt an die Farbe der Lampe erinnert. Damals hatte ich nicht die geringste Ahnung gehabt, dass man sich einmal so alt fühlen könne, wie ich mich in diesem Moment fühlte. Der Taxifahrer sagte kein Wort, und ich war ihm dankbar dafür, dass er mich nicht aus meinen Gedanken riss.

Beim Hinaufgehen der Stufen stellte ich fest, dass sich durch die Abnahme des Gipses nichts geändert hatte. Ich hatte noch mehr Schmerzen als zuvor, der Fuß war angeschwollen, und ich schleppte mich mit allerletzter Kraft auf den Krücken zu meiner Wohnung. Als ich vor der Tür stand und nach meinem Schlüssel kramte, hörte ich ein Flüstern und Kichern dahinter. Ich ahnte sofort, dass dieses Gezischel nur auf eine Geburtstagsüberraschung hindeuten konnte. Am liebsten hätte ich die Flucht ergriffen. Ich blieb vor der Tür stehen und lauschte ins Wohnungsinnere, dann übte ich einige Mundbewegungen, um ein fröhliches Gesicht zu machen, wenn ich zur Tür hereinkam. Mit einem kräftigen Stoß trat ich sie auf und blickte in das verdatterte Gesicht von Amalia, die mit roten Wangen im Vorzimmer stand. Sie begrüßte mich mit einem starren Lächeln. Ich fragte sie, was los sei, und vernahm aus dem Kabinett ein Hüsteln und Räuspern. Kurz darauf erklang ein lahmes „Happy Birthday, lieber Mucki". Ich hinkte auf den Krücken in mein Kabinett, da blickte ich in ihre Gesichter: Bydlynski (genannt: Boing) und Prack mit Freundin, Simon ohne Freundin, und meine Schwester, die naturgemäß auf meinem Kanapee Platz genommen hatte, während alle anderen standen. Sie redeten sofort auf mich ein.

Jeder zog irgendein Päckchen hinter dem Rücken hervor, und sogar meine Schwester stand auf, küsste mich auf die Wangen und drückte mir ein Geschenk in die Hand. Sie riet mir, mich erst einmal hinzulegen, was ich ohnehin im Begriff war zu tun (Sie hatte schon als Kind die lästige Angewohnheit gehabt, mir Ratschläge in Dingen zu erteilen, die sich bereits von selbst erledigt hatten. Hob ich ein Glas an die Lippen, um einen Schluck Wasser zu trinken, sagte sie oft noch schnell: Trink doch erst einmal ein Glas Wasser, dann geht es dir besser!). Ich ließ mich erschöpft auf das Kanapee fallen und tat so, als wäre ich wegen der Geburtstagsüberraschung ganz außer mir vor Freude. Judith half mir, mein Bein auf dem Polster hochzulagern, wobei sie es nicht vorsichtig angriff, sondern unangemessen fest drückte. Ich schrie auf, woraufhin sie mein Bein wie einen schmutzigen Socken fallen ließ. Als ich mich endlich ausgestreckt hatte und meine Freunde um mein Sofa stehen sah, fühlte ich mich für einen Augenblick, als läge ich im Sterben und alle wären gekommen, um sich von mir zu verabschieden.

Meine Schwester hatte mir frische, altrosafarbene Tulpen mitgebracht und hielt mir die Blumen vor die Nase. Ich roch den süßlichen Geruch und machte eine abwehrende Geste. Ich bat sie, den Strauß in den Vorraum zu stellen, weil ich Blumen nicht leiden könne. „Wieso denn nicht, was hast du gegen Blumen?", fragte Judith entrüstet.

„Ach, dieser widerliche Geruch! Blumen sind wie Kinder, sie fordern unsere ganze Aufmerksamkeit, und wenn sie blühen, erwarten sie uneingeschränktes Lob. Dauernd muss man sagen, wie schön doch die Blumen sind und wie herrlich sie blühen und wie gut sie riechen, nein danke!"

Ich packte die Geschenke aus und bedankte mich für die gelungene Geburtstagsüberraschung. Meine Schwester hatte mir einen Elektrorasierer und Prack eine Packung Schweizer Kracher geschenkt.

„Was ist denn das?", rief ich aus, nachdem ich das letzte Geschenk ausgepackt hatte.

„Ein Survival-Kit!", antwortete Bydlynski euphorisch. „Von Simon und mir!"

„Das sehe ich!"

Während Bydlynski davon erzählte, wie sie auf die Idee gekommen waren, mir einen Survival-Kit zusammenzustellen, nahm ich das Set unter die Lupe. Ich griff in die Schuhschachtel und zog einen Kompass, zwei Gulasch-Konservendosen und ein Stirnband mit einer Taschenlampe hervor.

„Ich dachte, du bist ein verkappter Prepper und brauchst so etwas!"

„Was ist bitte ein Prepper?", fragte meine Schwester naserümpfend.

„Das Wort Prepper kommt von prepared", erklärte Bydlynski nüchtern, „und heißt soviel wie vorbereitet sein."

„Vorbereitet wofür?", wollte Pracks Freundin wissen.

„Für den Ernstfall, für einen totalen Systemzusammen-
bruch, wofür denn sonst? Für radioaktiven Niederschlag
und andere Katastrophen."

Ich zog ein dickes Buch heraus und betrachtete das
Cover, das einen rauchverhangenen Himmel zeigte: „Sur-
vive! Katastrophen und wie man sie überlebt. Handbuch
für Krisenzeiten. Knebel-Verlag, Köln, 2012." Ich begann
darin zu lesen, da riss mir Bydlynski das Buch aus der
Hand, blätterte hektisch die Seiten um und schlug mir
eine Stelle auf.

„Hier", erklärte er fiebrig, „hast du eine genaue Anlei-
tung, wie man einen Schutzbunker im Freien baut!"

„Interessant", murmelte ich und studierte die Zeich-
nung, die eine ausgehobene Grube in der Erde zeigte, über
der ein Schutzraum errichtet werden sollte.

„Zum Glück habe ich ja meinen begehbaren Kleiderschrank!"

„Aber was machst du, wenn radioaktiver Regen fällt
und du gerade in der freien Natur unterwegs bist?"

„Ich bin nicht unterwegs!"

„Oder wenn du nicht alleine bist. Wenn du Frau und
Kinder in Sicherheit zu bringen hast. Was machst du dann?"

„Ich habe keine Frau und keine Kinder!"

Ich wandte mich wieder der Schuhschachtel zu und
zog eine klappbare Schaufel hervor.

„Ach, eine Schaufel zum Ausheben einer Grube!"

„Das ist eine hochwertige Nirosta-Edelstahl-Schaufel
für höchste Ansprüche!"

„Das ist ja ein regelrechtes Totengräber-Werkzeug!
Und was ist das?" Ich zog ein schweres Messer hervor,
das in einem nach frischem Leder riechenden Futteral
steckte.

„Das ist ein Rambo-Survival-Messer!", rief Bydlynski
begeistert aus.

Ich zog das Messer aus der Hülle und hielt die scharfe Klinge ins Licht. „Du hast Recht", bemerkte ich in Richtung Bydlynski, „so was kann man vielleicht einmal brauchen!"

„Also, Mucki", warf meine Schwester besorgt ein, „das ist mir überhaupt nicht recht, wenn du eine Waffe hast. Da bin ich wirklich dagegen!"

„Bist du vielleicht meine Mutter?", schrie ich sie an. „Das ist doch nur ein Messer!"

„Ein Rambo-Messer unter dem Kopfpolster!", rief Prack aus, und die Runde brach in ein unbändiges Gelächter aus.

„Euch wird das Lachen schon noch vergehen", bemerkte ich eingeschnappt.

„Ich mache bei dieser Weltuntergangs-Hysterie sicher nicht mit!", rief Prack aus und erntete ungeteilte Zustimmung.

„Du brauchst beim Weltuntergang gar nicht mitzumachen", wandte ich ein, „weil die Welt nämlich schon längst untergegangen ist. Das, was von der Welt übrig ist, ist nur noch ein fahler Abglanz. Mit dem Wunder, das die Welt einmal war, hat das alles überhaupt nichts mehr zu tun."

„Wir hätten dir zum Geburtstag ja gern einen Flug zum Mond geschenkt", sagte Bydlynski in die Stille hinein, „aber es war leider schon alles ausgebucht."

„Wir haben überhaupt keine Ahnung", antwortete ich müde, „was vor sich geht, Boing. Kein Mensch weiß, dass man längst an Weltraumhotels baut, in die sich die Elite Europas flüchten wird, wenn der Super-GAU kommt. Die haben dort alles, Restaurants, Pools, Mädchen aus Thailand, ja sogar Wellenreiten wird man dort können. Die Mädchen werden im Fall der Katastrophe ins All mitgenommen, und unser österreichischer Astronaut ist der Manager dieser Weltraumhotelkette. Die Kette heißt AUSTROMOON, jedenfalls wird da im Hintergrund längst am Ausstiegsszenario gebastelt. Das werden wir Normalsterblichen uns zwar nicht leisten können, aber die Politiker und die Milliardäre werden sich im Fall des Falles ganz bequem absetzen, die brauchen sich überhaupt keine Sorgen zu machen. Ich stelle mir diesen Weltraumhotelier in irgendeinem geheimen Labor auf den Fidschi-Inseln vor, wie er an der Logistik einer regelrechten Holiday-Moon-City arbeitet, in der für alle Kontinente riesige Luxushotels errichtet werden. Was meinst du, warum es im Weltraum immer öfter zu Kooperationen zwischen Russland und den USA kommt? Die Regierungen arbeiten mittlerweile alle zusammen, und zwar Regierungschefs gleich welcher Couleur, weil sie alle wissen, dass die Erde in dreißig, vierzig Jahren unbewohnbar sein wird. Und unser österreichischer Astronaut koordiniert das Ganze, er bestellt die Mädchen in Thailand, er organisiert die Gastronomie, besucht Ernährungskonferenzen und bestellt das luxuriöseste Weltraumessen, alles auf unsere Kosten und nur mit der Idee, dass im richtigen Moment, wenn die Zeit für den Abflug gekommen ist, die hundert wichtigsten Präsidenten und Bankmanager in das Spaceshuttle einsteigen und sich aus dem Staub machen können. So sieht es aus."

Ich blickte in die Runde und bemerkte, wie sie mich aus betretenen Gesichtern anstarrten. Meine Schwester betrachtete mich besorgt, als Prack das Schweigen brach: „Wie fühlst du dich eigentlich mit einundvierzig?"

„Mir wird erst jetzt klar", antwortete ich bedrückt, „dass ich vierzig geworden bin, ich kapiere erst langsam, was hier eigentlich vor sich geht. Was ist das überhaupt für ein Alter, einundvierzig?"

„Ja, speed kills", warf Simon ein.

„Was ist mit mir passiert, frage ich mich, was habe ich von meiner Lebenserfahrung, wie hat es überhaupt so weit kommen können?"

Niemand konnte auf meine Frage eine Antwort geben.

„Die Jugend wird an den Jungen verschwendet", fuhr ich fort. „Wenn du jung bist, kriegst du überhaupt nichts mit, du glaubst, du lebst ewig, du verprasst deine Jugend und bist zu blöd, sie zu genießen. Erst wenn es zu spät ist, erst wenn du alt zu werden beginnst, merkst du, dass du einmal jung warst. Und du fragst dich, was hier vor sich geht und wie es überhaupt so weit hat kommen können."

Bydlynski brach das Schweigen mit der Behauptung, er fühle sich heute mit vierzig viel fitter als mit fünfundzwanzig. „Mit fünfundzwanzig waren wir doch alle völlig am Arsch", erklärte er, „wir haben geraucht, wir haben gesoffen, wir haben keinen Sport getrieben, ich hatte nicht einmal ein Fahrrad."

Bydlynski nickte aufmunternd in die Runde, um die anderen zu ermutigen, ihm beizupflichten, aber niemand sagte etwas. Er wetzte nervös auf seinem Klappsessel herum und schien das Schweigen am allerwenigsten auszuhalten. Die Blödsten halten das Schweigen am allerwenigsten aus, dachte ich, als ich Boing so ungeduldig vor mir sitzen sah. Man brauchte nur in eine größere Gesellschaft zu gehen und auf den Moment zu warten, in dem eine absolut normale und alltägliche Gesprächspause eintrat, und man konnte sicher sein, dass derjenige, der als Erster etwas sagte, der Dümmste unter den Anwesenden war. In diesem Fall war es meine Schwester.

„Über dich haben die Leute schon mit fünfundzwanzig gesagt, dass du dich anziehst wie ein alter Mann, dass du redest wie ein alter Mann und dass du gehst wie ein alter Mann."

Sie blickte wie eine Schauspielerin in die Runde und genoss das Gelächter, das ihre Pointe ausgelöst hatte. Bydlynski pflichtete ihr bei und meinte, ich würde wahrscheinlich gerade mein natürliches Alter erreichen. Da hatten sich die zwei Richtigen gefunden. Während die anderen lachten, sann ich darüber nach, ob Bydlynski und Judith nicht ein ideales Paar abgäben, aber ich kam auf keinen grünen Zweig, weil Prack eine Flasche warmen Sekts hervorzog und daran zu hantieren begann. Er öffnete die Flasche mit einem lauten Knall, worauf ihm der halbe Sekt über den Arm rann und Amalia immer wieder zwischen Kabinett und Küche hin- und herlaufen musste, um das Schlimmste zu beseitigen.

„Das Leben des Menschen ist sowieso nur eine Verschwendung", erklärte ich, „nichts als Verschwendung. Die Zeit macht alles zunichte, gleich was wir tun."

„Habt ihr gehört", warf jetzt Bydlynskis Freundin ein, „dass das Leck in Fukushima abgedichtet ist?"

„Habe ich gelesen", antwortete Boing, „angeblich mit Flüssigglas abgedichtet."

„Wenn das kein Grund zum Feiern ist?", rief meine Schwester gekünstelt aus.

„Das sind doch alles nur Lügen und Beschwichtigungsformeln", entgegnete ich wütend. „Die wollen uns weismachen, dass sie alles unter Kontrolle haben. Aber sie haben natürlich gar nichts unter Kontrolle!"

Prack schüttete den warmen Sekt in die Kaffeetassen, die Amalia herbeigeschafft hatte. Meine Schwester machte ein missbilligendes Gesicht und beschwerte sich darüber, dass ich nicht einmal ordentliche Sektgläser im Haus habe. Sie hatte nicht den geringsten Sinn für Diskretion! Wenn sich ihr eine Gelegenheit bot, mich öffentlich bloßzustellen, dann ergriff sie diese auf die schamloseste Art und Weise. Man sah ihr die Schadenfreude regelrecht an, wenn sie nach einem Scherz, den sie auf meine Kosten anbrachte, in die Runde blickte, um ein anerkennendes Lachen zu ernten. Sie ist ja nicht gekommen, weil sie für mich da sein will, dachte ich, sondern weil ich für ihre Psychohygiene zuständig bin.

Prack schaute mich amüsiert an und meinte, ich würde ein Gesicht wie auf meiner eigenen Beerdigung machen.

„Die Beerdigungen sind meistens lustiger als die Geburtstage", antwortete ich fröhlich, „du kannst dir nicht vorstellen, wie lustig es manchmal zugeht. Viele streiten schon bei der Bestattung im Büro über den Preis vom Sarg oder über die Begräbnisformalitäten. Da gibt es wirklich ungute Leute, die sich beschweren: Er hat immer einen Seitenscheitel gehabt, wieso frisieren sie ihm dann einen Mittelscheitel, und geschminkt haben sie ihn auch nicht! Außerdem kann man sich nicht vorstellen, wie geizig die Leute sind. Diejenigen, die ihre Familienangehörigen am meisten tyrannisieren, sind auch die Geizigsten und zwingen allen ihren Willen auf. Beim Begräbnis wird dann weitergestritten: Der Kranz von meinem Bruder liegt doch viel näher beim Sarg als mein Kranz, was haben Sie dazu zu sagen? Sehr amüsant, das ist sozusagen die erste Lektion, die man lernt, dass die Kränze der Geschwister exakt in gleichem Abstand zum Sarg zu liegen haben."

Ich blickte zu meiner Schwester, die ein zerknirschtes Gesicht machte, nachdem sich große Heiterkeit in der Runde ausgebreitet hatte. Wahrscheinlich war sie beleidigt, weil ich unsere Firmengeheimnisse ausplauderte.

„Wie lange hast du eigentlich in eurer Bestattung gearbeitet?", wollte Prack wissen.

Meine Schwester kam meiner Antwort zuvor und erklärte den Anwesenden, dass ich mir nach der Matura eingebildet hätte, nach Indien zu reisen. „Zu einem Guru, nicht wahr, Mucki?"

Allein bei der Art, wie sie das Wort Guru aussprach, drehte es mir den Magen um.

„Er war ein halbes Jahr in Indien", setzte meine Schwester fort, „bis ihm das Geld ausgegangen ist und er erst recht wieder in unserer Bestattung arbeiten musste, war es nicht so, Mucki?"

Wie kam ich dazu, von meiner Schwester derart vorgeführt zu werden?

„So eine Indien-Phase hatte doch jeder einmal", warf Simon ein.

„Ich bin nicht einfach so nach Indien gefahren", erklärte ich gereizt. „Ich wollte nach Indien emigrieren, nachdem ich zu der Erkenntnis gelangt war, dass unsere unerleuchtete westliche Welt nicht zu respektieren ist. Ich bin ein halbes Jahr geblieben, um mich dem Studium der Sitar zu widmen, und da ging es mir zum ersten Mal richtig gut. Ich meditierte, übte Sitar und war jeden Abend high, das war mehr, als man verlangen konnte. Sag einmal Prack, was machst du da eigentlich?"

Prack legte sich auf mich und inspizierte meine Medikamente, die ich auf dem Fenstersims über dem Kanapee deponiert hatte. „Kannst du bitte meine Medikamente in Ruhe lassen?"

„Was ist denn das?", fragte Prack. „Pulverinhalator Novolizer, Salbutamol 100 mg, Xyzall, Aspirin, Passionsblume, Baldrian-Tabletten! Schluckst du das auch alles?"

„Lass bitte meine Tabletten liegen!"

Mein Einwand kam zu spät, denn er hatte bereits begonnen, mit dem Asthmaspray und den Tablettenschachteln zu jonglieren, wobei sie ihm unentwegt auf den staubigen Boden fielen und die Runde in Gelächter ausbrach.

„In deiner Wohnung bekommt ja jeder Asthma!", rief Prack grinsend aus, während ihm der Spray erneut zu Boden fiel.

Ich herrschte ihn an: „Leg die Tabletten sofort zurück!" Er sammelte die Medikamente ein und deponierte sie wieder am Fenstersims.

„Nach einem halben Jahr", fuhr ich mit meiner Erzählung fort, „ging mir jedenfalls das Geld aus und ich musste zurück nach Österreich. Ich wollte rasch Geld verdienen, um so schnell wie möglich wieder nach Indien zurückzukehren. Deshalb hab ich wieder in unserer Bestattung gearbeitet, aber es bekam mir nicht."

„Wieso denn nicht?"

„Ich wurde dick und depressiv, das siehst du doch."

„Was war eigentlich deine ärgste Leiche?", fragte Prack mit einem finsteren Gesicht.

„Das Schlimmste sind die stinkenden Leichen", antwortete ich sachlich, „die einen Monat lang neben dem Heizkörper gelegen sind. Du kommst in die Wohnung und der Körper ist voller Maden. Noch schlimmer finde ich aber die Wasserleichen, weil sie so aufgebläht sind, aber die sind mir zum Glück erspart geblieben. Die Stinkenden sind wirklich scheiße, das stinkt so, dass die Wohnung hinterher ausgegast werden muss. Sogar die elektrischen Leitungen müssen herausgerissen und erneuert werden, weil die Maden sonst in die Nachbarwohnung kriechen."

Ich blickte in die Runde und sah in ihre betretenen Gesichter. Bydlynskis Freundin war ganz bleich geworden.

„Von wo kommen die Maden eigentlich her?"

„Die Fliegen riechen die Leichen, legen die Eier und daraus entwickeln sich die Maden, die die Leiche auffressen."

„Und was wäre, wenn man die Leiche unverzüglich in einen dicht abschließenden Sarg legen würde? Würde dieser Körper auch von Maden zerfressen?"

„Nein, Maden wären keine dabei, aber der menschliche Körper enthält ja genug Enzyme, Darmbakterien, Pilze, Viren, die ihn von innen her verschmausen ..."

„Dann sind wir Menschen alle wie diese Gadgets in den Agentenfilmen, die sich selbst zerstören?"

„Ja: This human body will self destroy after eighty years!"

„Und was passiert dann mit so einer stinkenden Leiche?"

„Die werden mit den Maden in eine Plastikhülle gesteckt und in den Blechsarg gehoben. In der Bestattung werden sie dann im Schockraum tiefgefroren."

Bydlynski wollte wissen, wie viele Leichen wir pro Jahr gehabt hätten, worauf ich antwortete, dass es früher etwa vierhundert gewesen, heute vielleicht noch dreihundert seien.

„Sterben die Leute weniger", fragte Prack, „oder machen sich bei uns auch schon die chinesischen Bestattungsfirmen breit?"

„Das Bestattungswesen ist ziemlich krisensicher in Sachen Globalisierung", antwortete ich.

Da erhob sich Prack von seinem Klappstuhl und fragte: „Kennt ihr den? Transportieren Arbeiter sämtliche Fenster einer Villa ab. Fragt der Nachbar die Hausbesitzer, die im Garten vor dem Haus stehen und den Arbeitern beim Einladen der Fenster zusehen: Neue Fenster? Antwortet die Frau: Nein, wir lassen unsere Fenster in China putzen, kommt einfach billiger heutzutage."

Während das Gelächter abebbte, zog Prack eine zweite Flasche Sekt hervor.

„Aber die Globalisierung hat auch vor unserem Geschäft nicht Halt gemacht", erklärte ich gut gelaunt. „Wir haben mit einer englischen Sterbeversicherung zusammengearbeitet, und wenn ein Engländer auf der Rax abgestürzt ist, haben wir ihn abgeholt und zum Flughafen verfrachtet. Das war ein Supergeschäft. Wenn Mr. Harris am Telefon war, haben wir uns immer gefreut, nicht wahr Judith?"

Sie warf mir einen finsteren Blick zu, und mir wurde wieder einmal bewusst, wie neurotisch sie im Grunde war. Unsere Eltern haben uns ihre Neurosen vererbt und die ärgsten Neurotiker aus uns gemacht. Wahrscheinlich dachten sich meine Freunde, wie normal und natürlich meine Schwester doch im Gegensatz zu mir war, und fragten sich, wie aus mir ein so lebensuntüchtiger Mensch werden konnte, während sie nach außen hin völlig normal erschien. Sie war schon immer eine ausgezeichnete Schauspielerin, das durchschauten die Leute nicht, weil sie sie nicht kannten. Mich konnte sie mit ihrer Schauspielerei jedoch nicht täuschen. Jeder ihrer Gesten war abzulesen, wie unwohl sie sich fühlte, wenn irgendein Satz fiel, der ihr unpassend vorkam und nicht in ihr Spatzenhirn hineinging. Spatzenhirn war vielleicht nicht das richtige Wort, denn sie war schon immer die Cleverere von uns beiden gewesen. Von meiner Mutter hatte sie die Bauernschläue geerbt, die meines Erachtens das Gegenteil von jeder tiefer gehenden Intelligenz war. Ihre Intelligenz ging gerade so tief, dass sie die Leute über den Tisch ziehen und ihnen überteuerte Wohnungen oder Häuser andrehen konnte. In der Tiefe unserer Charaktere lauerte nur die Familienneurose, welche auch mich nicht verschont hatte. Wahrscheinlich ist Judith gar nicht gekommen, um mir zum Geburtstag zu gratulieren, wurde mir plötzlich klar, sondern um zu überwachen, ob ich irgendwelche Firmengeheimnisse ausplauderte.

„Ein Brit', der hat gekriegt ein Tritt", rief ich gut gelaunt aus, „den schicken wir wieder nach Hause! Das waren immer unsere ersten Gedanken, wenn Mr. Harris am Telefon war, nicht wahr, Judith?" Ich trat mit meinem kaputten Bein vor Vergnügen in die Luft und genoss Judiths indignierten Gesichtsausdruck. Sie gab sich ja immer so vornehm und erhaben über solch schmutzige Witze, was den Spaßfaktor natürlich ungemein erhöhte.

„Was hast du eigentlich in der Bestattung gemacht", wollte Bydlynskis Freundin wissen, „ich meine, hast du im Büro gearbeitet oder was?"

„Im Büro?", rief ich aus, „da kennst du meinen Vater aber schlecht. Ich musste alles machen, ich war voll im Außendienst. Ich musste mich mit den Leichen abgeben, sie abholen, waschen und anziehen."

Die Mädchen rümpften bei meinen Schilderungen die Nase.

„Ist gewöhnungsbedürftig, war nicht ganz freiwillig am Anfang."

„Aber ekelt man sich nicht davor?"

„Doch, doch", antwortete ich bitter. „Man hat eine natürliche Abscheu, aber die verdrängt man irgendwann. Mein Talent war es nicht. Mein Vater hielt mich so kurz wie möglich, und wenn es nach ihm gegangen wäre, hätte er mir am liebsten gar nichts oder höchstens den Lohn eines Lehrlings bezahlt. Wieso sollte es mir auch besser gehen, als es ihm ergangen war, wieso sollte es sein Sohn leichter haben, wieso soll es überhaupt jemand leichter haben als man selbst, denken die Leute fortwährend, sie denken gar nicht daran, es den Nachkommenden leichter zu machen. Im Gegenteil, sie sollen es noch schwerer haben als sie, damit sie sich an ihnen rächen können, weil sie früher sterben müssen."

Meine Schwester wetzte auf dem Rollstuhl hin und her und war sichtlich bemüht, das Thema zu wechseln: „Weil du gerade von Talent gesprochen hast, was war eigentlich dein Talent, wenn es nicht die Bestattung war?"

Sie drehte den Kopf in alle Richtungen, um zu überprüfen, ob wirklich jeder über ihren billigen Witz gelacht hatte.

„Im Übrigen bin ich darauf stolz", fuhr ich fort, ohne auf ihre Frage einzugehen, „dass ich es war, der unter den Prosekturdienern Handschuhe eingeführt hat. Der Prosekturdiener Anton war ein gelernter Metzger und hat sich geweigert, Handschuhe anzuziehen, wenn eine Leiche zur Verbrennung bereit gemacht werden und man noch einen Herzschrittmacher herausholen musste."

Ich machte eine Pause und genoss den Ekel, der sich nicht nur in den Gesichtern der Mädchen widerspiegelte. Meine Schwester strafte mich mit einem feindseligen Blick.

„Der Toni", erzählte ich weiter, „hat immer in den Brustkorb hineingesägt, das Herz mit den bloßen Fingern herausgeholt und die Elektroden des Herzschrittmachers herausgerissen. Und als ich zum ersten Mal mit Einweghandschuhen daherkam, haben sie mich alle schrecklich ausgelacht. Später hat sie jedoch sogar der Anton getragen."

„Wieso muss man den Herzschrittmacher vor der Verbrennung überhaupt rausholen?"

„Der schmilzt beim Verbrennen", erklärte ich, „ist doch klar."

„Habt ihr da auch Goldzähne rausgeholt, die schmelzen doch auch?"

„Das haben nur die Nazis gemacht. Aber für die Sachen, die nicht verbrennen, gibt es ja noch die Knochenmühle. Du wirst im Sarg verbrannt, und was übrig bleibt, die Hüften oder die Zähne, kommt durch die Knochenmühle."

Bydlynski brach das Schweigen und fragte, ob ich Wodka im Haus habe, wir hätten sicher alle einen Schnaps nötig. Die Mädchen stimmten zu, und alle außer meiner Schwester tranken ein Glas Wodka. Sie saß starr im Rollstuhl.

„Das mit der Globalisierung und der Knochenmühle interessiert mich", platzte es aus Prack heraus, „da könnte man vielleicht eine Installation daraus machen, so ein Bestattungsinstitut als Location für eine Performance, das war doch noch nie da, oder? Indian Knochenmühle for Indian Summer, so in etwa stelle ich mir das vor."

Prack zeichnete und kritzelte fieberhaft in sein Notizbuch.

Albert Prack war ein erfolgloser Performance- und Spreng-Künstler, der seine Freunde gerne in seine Kunstaktionen miteinband. Sein Kunstkonzept bestand darin, aktuelle politische Ereignisse in seinem Atelier nachzustellen, das er zu einem gemütlichen Wohnzimmer mit Perserteppich und ausladender Wohnlandschaft umgebaut hatte. Darin ließ er nackte Terroristen-Schauspieler foltern (Guantanamo, Guajira guántanamera). Oder er ließ Bankmanager live vor der Kamera Selbstmord verüben (Herr Lehmann Brothers), oder er ersäufte junge Katzen in der Badewanne (Tsunami-Cats).

„Ich würde mir das so vorstellen", rief Prack in die Runde, „man dekoriert einen Aufbahrungsraum mit Fußballfahnen und Flaggen und Trikots, made in India, verstehst du, überall im Zimmer hängen Real-Madrid-Fahnen und AC-Milan-Fahnen und Ronaldo- und Ronaldinho-T-Shirts und -Hosen, und in dem Sarg liegt die perfekt hergerichtete Leiche eines grauhaarigen Mannes, der in seinem Leben Top-Manager eines internationalen Konzerns war. Er trägt einen vornehmen Nadelstreifanzug und hat einen schönen Schnurrbart, und um den Sarg herum sitzen lauter indische Textilverkäufer. Das Zimmer müsste wirklich vollgestopft sein mit Indern, und sie sollten auch ihr Masala oder ihr Tandoori-Huhn essen, die ganze Bestattung sollte wie ein indisches Restaurant riechen, verstehst du, und die Installation heißt: Indian Summer waiting for the Knochenmühle. So in etwa."

Wieder entstand betretenes Schweigen, welches ich allerdings als nicht weiter störend empfand, weil ich ganz in das Mienenspiel meiner Schwester versunken war, das während der Erzählung Pracks permanent zwischen Angst und Hass changierte. Ich dankte Albert insgeheim dafür, dass er meine Schwester fast so weit gebracht hatte, ihre Fassung zu verlieren. Sie verlor ihre Fassung natürlich nicht, aber es war ihr anzusehen, dass sie mit sich kämpfte, um nicht unverzüglich aufzustehen und die Party zu verlassen. Gleichzeitig bekam ich Mitleid mit ihr und warf mir vor, auf welch billigen Triumph ich es doch abgesehen hatte! Vielleicht hatte ich mich in meiner Schwester völlig getäuscht, und sie war tatsächlich nur wegen mir und meinem Geburtstag gekommen? Vielleicht war sie die ganze Zeit nur deswegen sitzen geblieben, weil sie für mich da sein wollte, während ich mich über ihre Spießigkeit lustig gemacht hatte? Ja, vielleicht war in Wirklichkeit sie die Starke, weil sie beschlossen hatte, meine schwachsinnigen und aufgekratzten Freunde auszuhalten. Wie kindisch war doch meine Schadenfreude! In Wirklichkeit bist du ein viel gemeinerer Mensch als Judith, sagte ich mir auf dem Kanapee liegend, und die einzige Leistung in deinem Leben besteht darin, geerbt zu haben.

„Manchmal sind die Leute gar nicht tot", rief ich in die Runde, um mich auf andere Gedanken zu bringen.

„Gibt es die Scheintoten wirklich?"

„Ja, manchmal wachen sie wieder auf, aber das will ja niemand, was macht der Bestatter deshalb im Zweifelsfall?"

Ich blickte in die Runde, um sicher zu gehen, dass alle aufmerksam zuhörten.

„Der Bestatter hebt den Sarg vorsorglich verkehrt ins Grab, damit der Scheintote, falls er den Sarg aufbringt, nicht wieder nach oben kommt."

„Das verstehe ich nicht", krakeelte Bydlynskis Freundin und machte ein dämliches Gesicht. Was für ein wunderbares Paar die beiden doch abgaben! Ich erklärte es noch einmal: „Damit er nicht mehr herauskommen kann, der Scheintote, verstehst du nicht, hebt der Bestatter den Sarg mit dem Deckel nach unten ins Grab!"

Jetzt hatte sie es verstanden und schlug sich mit der flachen Hand gegen die Stirn: „Verkehrt herum, mit dem Sargdeckel nach unten, ich verstehe!"

„Genau!"

„Aber kommt das auch wirklich vor?"

„Ja, Scheintote gibt es immer wieder, wenn der Beschauarzt zu schlampig war –"

„Hast du nicht einmal einen Leichenwagen gehabt", wollte Prack wissen, „den du zum Wohnwagen umgebaut hast?"

„Ja, unseren alten Ford Transit. Ich hatte sogar eine Matratze drin –"

„Mit Vorhängen, wenn ich mich richtig erinnere?"

„Mit Vorhängen!"

„Du warst mit dem Leichenwagen öfter auf Urlaub, oder?"

„Ja, ich bin manchmal auf Rave-Partys gefahren, aber in dem Wagen hat es so gestunken, dass kein Mädchen darin schlafen wollte."

„Was für ein Zufall!"

„Ich dachte, die Leichen werden im Blechsarg transportiert?"

„Ja, aber irgendwie hat es noch immer nach den Leichen gerochen, das bekommst du einfach nicht hinaus."

Prack schenkte allen Wodka ein und wir prosteten uns zu.

„Musstest du eigentlich auch Gräber schaufeln und so?", wollte Bydlynskis Freundin wissen.

„Dafür hatten wir den Ferdinand. Den alten Totengräber Ferdinand. Der war der Derbste von allen. Ich erinnere mich, wie er einmal ein Grab aufschütten musste, nachdem ein Ehemann seiner Frau hinterhergestorben war. Dabei musste er aufpassen, dass ihre Knochen nicht in der Grube zu sehen waren, die er ausgehoben hatte. Er

nahm die Knochen heraus und versteckte sie in dem Erdhügel neben dem Grab. Als dann der Sarg des verstorbenen
Gatten in das Grab hinuntergelassen und die Begräbnis-
gäste gegangen waren, musste der Ferdinand das Grab
wieder zuschütten. Ich stand vor dem Grab und beobachtete, wie er in dem Erdhügel herumstocherte. Da rief er:
So, jetzt kannst du wieder auf ihm reiten!, hat die Knochen
der Frau auf den Sarg geworfen und das Grab wieder zuge-
schaufelt."

Nachdem das Gelächter verklungen war, fragte Bydlynski, warum ich über meine Zeit als Bestatter keinen
Roman schreiben wolle. Meine Schwester schien auf diesen Augenblick nur gewartet zu haben und antwortete
für mich: „Er schreibt doch schon seit zwei Jahrzehnten
daran, nicht wahr, Mucki?"

„Ja, wie geht es eigentlich deinem Totengräber-Roman?",
wollte Simon wissen. Ich hätte mich dafür schlagen können,
dass ich vor Jahren einmal von diesem Projekt erzählt hatte.
Alles konnte gegen einen verwendet werden und wurde
zum richtigen Zeitpunkt auch gegen einen verwendet.

„Ich arbeite daran."

„Du arbeitest aber schon lange daran."

„Ich arbeite daran, mach dir keine Sorgen."

„Er hat in seinem Leben noch nie etwas zu Ende gebracht", warf meine Schwester mit ihrem gemeinsten
Lächeln ein, „es ist eine regelrechte Krankheit bei ihm,
alles unfertig liegen und stehen zu lassen. Alles muss
begonnen werden und nichts wird fertig gemacht, weil
man ja sonst dahinter stehen müsste, weil man ja dann
Stellung beziehen müsste, aber das ist nicht so sein Ding,
nicht wahr, Mucki? Lieber die Finger davon lassen, bevor
etwas daraus werden könnte."

Ich kochte innerlich vor Wut und brachte kein Wort
heraus.

„Hast du überhaupt schon eine Zeile geschrieben?", wollte Bydlynski wissen.

„Ich arbeite noch am Ende, solange ich kein gutes Ende habe, kann ich nicht anfangen."

„Aber du könntest doch auch ohne Ende anfangen? Wozu brauchst du für den Anfang ein Ende?"

„Weil die meisten Autoren am Ende scheitern. Wozu soll ich mich der Mühe unterziehen, ein ganzes Buch zu schreiben, wenn ich am Ende doch scheitere?"

„Du meinst also, du schreibst das restliche Buch erst, wenn dir ein gutes Ende gelungen ist?"

„So ist es. Am Abschluss einer Geschichte zeigt sich erst die Klasse eines Schriftstellers, und von den meisten Romanen müsste man die letzten dreißig Seiten ohnehin herausreißen. Man würde der Literatur einen großen Dienst erweisen, wenn aus allen Romanen der Weltliteratur die letzten dreißig Seiten herausgerissen würden."

„Aha."

„Aber eigentlich bin ich sowieso gegen das Veröffentlichen, ich bin gegen die Kunst und die Literatur überhaupt. Die Autoren sind alle widerwärtig, außerdem bin ich überzeugt, dass die Tausenden von nicht veröffentlichten Büchern die interessanteren sind. Wir veröffentlichen ja nur, um unsere Ruhmsucht zu befriedigen oder aus schierer Gier nach Geld. Jede Veröffentlichung ist eine Dummheit und der Beweis für einen schlechten Charakter. Ich bin ein Enthaltungskünstler, jawohl! Mittlerweile haben wir doch schon mehr Produzenten als Konsumenten. Bei so vielen Stipendien für Autoren bräuchten wir mittlerweile ja schon Stipendien für die Leser. Ich bin der Meinung, dass man die Produktion erst einmal für einige Jahrzehnte stilllegen sollte wie ein Stück Land, das man brach liegen lässt, damit man danach wieder etwas Anständiges anpflanzen und ernten kann."

Prack nahm ein Buch zur Hand, das mit aufgeklappten Buchdeckeln in den Zweigen meines vertrockneten Gummibaums gesteckt hatte. „Schau dir dieses Buch an", rief er zynisch aus, „völlig verstaubt, wann hast du das letzte Mal einen Blick in dieses Buch geworfen?"

„Weißt du, warum ich aufgehört habe, dieses Buch zu lesen? Weil ich es nicht ertrage, was für einen Schwachsinn die Leute anstreichen!"

„Warum kaufst du dir dann gebrauchte Bücher?", fragte Simon, „wenn du nicht aushältst, was andere Leute anstreichen?"

„Hast du eine Ahnung, was Bücher heutzutage kosten? Früher waren Bücher billiger, weil sie ein Grundnahrungsmittel waren, aber heute kann das doch kein Mensch mehr bezahlen: dreißig Euro für ein Buch!"

„Mein Gott, Mucki, du hast doch genug Geld."

„Aber nicht für neue Bücher, außerdem werden doch nur mehr Krimis verlegt. Ich verstehe ohnehin nicht, wie man heutzutage noch lesen kann. Mir gehen immer so viele Gedanken durch den Kopf, dass ich mich überhaupt nicht konzentrieren kann. Wenn ich nicht aufpasse, denke ich an zwei Sachen gleichzeitig, und dann bin ich zwischen diesen zwei Gedanken so hin- und hergerissen, dass ich weder an das eine, noch an das andere denken kann. Aber an wirklich nichts kann ich dann auch nicht denken, verstehst du?"

„Ich glaube, ich verstehe es nicht."

„Mein Gott", kreischte meine Schwester, „deine Bibliothek könntest du auch wieder einmal abstauben, meinst du nicht?"

„Ich lese fast nichts mehr", entgegnete ich erschöpft, „ich habe das Gefühl, dass ich alles schon einmal gelesen habe. Ich fange ein Buch an und denke mir, ich kenne alle darin enthaltenen Gedanken, ich habe alles schon einmal gehört oder gelesen. Das denke ich mir, wenn mir das Geschriebene nicht gefällt. Und wenn es mir gefällt und irgendwie originell erscheint, frage ich mich, warum ich es nicht geschrieben habe. Und das deprimiert mich dann noch mehr. Wozu soll ich also noch lesen? Wir sind in einem Alter, in dem wir uns unsere Zeit besser einteilen müssen."

„Ich lese jetzt übrigens wieder ‚Unterm Rad'", bemerkte Boing ernst, „irgendwie hat es mich gereizt, wieder einmal Hesse zu lesen."

Die Runde lachte grölend auf.

„Ach", rief Simon aus, „bei dir ist es so schön gemütlich, bei dir hat man das Gefühl, die Zeit vergeht einfach nicht."

„Stimmt", pflichtete Prack ihm bei, „du verströmst so ein angenehmes Geborgenheitsgefühl, du warst in deinem früheren Leben sicher eine bequeme Couch oder so etwas."

„Wenn", antwortete ich, „dann war ich die zerschlissene Hinterbank in der Kalesche eines abgetakelten russischen Fürsten!"

Da sprang Prack unvermittelt von seinem Stuhl auf und schlug vor, mit Boings Taxi noch eine Spritztour zu machen.

Gerald Bydlynski arbeitete als Pressesprecher einer kleinen Off-Theaterbühne, aber er verdiente dabei so wenig, dass er nebenher Taxi fahren musste, um die nötigen Fixkosten hereinzubekommen. Bydlynskis Freundin meinte, wir hätten alle schon zu viel getrunken, aber ich kannte Prack. Wenn er sich etwas in den Kopf gesetzt hatte, dann wurde es meistens auch durchgezogen.

Meine Schwester erhob sich wie auf Kommando von meinem Rollstuhl und gab mir einen Abschiedskuss.

„Bin schon weg", rief sie gewitzt aus, „mach's gut und überanstrenge dich nicht. Tu noch schön feiern!"

Während die anderen darüber diskutierten, wohin wir fahren könnten, ärgerte ich mich über Judiths dämliches „Tu schön …", das sie bei jeder Gelegenheit anbrachte und das mich an einen Offizier erinnerte, der seine Soldaten zur Weiterarbeit beim Robben im Schlamm oder beim Kloputzen animieren wollte. Es gab Sätze im Repertoire meiner Schwester, die mich in den Wahnsinn trieben und denen ich hilflos ausgeliefert war. Anstatt meinem Ärger Luft zu machen, bedankte ich mich für ihren Besuch und wir küssten uns zum Abschied theatralisch auf die Wangen.

„Los!", schrie Prack, „pack dich zusammen, wir fahren!"

Ich erklärte, dass ich nirgendwohin fahren würde, worauf alle auf mich einzureden begannen, ich hätte doch Geburtstag et cetera. Wir würden mit dem Taxi auf den Cobenzl fahren und dort oben trinken und Musik hören. So wie in alten Zeiten.

Ich wiederholte: „Ich fahre jetzt sicher nicht auf den Cobenzl!", aber im selben Moment spürte ich, wie mir mehrere Hände links und rechts unter die Arme griffen und mich in den Rollstuhl hievten. Ich brachte nicht die Energie auf, mich gegen sie alle aufzulehnen. Sie breiteten eine Wolldecke über meine Beine, schoben mich zur Tür hinaus und trugen den Rollstuhl mit vereinten Kräften die wenigen Stufen hinunter. Dann saß ich in Bydlynskis Taxi, das er sich für die ganze Woche genommen hatte, und wir fuhren in Richtung Cobenzl, nachdem sich die Mädchen wohlweislich verabschiedet hatten.

Nachdem wir am Cobenzl angekommen waren, drehte Bydlynski auf dem Parkplatz eine Schleife und hielt an einer Stelle, von der aus wir auf die Stadt hinuntersehen konnten. Er nahm eine Lautsprecherbox aus dem Wagen, stellte sie auf den Kofferraum und drehte Embryonic Journey von Jefferson Airplane auf volle Lautstärke.

„Das waren Zeiten", bemerkte Boing rührselig, „kannst du dich erinnern, wie wir im Taxi mit zwei Mädchen auf den Cobenzl gefahren sind? Ich hatte einen Wagen mit einem Schiebedach und unsere Haare wehten im Fahrtwind. Es war ein schöner lauer Sommerabend, und wir waren so jung. Wohin ist die Zeit verschwunden?"

Er breitete seine Arme aus und tänzelte davon.

„Ich weiß es nicht", rief ich ihm nach, „Boing, ich weiß es auch nicht."

Auf einmal spürte ich, wie eine Hand von hinten den Rollstuhl ergriff und mich im Kreis drehte. Es war Simon. Ich bat ihn, aufzuhören, da mir schwindlig wurde.

Then one day my woman up and died,
Lord, she up and died now.
Oh Lord, she up and died now.
She wanted to die,
And the only way to fly is die, die, die.

„Hör dir das an!", schrie Prack, während er auf uns zulief. Er umarmte mich mit der einen und Simon mit der anderen Hand. „Seht euch das an: Die Stadt wächst und wächst, ist sie nicht wunderschön? Sie liegt da wie das Sternbild eines großen, schlafenden Tiers!"

„Nur wir sind nicht gewachsen", entgegnete Bydlynski bitter, woraufhin ihm Prack die Hand vor den Mund hielt. „Schsch, schschsch! Schau dir einfach die Stadt an", flüsterte er, „schau und hör dir den Song dazu an!"

There's a high flyin' bird, flying way up in the sky,
And I wonder if she looks down as she goes on by?
Well, she's flying so freely in the sky.

Prack streckte mir eine Flasche Whisky entgegen und ich nahm einen Schluck. Wenn ich doch nicht an diesen verdammten Rollstuhl gefesselt wäre, dachte ich und fühlte mich ihnen völlig ausgeliefert. Mir wurde bewusst, dass sie alles Mögliche mit mir anstellen konnten.

„Komm, trink!", rief Prack. „Auf dich, Mucki, auf die Scheißjahre, die wir in dieser wundervollen Stadt liegen gelassen haben."

Wir tranken und blickten hinunter auf die Stadt. Wenig später kam Prack mit einem Bündel Zweigen und Ästen angerannt. Er warf sie in der Mitte des Parkplatzes auf einen Haufen, überschüttete sie mit Wodka und zündete sie an. Sofort brannte es lichterloh. Sie schoben mich an das Feuer heran und reichten mir die Flasche, während Bydlynski zum Auto zurücklief und die CD noch einmal startete. Es erschien mir auf einmal lächerlich, dass wir einen Song hörten, der fast ein halbes Jahrhundert alt war, und uns wie idiotische Studenten benahmen, obwohl wir bereits Großväter hätten sein können. Ich fragte Bydlynski, warum er ausgerechnet die Jefferson-Airplane-CD eingelegt hatte.

„Sind wir etwa idiotische Althippies?"

„Sicher sind wir Althippies!"

„Warum hören wir überhaupt so einen Song", fragte ich in die Runde, „sind wir völlig stehen geblieben oder verrückt geworden? Leben wir etwa in den Sechzigerjahren, oder sind wir solche Scheißhippies? Wir hören Achtundsechziger-Songs und geben uns diesem Lebensgefühl hin, ohne zu wissen, was für ein Lebensgefühl es überhaupt war, ohne dieses Gefühl jemals wirklich erlebt zu haben. Nicht einmal die Vergangenheit ist echt in unserem Scheißleben!"

„Waren wir jemals Hippies und wenn nicht, was waren wir dann?", fragte Simon.

„Die Gnade der späten Geburt."

„Wir waren einfach gar nichts", entgegnete ich, „wir waren nicht mehr Hippies und noch keine Punks oder schon nicht mehr Punks und noch keine Yuppies. Wir waren irgendwo in einem Loch dazwischen."

„In Amerika würden wir zur Slacker-Generation gehören."

„Aber wir sind ja nicht einmal Slacker. Wir sind doch keine Verlierer, wir sind die Erbengeneration –"

„Generation X war schon!"

„Vielleicht Generation Angst?"

Prack und Bydlynski umarmten sich und tanzten um das Feuer herum. Als Simon vom Pissen zurückkam, deutete er auf eine dunkle Ecke des Platzes, wo ein unbeleuchtetes Wohnmobil parkte. Prack und Bydlynski blieben stehen und sahen in Richtung des Wagens.

„Sicher Städteurlauber", rief Prack aus, „die sich jetzt zu Tode fürchten, dass wir Rowdies ihren Wohnwagen anzünden könnten."

„Städteurlaub! Was für ein dummes Wort", seufzte ich. „Die ganze Welt ist zu einer verdammten Tour verkommen. Es gibt keinen Kommunismus, es gibt keinen Sozialismus, es gibt keinen Anarchismus mehr, der einzige -ismus, der noch übrig geblieben ist, ist der Tourismus! Und mit dem Tourismus diese unerträgliche Dummheit, in der wir leben!"

„Möchtest du den Tourismus vielleicht abschaffen?"

„Ich habe auch keine Antwort", erwiderte ich, „ich gebe zu, ich habe keine Antwort oder eine verdammte Botschaft. Ich weiß nicht, was wir machen sollen, aber zumindest weiß ich, dass die Welt so verdammt heruntergekommen ist, und ich habe weder eine Lösung, noch habe ich irgendetwas Originelles darüber zu sagen. Bisher ist fast alles in meinem Leben verkehrt gelaufen, und ich glaube, so geht es nicht nur mir, es muss einfach so sein. Und wenn du völlig am Arsch bist und das Leben aus einer anderen Perspektive betrachtest, macht auf einmal alles Sinn. Es macht alles auf eine sehr negative und unverständliche Art und Weise Sinn."

„Wovon redest du eigentlich?"

„Alle nehmen sich vor, das Richtige zu tun", deklamierte ich, „alle sind immer bemüht, gut und recht zu handeln, den richtigen Schachzug zu machen, aber was ist, wenn es den richtigen Zug nicht gibt, was ist, wenn es für dieses Leben einfach keine Regeln gibt? Alle tun so, als gäbe es so klare Regeln wie beim Schach, aber was ist, wenn es solche Regeln einfach nicht gibt?"

„Wir sind die Lebenden, das ist die Hauptsache."

„Ach, Boing, du mit deinem idiotischen Optimismus", stöhnte ich auf. „Siehst du nicht, was auf der Welt vor sich geht? Wir reden dasselbe, wir sind gleich angezogen, wir unterhalten uns mit denselben Scheißhandys über dieselben Neuigkeiten, wir sehen dieselben Filme, wir ficken auf dieselbe Art und Weise, und das trifft auf uns genauso zu wie auf alle anderen. Heute hält sich einer schon für unangepasst, wenn er einmal drei Monate in Indien war oder eine Tätowierung am Oberarm hat, der sagt dann, schau dir mein Tattoo an, bin ich nicht originell? In Wirklichkeit hat heute jeder Vollidiot eine Tätowierung und fährt jeder Vollidiot einmal nach Indien oder zumindest nach Griechenland, um eine Auszeit zu nehmen, um ein paar Monate auszusteigen und sich vollzudröhnen. Nichts ist mehr originell, keiner ist es, wir sind alle nur eine gleichgeschaltete Masse. Das Einzige, was mich wirklich frei macht, ist meine Passivität."

„Deine Passivität macht dich frei?"

„Ja", entgegnete ich, „in meiner Passivität finde ich meine Freiheit. In meiner Kapitulation vor dem Leben. Und in meiner Kapitulation vor diesem Augenblick, meiner Hingabe an diesen Moment, und nicht an die Scheißvergangenheit und noch weniger an die noch beschissenere Zukunft. Ich bin betrunken und bald bin ich tot, bald bin ich nur ein verdammter Haufen Knochen in einem modrigen Sarg, und das Einzige, das mich in diesem Leben rettet, ist die Kapitulation vor der Gegenwart. In diesem Moment gibt es kein Richtig oder Falsch, die Präsenz ist das Einzige, das uns nicht bescheißt, und ich kann mich betrinken oder nicht –"

Ich hievte mich aus dem Rollstuhl und stand zum ersten Mal seit Wochen wieder ohne Krücken auf zwei Beinen. Ich krallte mich an dem Rollstuhl fest, während ich meine Jacke und mein T-Shirt abstreifte und meine Hose und Unterhose herunterzog. Ich streckte meinen Freunden meinen nackten Hintern entgegen und schrie: „Ich kann mich nackt ausziehen oder nicht, ich kann mir noch ein Bein brechen oder ich kann mir mit einer Flasche die Zähne einschlagen, damit wenigstens irgendetwas Reales passiert. Aber in Wahrheit geht es immer nur um die nackte Angst: Wovor habe ich heute Angst, warum mache ich das und das nicht aus Angst? Ich brauche kein Geld und ich brauche nicht einmal eine Zukunft. Scheiß auf die Angst, scheiß auf die Angst."

Prack, Simon und Bydlynski grölten und johlten, wir umarmten uns und ich zog meine Unterhose wieder hoch. Dann nahmen wir uns an den Schultern, und ich sprang auf einem Bein um das Feuer herum.

In diesem Moment schaltete das Wohnmobil seine Scheinwerfer an und rollte langsam aus seiner Ecke auf uns zu. Ich fühlte mich ziemlich betrunken und high vom letzten Joint, sodass mir das Wohnmobil wie ein großer weißer metallener Käfer erschien, der auf uns zukroch. Bydlynski stellte sich dem Campingbus in den Weg, der ganz offensichtlich an uns vorbei in Richtung Ausfahrt wollte. Der Bus versuchte auszuweichen, aber jetzt hatte sich Prack einige Meter neben Bydlynski aufgepflanzt. Der Fahrer hupte hysterisch, was zur Elektrogitarre wie ein verzerrtes Effektgeräusch klang. Er hörte nicht auf zu hupen und setzte langsam zurück, während Bydlynski und Prack den Campingbus verfolgten.

How he knows where he's going –
Never lost –
No one, well there's no one faster
Direction born in his brain

Ich stellte mir vor, wie die Kinder und die Frau in dem Wohnwagen aufkreischten und weinten, und der Vater alle anschrie, sie sollten endlich still sein. Das Familienoberhaupt war sicher so ein schnauzbärtiger CSU-Nazi, ein Versicherungskaufmann oder so etwas in der Art, und in einigen Wochen würde er all seinen Verwandten in München oder Ingolstadt oder Nürnberg von ihrer Horrornacht in Wien erzählen und genau schildern, wie sie dieses Abenteuer mit stählernen Nerven gemeistert hätten.

He's got no reason to hide
He's got no laws to cross
He's got
Well he's got no master
Freedom born in his name

Aerie Aerie Aerie

Ich sah die Szene vor mir, wie der schnauzbärtige Versicherungskaufmann eine Bildershow über seinen Flachbildschirm laufen ließ (wobei er bei seinem Vortrag nicht unerwähnt lassen würde, dass er den Bildschirm über einen Kollegen zum Einkaufspreis erworben habe), um seinen Bekannten bis ins Detail die Steven-King-mäßige Horrornacht in Wien zu schildern. Er würde sie warnen, dass man in dieser balkanischen Stadt nachts einfach nicht auf unbewachtem Gelände parken dürfe. Ich malte mir aus, wie der Vater seiner Frau und den Kindern beim Abendessen mit einer Dose Corned Beef vorrechnete, was ein Zimmer mit so einer Aussicht auf Wien in einem Nobelhotel gekostet hätte, und dass sie sich so ein Zimmer mit seinem Gehalt niemals hätten leisten können, und wie glücklich sie sich doch schätzen dürften, dass sie das Wohnmobil zu einem Zeitpunkt gekauft hätten, als ihre in Aktien angelegten Ersparnisse noch nichts an Wert eingebüßt hatten, sonst besäßen sie jetzt nämlich gar nichts mehr, schon gar kein Wohnmobil, und wie viel sie sich durch das Wohnmobil bereits erspart hätten, und dass sich allein deshalb das Schlagzeug für den Sohn ausgegangen sei et cetera.

Mir gefiel die Vorstellung, der schnauzbärtige Versicherungskaufmann würde bei seiner Anzeige gegenüber der Polizei die Musik erwähnen und später allen erzählen, sie seien am Wiener Cobenzl von einer Horde wild gewordener Hippies angegriffen worden. Der Wagen schob jetzt immer weiter zurück, bis er erneut die Sträucher am Rand des Parkplatzes erreicht hatte. Er konnte jetzt weder vor noch zurück.

Well you can't fly human master
No you can't fly – fly by yourself

You can't fly dying master
Without a rifle on your shelf

Aerie Aerie Aerie

Prack und Bydlynski begannen auf der Motorhaube des
Wohnmobils zu trommeln. Ich saß in meinem Rollstuhl
und fragte mich, warum der Fahrer nicht einfach aus-
stieg und uns zur Rede stellte. Warum hatte er nicht den
Mumm, auszusteigen und mit uns zu sprechen? Wir hätten die Musik leiser gedreht und mit der Familie auf die
Stadt hinuntergeblickt, wir hätten ihnen gezeigt, wo wir
wohnten oder wo sich die schönsten Plätze Wiens befan-
den. Warum lief alles nur noch auf eine so aggressive Weise
ab? Warum ging es nur noch um Angst und Sicherheit?

How he knows where he's going –
Never lost –
No one, well there's no one faster
Direction born in his brain

He's got no reason to hide
He's got no laws to cross
He's got
Well he's got no master
Freedom born in his name

Aerie Aerie Aerie

Prack und Simon trommelten noch eine Weile auf der
Motorhaube herum, dann ließen sie von dem Wohnmobil
ab, und der Fahrer fuhr mit Hupen und quietschenden
Reifen davon.

Der Zwischenfall hatte uns schlagartig ausgenüchtert, und ich schlug vor, uns schnell zu verziehen, denn es war sehr wahrscheinlich, dass die Insassen des Campingbusses per Handy die Polizei gerufen hatten.

Wir löschten das Feuer und fuhren wenig später mit dem Taxi die Höhenstraße wieder hinunter. Wir hatten etwa die Hälfte der Strecke zurückgelegt, als Bydlynski aufschrie. „Scheiße!" Ich drehte mich auf dem Rücksitz um und sah einen Polizeiwagen hinter uns fahren.

„Ihr habt mich gezwungen", schrie Bydlynski hysterisch, „wir kennen uns nicht, ich bin nur der Taxifahrer, habt ihr verstanden? Ich verliere sonst meinen Taxischein!"

„Beruhige dich, Boing!", rief ich dazwischen. „Wir machen das schon, du warst nur der Fahrer, bist du blau?"

„Ich habe nicht so viel getrunken, verdammte Scheiße!"

Die Polizisten fuhren eine Weile hinter uns her, und wir erwarteten jeden Augenblick, dass sie uns überholen würden, aber nichts dergleichen geschah. Bydlynski lenkte den Wagen vorbildlich den Kahlenberg hinunter. Sie hielten uns nicht an, und wir gelangten ohne Störungen zu mir nach Hause.

Ich war froh, als ich mich wieder auf meinem Kanapee ausstrecken konnte. Wir hatten uns so verabschiedet, wie wir es seit Jahrzehnten taten, wenn eine ungute Stimmung in der Luft lag: schnell und leise.

Ich hatte gerade mein graues Roy-Robson-Fischgrät-sakko angezogen, da fragte ich mich, ob ich für meinen ersten Spaziergang nach der Abnahme des Gipses tatsächlich in Sakko-Stimmung beziehungsweise ob ich überhaupt der klassische Sakko-Typ sei. Der ganze Schwung meines Neuanfanges war dahin. Ich bin doch kein idiotischer Geschäftsmann oder irgendein Manager, ermahnte ich mich und griff nach meiner alten Leder-Bikerjacke, da stellte sich das nächste Problem: Ich wollte genauso wenig wie ein abgehalfterter Rockmusiker herumlaufen. Wieder einmal konnte ich mich für keine Rolle entscheiden, die ich in der Welt spielen wollte. Gleichzeitig hielt ich mir vor Augen, dass es anderen Menschen genauso ergehen musste, dass letztendlich niemand mehr wusste, welche Rolle er spielte, und jeder Mensch sich wohl damit abgefunden hatte, mehrere Rollen gleichzeitig zu spielen. Die meisten Menschen empfanden diese Wahlmöglichkeiten wahrscheinlich als lustvollen Zugewinn ihrer Persönlichkeit, indem sie untertags ein Sakko und am Abend beim Bier eine abgetragene Lederjacke trugen. (Am lächerlichsten fand ich diesbezüglich Männer, die einen frisch aufgebügelten Armani-Anzug, Krawatte und Lacklederschuhe problemlos mit einem abgewetzten und löchrigen Reebok-Rucksack kombinieren konnten) Ich muss ja nicht einer sein, versuchte ich mich zu beruhigen, ich kann ja mehrere gleichzeitig sein! Trotzdem spürte ich, wie mich die vielen Möglichkeiten innerlich anwiderten. Schließlich entschied ich mich doch für das Sakko – und zwar aus keinem anderen Grund als aus Hass. Kein Mensch verschwendete heute mehr einen Gedanken daran, dass er in der Öffentlichkeit auch einen Anblick bot und man ihn, ob man wollte oder nicht, ansehen musste. Die Leute nahmen sich überhaupt nicht mehr als Teil des gesellschaftlichen Lebens wahr, sondern zogen sich an und benahmen sich im öffentlichen

Raum, als wären sie zuhause. Sie telefonierten und erzählten sich die größten Banalitäten in der unverschämtesten Lautstärke, aßen stinkende Pizzen in überfüllten U-Bahnen oder sahen in Kaffeehäusern Pornofilme.

Ich hatte meinen ursprünglichen Schwung beinahe wieder gewonnen, als mir beim Binden meines Schuhs der Schnürsenkel riss. Ich überlegte, ob ich Amalia rufen sollte, aber sie hatte an diesem Tag frei und würde erst spät am Abend nach Hause kommen. Ich hatte beim Bücken ohnehin Schmerzen genug und musste jetzt wie zur Strafe das Schuhband herausziehen und wieder neu einfädeln. Schließlich gelang es mir, einen Knoten zu knüpfen, der hielt. Ich humpelte schlecht gelaunt mit den Krücken hinaus auf die Straße.

Kaum war ich an der frischen Luft, hinkte ich auf der Goldschlagstraße an zwei Frauen vorbei, die an einer Straßenecke standen und sich unterhielten. Ich verstand nur Bruchstücke ihres Gesprächs und verhörte mich, als die eine zur anderen sagte: „Und dann bat er mich, sofort ins Bestechungszimmer zu kommen."

Das Gehen machte mich hungrig, und ich beschloss, bei meiner Schnitzelbraterin einen Imbiss einzunehmen. Ich bestellte eine Schnitzelsemmel und meinte: „So wie immer." Mir kam der Satz sofort obszön vor, und ich hielt mir aus Scham die Hand vor den Mund. Die Schnitzelbraterin sah mich skeptisch durch ihre dicken Brillengläser an und entgegnete, während sie sich ihre Hände an der völlig verdreckten und mit Blut- und Fettspuren bespritzten Schürze abwischte: „Ich nix wissen wie immer. Was wie immer?"

„Gurke, Ketchup, Majo!", antwortete ich gereizt, worauf sie wiederholte: „Gurke, Ketchup, Majo?"

Ich bekam eine unheimliche Wut auf die Schnitzelbraterin, da ich seit über einem Jahrzehnt Woche für

Woche meine Schnitzelsemmel bei ihr kaufte und sich dieser dumme Trampel nicht merken konnte, wie ich meine Semmel haben wollte. Ich wiederholte ihren Satz laut: „Ich nix wissen wie immer."

„Ja", antwortete sie launisch, „ich nix wissen wie immer, habe ich so viele Kunde, nix wissen wie immer."

Mich ekelte geradezu vor den Worten „wie immer". Wie konnte man die Welt nur mit Worten beschreiben, die zehnmal widerlicher waren als alles, was sich auf der Schürze der Schnitzelbraterin an Flecken angesammelt hatte?

„Entschuldigung", murmelte ich schnell, „ich war so in Gedanken." Sie grinste mich an und erwiderte: „Keine Problem!"

Ich glitt die Rolltreppen der U-Bahn-Station hinunter, um zu meinem Comic-Laden in der Innenstadt zu fahren. Vom Plafond des Gewölbes hing ein gelber einmotoriger Tiefdecker, daneben war ein menschengroßes eisernes Triebzahnrad montiert und auf einer Betontraverse lag ein ausgebauter Automotor. Ich stellte mir vor, wie ein idiotischer langhaariger Künstler mit orangen Hosen und einem Schafwollpullover beim Bezirksvorsteher sein Projekt vorgestellt hatte. Gleich nach der Begrüßung zückte er wahrscheinlich sein SPÖ-Parteibuch und legte es auf den Schreibtisch des Bezirksvorstehers. Dann schwafelte er davon, dass man die industrielle Gegenwart stärker in den U-Bahnen sichtbar machen müsse. Der Bezirksvorsteher nickte verständig, und weil der Vater des Künstlers ein Freund des Bürgermeisters war, wurden dem Künstler für die Umsetzung seiner Idee hunderttausend Euro überwiesen. Der Künstler hatte wahrscheinlich eine Assistentin von der Kunstakademie, die er für tausend Euro im Monat den ganzen Krempel installieren ließ und die sich glücklich schätzte, von einem so bedeutenden Künstler gebumst zu werden.

Als ich am Bahnsteig stand und auf die U-Bahn wartete, riss sich ein etwa zweijähriges Kind von seiner Mutter los. Es lief auf den anderen Bahnsteig zu, und ich stellte mir vor, wie die Mutter, die dem Kind sofort schreiend hinterherlief, ausrutschte, hinfiel und nicht mehr aufstehen konnte, weil sie sich den Knöchel verstaucht hatte. Ich sah mich einige schnelle Schritte in Zeitlupe machen und dem Kind hinterherspringen, das bereits die Bahnsteigkante erreicht hatte und im Begriff war, auf die Gleise zu stürzen. Ich segelte durch die Luft, schlitterte die letzten Zentimeter auf dem Beton in Richtung Kind und konnte es gerade noch an der Wade packen und vor dem Sturz auf die Gleise bewahren. Im selben Moment donnerte die U-Bahn in die Station und ich wälzte mich mit dem Kind vor dem heranrollenden Zug in Sicherheit. Natürlich hatte mich nicht nur die Mutter, sondern eine ganze Schar von Passanten beobachtet, und nach der geglückten Rettung erklang donnernder Applaus. Die Frau umarmte uns und Tränen liefen über ihre Wangen. Sie fragte mich, wie sie mir meine Heldentat vergelten könne, woraufhin ich mir lässig den Staub abklopfte und meinte, es freue mich, wenn ich helfen konnte.

Die Szene ging mir in Sekundenschnelle durch den Kopf, während die Mutter das Mädchen nach wenigen Metern eingeholt hatte, am Arm packte und wütend zurückkriss.

Als ich in mein Viertel kam, machte ich einen Abstecher zur Fleischhauerei, in der ich immer meine Wurst kaufte. Während ich wartete, beobachtete ich die Kassierin, die auf eine Summe von elf Euro fünfzig ebenso elf Euro fünfzig herausgab, nachdem ihr der Kunde einen Zwanzig-Euro-Schein auf die Ablagefläche gelegt hatte. Der Mann musste den Irrtum sofort bemerkt haben, denn er nahm das Geld mit einem leblosen Gesichtsausdruck entgegen, so bemüht war er, sich nichts anmerken zu lassen.

Zuhause packte ich die Wurstsemmeln sofort aus, da ich ziemlich hungrig war. Ich deponierte den leeren Nylonsack am Fensterbrett in der Küche, doch er blieb nicht liegen, sondern segelte mit einem Luftzug in das Innere des Kabinetts. Ich bekam eine derartige Wut auf den Wind und den Nylonsack, dass ich ihm hinterherhinkte wie einer lästigen Fliege. Nach einigen Schritten erwischte ich den Sack endlich, trat darauf und trampelte auf ihm herum, bis er völlig zerfetzt war. Ich ging in die Küche, holte einen nassen Fetzen und schlug auf den leblos am Boden liegenden Nylonsack wie auf eine Ratte ein.

Am Abend lag ich auf dem Kanapee und überlegte, was ich unternehmen könnte. Ich wäre gerne ins Kino gegangen, aber nur, wenn ein Film lief, den ich bereits kannte. Die Vorstellung, etwas zu sehen, das ich noch nie gesehen hatte, erschien mir unangenehm und beunruhigend. Ich hatte jedoch keine Energie mehr, so weit zu laufen, und beschloss, bei meinem Italiener um die Ecke zu Abend zu essen und ein Glas Wein zu trinken.

Als mich der Kellner an einen kleinen Tisch dirigierte, an dessen Nebentisch eine dicke laute Frau vor einem Mann saß, ahnte ich bereits, dass es der falsche Tisch sein würde. Wie so oft in solchen Situationen reagierte ich nicht schnell genug, setzte mich, wie mir geheißen, und bestellte mein Essen. Die Frau war tatsächlich sehr dick und redete sehr laut, viel lauter noch, als ich beim Eintreten vermutet hatte. Ich ließ mir vom Kellner eine Zeitung bringen und versuchte mich auf den Artikel über einen betrunkenen Mann in Frankreich zu konzentrieren, der mit dem abgetrennten Kopf eines von ihm angefahrenen Radfahrers auf dem Beifahrersitz nach Hause gefahren war.

„Was wird wohl aus den Griechen werden?", hörte ich den Mann zu der dicken Frau am Nebentisch sagen. Die dicke Frau kaute besonders widerlich und trank einen großen Schluck Rotwein dazu. „Jetzt streiten sie schon wieder", ließ sie sich mit vollem Mund aus und schluckte einen Bissen hinunter, „anstatt den Leuten endlich reinen Wein einzuschenken und zu sagen, dass gespart werden muss." Der Mann seufzte und schob sich die Gabel in den Mund. „Wenn sie jetzt noch länger streiten", fuhr die dicke Frau fort, „dann kommen am Ende überhaupt keine Touristen mehr, was machen sie dann?" Die Frau steckte sich noch einen Bissen in den Mund und redete im Kauen weiter: „Irgendwo habe ich gelesen, die Nordeuropäer würden leben, um zu arbeiten, und die Südländer arbeiten, um zu leben. Als ich letztes Jahr auf Korfu war, ich sage es dir, da saßen die Männer den ganzen Tag im Kaffeehaus, und als ich sie fragte, wovon sie denn alle so lebten, antwortete der eine, ja, der Leonidas arbeitet manchmal in der Autowerkstatt von einem Nachbarn, und ein anderer war Ziegenhirte, der arbeitete auch fast nichts, also die sind schon sehr genügsam. Und bei den Beamten ist es das Gleiche, von zehn Beamten arbeitet eben nur einer, die haben einfach eine andere Mentalität." Das Gewäsch der dicken Nazi-Frau verdarb mir das ganze Essen. Als sie zahlten und beim Verlassen des Lokals an meinem Tisch vorbeigingen, murmelte ich gerade so leise vor mich hin, dass sie es noch hören konnte: „So eine genügsame, fette Sau."

Ich beugte mich wieder über den Artikel und tat so, als würde ich lesen. Die Frau zuckte zusammen und blieb irritiert vor mir stehen, aber ich blickte nicht zu ihr hoch, und schließlich ging sie weiter. Ich wäre besser ins Kino gegangen, dachte ich und rief nach dem Kellner.

Eine Woche nach Abnahme des Gipses signalisierte mir das Leben, dass meine Schonzeit vorüber war. Am Vormittag erhielt ich einen Anruf von meiner Schwester. Sie erkundigte sich nach meinem Befinden, aber an ihrer Stimme erkannte ich, dass sie etwas im Schilde führte. Aus Trotz sprach ich in aller Ausführlichkeit über das Bein und behauptete, dass es mir jetzt eigentlich noch schlechter gehe, weil die Schmerzen zugenommen hätten, ja ich log, dass die Ärzte äußerst beunruhigt seien und von irgendwelchen Komplikationen gesprochen hätten. Dann ging ich dazu über, von meiner Sitar und meinen musikalischen Meditationen zu erzählen. Sie suchte eine Lücke in meinem Monolog, um einhaken und vom Thema ablenken zu können, schnaufte immer wieder auf und war hörbar nervös. Ich spürte, dass sie weder mein Bein noch die Saiten meiner Sitar interessierten, was mein Vergnügen umso mehr steigerte. Schließlich fiel sie mir entnervt ins Wort und meinte, sie habe sich die ganze Sache überlegt und sei zu einer Entscheidung gelangt.

„Mucki", hob sie drohend an, „ich habe mit meinem Anwalt gesprochen und der hat mir die Rechtslage erklärt, und es ist eindeutig. Wenn du dich nicht um das Haus kümmern kannst, werde ich das Ruder übernehmen, mit deiner oder ohne deine Zustimmung."

Ich verstand überhaupt nicht, wovon sie redete, und fragte sie, was das alles zu bedeuten habe. Sie antwortete, dass ich teilentmündigt würde, wenn ich ihr keine Vollmacht für die Geschäftsabwicklung in der Wiener Straße unterschrieb.

Ich lachte laut auf und entgegnete spöttisch, das könne doch nicht ihr Ernst sein. Ich sei doch kein Sozialfall oder dergleichen, aber sie hörte bereits nicht mehr zu. Ihr sei das äußerst unangenehm, aber entweder würde ich ihr die Vollmacht unterschreiben oder sie sehe sich zu diesem Schritt genötigt. Ich solle mir überlegen, ob ich es tatsächlich auf einen Rechtsstreit anlegen wolle. Ich schrie sie an, ob ihr klar sei, dass ihre Drohung einer Kriegserklärung gleichkomme.

„Ich weiß nicht", erwiderte sie schnell, „warum du dich so dagegen sträubst, Mucki, ich will dir doch nur helfen und dir das Leben erleichtern. Du verlierst doch nichts dabei, sondern kannst nur gewinnen, du hättest dann endlich Ruhe vor diesem Alltagskram und könntest dich ganz deiner Kreativität widmen."

„Wenn ich das Wort Kreativität höre", antwortete ich bissig, „zücke ich den Revolver. Ich will überhaupt nicht kreativ sein. Die sogenannte Kreativität ist heutzutage doch nur noch ein Schimpfwort: So, jetzt setzen wir uns alle brav an den Tisch und holen die Malkreiden heraus, so stellst du dir das vor oder etwa nicht?" Sie drohte mir noch einmal mit dem Anwalt, wenn ich mich weiterhin weigerte, die Vollmacht zu unterschreiben.

Ich konnte mich den ganzen Tag nicht beruhigen. Für so bösartig hatte ich nicht einmal meine Schwester gehalten. Teilentmündigung, was sollte das heißen?

Ich hupte nach Amalia, aber sie musste ausgegangen sein. Ich rekapitulierte das Telefonat und realisierte, dass ich meiner Schwester hilflos ausgeliefert war. Ich schleuderte eine Tasse mit einem Garfield-Aufdruck an die Wand. Ich hätte ihr auf der Stelle mit dem Anwalt drohen müssen, aber was hatte ich getan? Ich hatte mir ihre Gemeinheiten auch noch angehört! Ich wollte schon ihr Handy nehmen und gegen die Wand knallen, da fiel mir ein, dass ich es vielleicht noch brauchen könnte. Ich durchdachte einige Optionen. Dann drückte ich mit zittrigen Fingern die Tasten und wartete ungeduldig, bis ich Simons Stimme hörte. Er war von meinem Anruf sichtlich überrascht, da ich unter meinen Freunden als Handy-Verweigerer bekannt war. Ich bat ihn, so schnell wie möglich zu mir zu kommen. Er bedrängte mich, ihm den Grund meines Anrufs zu nennen. Ich erwiderte, ich würde es ihm später erklären. Er sei erst aufgestanden, sagte er schläfrig, und habe noch etwas zu erledigen, er könne erst am Nachmittag vorbeischauen.

Ich fuhr mit dem Rollstuhl in meinem Kabinett fiebrig hin und her, bis ich mich erschöpft auf das Kanapee fallen ließ. Ich rollte mir einen Joint und inhalierte gierig den Rauch. Wenig später entspannten sich meine Muskeln. Ich kam auf einen grauenhaften Horrortrip, wobei ich nicht wusste, ob es ein Alptraum war oder ich nur Halluzinationen hatte: Ich befand mich in unserem Haus in der Wiener Straße und sah zum Gangfenster hinaus. Aus allen Fenstern und Türen sprangen schwarze Schafe in den Hof hinunter, im Garten war kein Flecken Wiese mehr zu sehen, überall drängten sich die Schafe aneinander und versuchten etwas Gras abzubekommen. Auf einmal tauchte meine Schwester am Fenster neben mir auf und begann mit einer Flinte auf die Schafe zu schießen, woraufhin sich unter den Tieren eine Massenpanik ausbreitete. Sie trampelten sich gegenseitig nieder und quiekten wie Schweine vor der Schlachtung.

Gegen Mittag kam Amalia mit dem Einkauf zurück. Sie fragte mich besorgt, was los sei. Ich musste einen ziemlich desolaten Eindruck auf sie gemacht haben. Ich hatte wohlweislich das Küchenfenster geöffnet, aber natürlich roch sie das Dope und wollte sofort einen Streit vom Zaun brechen. Ich machte ihr klar, dass mit mir heute nicht zu spaßen war, und bat sie, mich alleine zu lassen.

Am Nachmittag kam Simon. Er konnte nicht glauben, dass eine Schwester zu so einer Gemeinheit fähig war.

„Du musst sofort nach Baden fahren", sagte er entschlossen, „du musst aufstehen, hinfahren und die Sache selber in die Hand nehmen."

„Ich kann nicht", entgegnete ich kraftlos, „schau dir doch mein Bein an! Wie soll ich mich um die Handwerker kümmern, wie soll ich das bewerkstelligen? Ich habe ja schon Schmerzen beim Sitzen!" Er schnauzte mich an, ob ich lieber entmündigt werden wolle.

„So einfach kann man doch nicht entmündigt werden", gab ich zurück, „ich bin mir sicher, sie blufft nur, sie will mir Angst einjagen, nein, ich muss etwas unternehmen, das ist mir klar, aber *ich* kann nicht fahren."

Simon wetzte verlegen auf dem Rollstuhl hin und her, als ahnte er, worum ich ihn gleich bitten würde.

„Kannst du nicht an meiner Stelle fahren?", fragte ich kleinlaut.

„Ich soll nach Baden fahren?", rief er entrüstet aus, „ich muss doch in drei Wochen wieder auf das Schiff!"

„Simon", flehte ich ihn an, „ich gebe dir fünftausend Euro, alles was du willst, aber bitte fahr du nach Baden und regle das für mich! Du könntest dir doch ein Hotel nehmen und dich um die Handwerker kümmern?" Simon überlegte, während er sich eine Zigarette drehte und sein Zippo-Feuerzeug aufschnappen ließ.

„So schnell kriegst du doch keine Handwerker auf die Reihe", meinte er knurrend, „zeigst du mir noch einmal den Brief?"

Ich fischte das Schreiben von der Bücherablage und überreichte es Simon. Er las es aufmerksam durch und murmelte dabei brummig: „Wasserfleck im Stiegenhaus … da muss ein Installateur kommen … die Tür schließt nicht … Tischler … verrostetes Schloss … der Birnbaum … Gärtner … ob man das in zwei Wochen hinbekommt …"

Wir debattierten noch eine Weile, schließlich versprach er, dass er es versuchen wolle, aber ich solle mir nicht zu viel erwarten.

„Immerhin zeigst du so Präsenz", untermauerte Simon, „und sie kann dir nicht vorwerfen, dass du nichts unternimmst. So hat sie im Fall eines Rechtsstreits sicher keine Chance."

Ich umarmte und küsste ihn aus Dankbarkeit. Wir vereinbarten, dass er am nächsten Tag nach Baden fahren und sich dort ein billiges Hotel nehmen würde. Ich stellte ihm eine Vollmacht aus, gab ihm meine Bankomatkarte mit dem Code und die Schlüssel zum Haus. Ich schöpfte wieder Hoffnung.

Am nächsten Morgen schleppte ich mich auf Krücken zum Physiotherapeuten. Er massierte meinen Knöchel, drehte wie ein Feinmechaniker an ihm herum und nervte mich mit seinem Therapeutengerede, dass mein kaputtes Bein mein kleines Kind sei, das wir gemeinsam von einer Kinderkrankheit heilen würden, und dass wir viel Geduld mit ihm haben müssten et cetera. Als ich nach Hause kam, wartete Amalia mit einer ungewöhnlich heiteren Miene auf mich. Sie lächelte mich an und war auffallend fürsorglich, was mich sofort stutzig machte. Ich war gespannt, was sie von mir wollte, und legte mich nach dem Mittagessen erschöpft hin. Nachdem sie die Teller abgeräumt hatte, machte sie sich lange in meinem Zimmer zu schaffen, ging wie auf Samtpfoten hin und her und war überhaupt ungewohnt friedfertig. Sie trug Gegenstände von einem Ort zum anderen, schüttelte den Staub aus meinen Kleidungsstücken und legte sie liebevoll zusammen. Schließlich wurde es mir zu dumm, und ich fragte sie, ob ich noch etwas für sie tun könne. Sie schüttelte den Kopf und gab keine Antwort. Ich erklärte, dass ich gerne meditieren würde, aber sie nestelte weiter an ihrer Schürze herum und machte keine Anstalten, das Kabinett zu verlassen. Schlussendlich rückte sie damit heraus: „Ich wollte etwas fragen Herrn Lakoter –"

„Ach, jetzt verstehe ich", rief ich dazwischen, „habe ich vielleicht auf Ihren Lohn vergessen?"

„Nein, nein", entgegnete sie kopfschüttelnd, „mit Geld ist alles in Ordnung!" Sie druckste weiter herum, schließlich wollte sie wissen, wie lange ich ihre Dienste noch in Anspruch nehmen wolle und wann sie wieder nach Rumänien fahren könne.

„Ach ja, natürlich", gab ich zurück, „ja sehen Sie, Amalia, es kann sich eigentlich nur noch um Tage handeln, das heißt, der Physiotherapeut meint, dass ich vielleicht schon in einer Woche ohne Krücken gehen kann. Bis dahin bräuchte ich Sie allerdings unbedingt noch –"

Sie fischte aus ihrer Schürze einen zerknüllten Zettel und erklärte mir das Problem. Sie wolle nach Rumänien fahren, weil ihr Vater nächstes Wochenende seinen achtzigsten Geburtstag feiere.

„Aber ich schon habe Ersatz", behauptete sie, „meine Nichte sind schon viele Jahre in Wien, und sie würden gerne helfen, und dachte ich, Sie vielleicht auch möchten kennenlernen meine Nichte, ist sie fünfunddreißig Jahre, nicht verheiratet und sehr schöne Mädchen, so ich dachte –"

„Wovon reden Sie überhaupt", wollte ich wissen, „ich verstehe nicht, was Sie mir sagen wollen? Soll Ihre Nichte etwa hier einziehen?"

„Nur bis ich wiederkomme, ich kommen in zwei Wochen wieder –"

„Aber da brauche ich Sie doch gar nicht mehr!", rief ich enttäuscht aus. „Feiern Sie den Geburtstag Ihres Vaters etwa zwei Wochen lang, Amalia?"

Sie wollte ihre gesamte Familie besuchen, die sie schon seit Monaten nicht mehr gesehen hatte.

„Ist doch wunderbar, wenn Sie sich so lange nicht gesehen haben!", rutschte es mir heraus.

„Und sehen Sie", fuhr Amalia unbeirrt fort, „ist Ana so eine hübsche junge Mädchen, was Sie wollen mit eine alte Frau wie mich, sind Ana junge schöne Frau, ist sie unverheiratet, ich habe sie viel erzählt von Ihnen."

„Aber Amalia", unterbrach ich sie, „ich brauche doch keine junge unerfahrene Kraft. Dafür bezahle ich Sie ja, das war doch abgemacht, dass Sie so lange bleiben, bis ich wieder gehen kann, bis ich mich wieder alleine versorgen kann."

„Können Sie doch schon so gut gehen, ist doch nur Frage von Tagen, wie sagen Physiotherapeut. Ana werden für Sie einkaufen und bisschen kochen, und sie vielleicht näherkommen."

„Was meinen Sie denn mit näherkommen? Ich kenne diese Ana doch gar nicht, ich habe doch gar keine Zeit, um überhaupt irgendjemandem näherzukommen, ich würde einfach ganz gerne meinem Bein wieder näherkommen!"

„Machen Sie keine Sorgen, Sie werden sehen, Ana ist ganz wunderbare, schöne Mädchen."

Sie erklärte mir, dass sie Ana am Abend zum Tee eingeladen habe und ich mich dann noch immer entscheiden könne, ob ich sie als Haushaltshilfe einstellen wolle oder nicht.

„Das kommt überhaupt nicht in Frage", blockte ich ab, „Sie bleiben hier und können Ihrer Nichte gleich absagen, ich will mit überhaupt keiner Nichte Tee trinken."

„Ach Sie, Herr Lakoter, sind Sie doch eine unerträgliche Mensch!"

Sie nahm das Geschirrtuch, das sie die ganze Zeit von einer Hand in die andere gedrückt und geknetet hatte, und schlug nach mir wie nach einer lästigen Fliege.

„Sind Sie doch nicht allein auf diese Welt, was glauben Sie, wer Sie sind?"

„Ich weiß, dass ich nicht allein auf der Welt bin, Amalia, hören Sie doch auf, mit diesem Geschirrtuch nach mir zu schlagen."

Amalia drehte mir erbost den Rücken zu und knurrte beim Hinausgehen: „Sind Sie überhaupt keine Mensch, sind Sie einfach nur eine stinkende Tier –"

„Jetzt warten Sie doch", rief ich ihr hinterher, „bleiben Sie doch hier, warten Sie!"

Sie blieb trotzig in der Tür stehen und sah mich verächtlich an.

„Ich muss Sie leider enttäuschen", belehrte ich sie, „es ist für mich keine Beleidigung, wenn Sie mich ein Tier schimpfen, das ist für mich keine Beleidigung, haben Sie verstanden? Das ist für mich eher ein Kompliment!" Amalia trat verlegen von einem Bein auf das andere und knetete nervös ihr Geschirrtuch.

„Selbst eine dumme Stier liebt eine schöne Kuh", platzte es plötzlich aus ihr heraus.

„Dann ist sie eben eine schöne Kuh, Amalia, nur sind mir schöne Kühe eben nicht ganz geheuer –"

„Wie können Sie so reden, ist die Ana so eine anständige Mädchen –"

„Das mag ja sein, Amalia, das mag ja sein, aber ich glaube, Sie verstehen mich nicht richtig. Mir sind schöne Frauen etwas unheimlich, das ist alles. Nicht, dass ich vor ihnen Angst hätte oder ich mich nicht wert erachten würde, eine schöne Frau zu besitzen, aber schöne Frauen wirken auf mich immer leicht abstoßend."

„Was sind Sie nur für eine Mann, sind Sie überhaupt eine Mann?"

„Was soll denn das schon wieder heißen? Natürlich bin ich ein Mann und natürlich liebe ich die Frauen, Amalia, aber sehen Sie, schöne Frauen sind so perfekt, die Schönheit an sich ist so perfekt, dass es einen blendet, deswegen haben auch manche Frauen einen Schönheitsfleck, damit man nicht ganz so geblendet ist, denken Sie nur an Cindy Crawford –"

„An Cindy Crawford wollen Sie denken, wenn Sie können haben so eine schöne fleißige anständige Frau –"

„Ich denke nicht an Cindy Crawford als meine zukünftige Frau, Amalia, ich wollte Ihnen nur begreiflich machen, wie ein Schönheitsfleck funktioniert, weil das Schöne, das Schöne an sich, eigentlich völlig unerträglich ist –"

„Sind Sie doch selber unerträglich, wenn Sie die Welt so hassen, dass Ihnen lieber ist das Hässliche als eine liebe schöne anständige Mädchen."

„Ich hasse die Welt nicht, Amalia, ich negiere sie nur, das ist ein Unterschied. Ich liebe sie nicht, so wie sie ist, und die Schönheit liebt die Welt, die Schönheit bejaht die Welt, so einfach ist das."

„Wie er nur redet, diese arme Mann, sind Sie vielleicht mehr an andere Männer interessiert?"

„Ich bin nicht an Männern interessiert, Amalia, wie kommen Sie denn auf so etwas? Außerdem soll es ja, auch wenn ich es bezweifle, schöne Männer geben."

„Ich Sie nicht verstehen, was Sie reden! Was für die Seele gut und schön ist, wird auch Gott gefallen –"

„Was haben Sie da gesagt, Amalia? Sie wollen doch nicht behaupten, dass das Gute und Schöne vom lieben Gott stammt?"

„Ist die Welt doch so schön und groß und Platz genug für die Liebe."

„Das Schöne ist längst nicht mehr gut, Amalia! Die Leute fahren tausende Kilometer, um einen schönen Platz an der Sonne zu ergattern, und ruinieren dabei die Umwelt, sie verlassen ihre Frauen wegen jüngeren, schöneren Frauen, sie verlieren ihre Arbeit, weil sie keine blitzblanken Zähne mehr haben, das nennen sie gut und schön?"

„Ach, mit Ihnen man kann nicht reden ... sind Sie einfach zu alt und zu böse für diese Welt –"

„Ich bin nicht böse und nicht gut, ich finde die Welt nur nicht schön –"

„Dann Sie wollen eine hässliche dicke Frau, können Sie gleich mich heiraten?"

„Aus Protest eine hässliche Frau zu heiraten, wäre auch nicht die Lösung, Amalia, obwohl Sie alles andere als alt und hässlich sind. Das wäre nur eine Bestätigung des gängigen Schönheitsideals. Nein, nein, so weit möchte ich nicht gehen, Amalia, ich versuche Ihnen nur zu erklären, dass ich auf eine schöne Frau nicht sofort anspringe.

Ich lehne diese unerträgliche Fixierung auf die Schönheit ganz einfach ab!"

„Ach, ist Ihnen nicht zu helfen – aber wenn Sie getröstet sind, haben Ana seit ihre Kindheit eine gelähmte Gesicht –"

„Ein gelähmtes Gesicht?"

„Nicht wirklich gelähmte Gesicht, sondern nur so halb, halbe Seite Gesicht –"

„Sie meinen, Sie hat eine Gesichtslähmung?"

„Genau, aber hat schöne Gesicht, halbe Gesicht gelähmt, halbe Gesicht sehr schön –"

„Halb gelähmt, sagten Sie? Sie sind ja die perfekte Geschäftsfrau, Amalia, auf einmal ist Ihre Nichte nur noch halb so schön?"

Ich konnte mir die Ursache nicht erklären, aber mich befiel vor Anas Besuch am ganzen Körper eine unangenehme Nervosität. Ich hatte mich eigenhändig gewaschen – Amalia weigerte sich seit der Abnahme des Gipses, mich zu waschen –, rasiert und mein Lieblings-T-Shirt mit dem Aufdruck Für-Arbeit-töte-ich angezogen. Als es an der Tür leise und vorsichtig klopfte, zuckte ich zusammen und gestand mir ein, dass ich aufgeregt war. Für einen Moment ängstigte mich die Vorstellung, dass ich mich noch dreißig Jahre lang mit meinem Geschlechtstrieb herumschlagen musste. Ich hörte, wie Amalia die Tür öffnete und sich die beiden Frauen auf Rumänisch begrüßten. Dann ging die Tür zu meinem Kabinett auf, und da stand sie: Ana. Für eine Nichte war sie ziemlich groß, ja geradezu langbeinig, und hatte eine dunkle, samtige Stimme, was eine herzzerreißende Mischung ergab. Sie blieb einen Augenblick an der Tür stehen, bis Amalia sie von hinten in das Zimmer schob und in den Rollstuhl vor dem Kanapee drückte.

Amalia ging mit dem von Ana mitgebrachten Nylonsack zurück in die Küche, woraufhin ich ihr sehnsüchtig hinterherblickte, da ich keine Ahnung hatte, wie ich das Gespräch allein in Gang bringen sollte. Ich lag auf dem Kanapee und fühlte mich der Situation hilflos ausgeliefert. Der Rollstuhl war bis an die Bettkante herangeschoben, sodass sich Anas Knie und mein kaputtes Bein immer wieder leicht berührten. Sie ließ ihren Blick durch das Zimmer schweifen, wahrscheinlich war sie (trotz Amalias Briefing) vom Anblick meiner Wohnung schockiert, und ich spürte kurz einen Anflug von Selbsthass aufblitzen.

„D-a-n-k-e, d-a-s-s S-i-e g-e-k-o-m-m-e-n s-i-n-d", hob ich langsam und deutlich an, „A-m-a-l-i-a h-a-t I-h-n-e-n w-a-h-r-s-c-h-e-i-n-l-i-c-h v-o-n m-e-i-n-e-r S-i-t-u-a-t-i-o-n e-r-z-ä-h-l-t?"

„Sie können mit mir auch normal reden, ich bin fast zwanzig Jahre in Wien, ich spreche schon ganz gut deutsch."

Ana lächelte verschmitzt, und mir fiel erst jetzt ihre Gesichtslähmung auf. Ihre rechte Gesichtshälfte verweigerte beim Lächeln der linken die Gefolgschaft, was ich äußerst anziehend fand. Die Asymmetrie ihres Gesichtsausdruckes entsprach ihrem Gefühlsinneren in diesem Moment wahrscheinlich mehr als ein gleichmäßig lächelndes Gesicht. Wer würde nicht gerne manchmal ein schiefes Gesicht aufsetzen, wenn er könnte? Die Ärzte hatten wahrscheinlich nichts unversucht gelassen, um den Fehler zu korrigieren und ihre Gesichtszüge in harmonischen Einklang zu bringen, und schließlich entnervt aufgegeben. Sie hatten ihr vermutlich erklärt, dass sie sich mit diesem „Defekt" abfinden müsse, ohne auch nur eine Sekunde ihre eigene Harmoniesucht zu hinterfragen. Mir gefiel Anas leicht herabhängende rechte Gesichtshälfte, da sie ihrer Physiognomie eine gewisse Lässigkeit verlieh. Ich machte eine entschuldigende Geste und lächelte ratlos zurück.

„Ja, eine dumme Geschichte", erklärte ich, „der Gips ist zwar weg, aber mein Physiotherapeut meint, dass ich erst in ein bis zwei Wochen ohne Krücken gehen kann. Danach werde ich mich wohl selber versorgen können, aber bis dahin –"

„Es ist überhaupt kein Problem", antwortete Ana mit einem süßlichen Lächeln, „Amalia hat mir erzählt, bei wem sie arbeitet und dass Sie ein bisschen komisch sind, aber ich habe schon bei alten Leuten gearbeitet –"

„Was soll das heißen", rief ich entrüstet aus, „dass ich komisch bin und Sie schon bei alten Leuten gearbeitet haben? Amalia? Amalia, kommen Sie sofort hierher!"

Ana hielt sich verschämt die Hand vor den Mund.

„So habe ich das nicht gemeint."

„Doch, doch, Sie haben es genauso gemeint, wie Sie es gesagt haben. Ich weiß genau, wie Sie das gemeint haben. Amalia?"

Amalia kam mit nassen Abwaschhänden herein.

„Amalia, wie kommen Sie dazu, mir das Attribut komisch zu verleihen?"

„Entschuldigen Sie, Herr Lakoter, habe ich nicht gesagt komisch, habe ich vielleicht etwas anderes gesagt, aber sind Sie nicht komisch?"

„Haben Sie komisch oder haben Sie etwas anderes gesagt? Warum haben Sie überhaupt etwas über mich gesagt? Warum muss man immer etwas über andere behaupten, was haben Sie denn dann gesagt, können Sie mir das vielleicht erklären?"

„Herr Lakoter, es ist mir nur so herausgerutscht, entschuldigen Sie bitte", versuchte Ana den Schaden wiedergutzumachen.

„Es ist schon in Ordnung", entgegnete ich, „wahrscheinlich bin ich ein seltsamer Typ, wahrscheinlich hat Amalia komisch mit seltsam verwechselt. Ich habe auch nichts dagegen, wenn mich die Leute als seltsamen Menschen betrachten, ich meine, haben Sie nicht den Eindruck, dass in unserer Zeit so ziemlich alles seltsam ist und alle so tun, als wäre das Leben das Normalste auf der Welt?"

Anas linke Gesichtshälfte blickte an mir vorbei und musterte verlegen die Bücher in der Fensternische.

„Man muss es schon wahnsinnig interessant finden", schrie ich in Richtung Amalia, die wieder in die Küche getrottet war, „dass alles so ist, wie es ist, aber das kann ich leider nicht."

„Schön haben Sie es hier", bemerkte Ana sanft.

„Ist es schön? Ich weiß nicht, ob es schön ist. Vermutlich bin ich einfach zu faul, auszuziehen. Wo wohnen denn Sie?"

Genau in diesem Moment läutete obendrein auch noch das Handy.

„Mucki, ich bin's, hörst du mich?" Es war Simon, der sich aus dem Garten in der Wiener Straße meldete. Er wollte wissen, ob ich eine Vorstellung hätte, wie verkommen mein Haus in Baden sei. Ich verneinte und erklärte ihm, dass ich seit Jahren nicht mehr dort gewesen sei. Dabei lächelte ich Ana zu und machte ein entschuldigendes Gesicht.

„Es ist so ziemlich alles kaputt, was nur kaputt sein kann", brüllte Simon in den Hörer. „Der Wasserschaden zieht sich über zwei Stockwerke, es tropft von den Wänden und im Keller haust ein Obdachloser, der sich da ein richtiges Nest gebaut hat. Und das Altpapier stapelt sich im Garten, das ist angewachsen wie ein Geschwür, überall im Hof liegen Zeitungen, die Autos parken auf dem Altpapier, kannst du dir das vorstellen?"

Ich wollte wissen, ob er mit den Mietern gesprochen habe.

„Ja", antwortete Simon lautstark, „zwei Parteien habe ich schon getroffen. Sie haben eine ungeheure Wut auf dich. Ich habe Termine mit Handwerkern vereinbart. Aber sag mir, was soll ich mit dem Obdachlosen und den zwei Prostituierten vom Massagesalon machen? Mann, das sind zwei geile Hasen –"

„Sag nicht, dass du schon im Massagesalon warst, Simon, hörst du mich, Finger weg von den Nutten, hörst du?"

Ana war bei dem Wort Nutten kurz zusammengezuckt, gab sich aber gleich wieder den Anschein, das Gespräch nicht mitanzuhören.

„Doch, ich war schon drinnen", erklärte Simon, „ich meine, nicht so, wie du vielleicht glaubst –"

„Wo warst du D-R-I-N-N-E-N, Simon?"

„Ich war bei denen im Massagesalon, sie haben mir einen Kaffee gemacht, das war alles."

Ich erklärte Simon, dass ich im Moment nicht reden könne und ihn morgen Früh anrufen würde. Dann wandte ich mich wieder Ana zu und wollte wissen, ob sie tatsächlich für mich kochen und einkaufen würde. Sie nickte.

„Ich meine", setzte ich schnell hinzu, „Sie müssten ja nicht unbedingt hier wohnen, ich nehme an, das würden Sie ohnehin nicht wollen?"

„Ich würde vorziehen, es nicht zu tun", antwortete sie mit einem Grinsen auf ihrer linken Gesichtshälfte. Je stärker ihre Reaktion ausfiel, desto auffälliger wurde die Asymmetrie in ihrem Gesicht. Die gelähmte Gesichtshälfte setzte sich gleichsam wie eine zweite Person von ihrem Gesicht ab, als würde sie die Gefühlsregung mit kritischen Augen überwachen.

„Zur Not könnten Sie natürlich einige Nächte in Amalias Zimmer –"

„Ich würde vorziehen, es nicht zu tun", wiederholte sie mit einem noch breiteren Grinsen.

Ich ärgerte mich über ihren herablassenden Tonfall. Als wäre es völlig abwegig gewesen, bei mir zu wohnen.

„Natürlich nicht", antwortete ich lässig. „Amalia wohnt ja nur deswegen bei mir, weil sie in Wien keine eigene Wohnung hat, und zu Beginn meiner Rekonvaleszenz war doch alles noch viel beschwerlicher. Ich konnte ja nicht einmal alleine auf die Toilette gehen."

„Natürlich", stimmte mir Ana mit einer versöhnlichen Geste zu.

„Sie dürfen nur nicht abstauben", sagte ich scharf. „Ich leide an einer Hausstauballergie, und wenn Sie erst einmal mit dem Abstauben anfangen, müsste ich vier Wochen lang durchgehend niesen und meine Schleimhäute würden sich in einen reißenden Fluss verwandeln."

„Die Milben leben vor allem in den Matratzen, nicht im Lurch."

„Sie kennen sich ja ziemlich gut aus mit Allergien."

„Das weiß doch jedes Kind", bemerkte sie und schüttelte den Kopf. „Sie bräuchten wahrscheinlich eine neue Matratze und müssten Ihre Bettwäsche regelmäßig reinigen."

Sie warf einen schnellen Blick auf meine fleckige Bettwäsche, und ich wusste sofort, dass sie mit diesem flüchtigen Blick (wie alle Frauen) erfasst hatte, was sie wissen wollte.

„Das lassen wir mal lieber", erklärte ich gutmütig, „wir wollen den Milben doch nicht ihr Zuhause wegnehmen, oder?"

Amalia kam zurück ins Kabinett und wollte wissen, ob wir uns geeinigt hätten. Ich blickte zu Ana, dann bemerkte ich in Richtung Amalia, dass sie beruhigt nach Rumänien fahren könne, wir würden schon zurechtkommen.

Amalia nickte uns mit einem zufriedenen Lächeln zu. Ana erhob sich vom Rollstuhl, wobei sie mit dem Fuß an die Kommode stieß, auf der die Dose mit dem Dope stand. Durch die Erschütterung fiel die Dose hinunter, sprang auf, und meine Grasblüten verstreuten sich über den Fußboden. Ana wurde furchtbar rot (beide Gesichtshälften gleichmäßig), was ich sehr charmant fand, entschuldigte sich und sammelte die Blüten hektisch ein. Es war ihr sichtlich peinlich, und weder sie noch Amalia verloren ein Wort über den Inhalt der Büchse.

Wir vereinbarten, dass Ana übermorgen für mich den Einkauf erledigen und wir bei warmem Wetter zusammen in den Park gehen würden. Amalia strahlte vor Glück und brachte Ana ins Vorzimmer, wo ich die beiden auf Rumänisch flüstern hörte.

Amalia rumorte seit dem frühen Morgen ununterbrochen in ihrem Kabinett. Am späten Nachmittag hatte sie ihre Sachen gepackt und kam in mein Zimmer. Ich fragte sie kraftlos, ob sie tatsächlich schon heute Abend fahre. Sie nickte und schien mit den Tränen zu kämpfen, was mich, ohne dass ich es gezeigt hätte, unheimlich rührte. Solche Gefühlsausbrüche bei Abschieden waren in unseren Breiten völlig verschwunden. Ich erinnerte mich an meine Großmutter, die mir zum Abschied immer von ihrem Küchenfenster im vierten Stock aus zugewunken hatte, während ich mit meinem Gepäck die Straße hinunter in Richtung Bahnhof marschierte und ihr zurückwinkte. Sie brach jedes Mal in Tränen aus, wenn wir uns verabschiedeten, als würden wir uns gerade zum letzten Mal sehen. Daran erinnerte ich mich, als Amalia vor mir stand und mit den Tränen kämpfte. Sie sah mich mit einem gequälten Gesichtsausdruck an und bemerkte: „Sind Sie so eine komische Mensch, Herr Lakoter, aber jetzt ich doch fast müssen weinen, weil ich fahren."

„Jetzt weinen Sie doch nicht", antwortete ich zärtlich, „ich kann Frauen nicht weinen sehen. Ich habe Sie auch sehr liebgewonnen, Frau Amalia. Ich hoffe doch, wir werden uns wiedersehen."

„Ja, ich hoffe auch. Sind Sie so eine großzügige, nette Mann, aber Ihre Mutter haben viel falsch gemacht, sind Sie einfach nicht Ihre Schuld, sondern Ihre Eltern."

Sie schluchzte auf und beugte sich zu mir hinunter, um mich zu küssen. Ich versuchte sie zu umarmen, aber sie richtete sich gleich wieder auf, sodass ich mit meinen Armen ins Leere griff. Sie versprach, dass wir uns wiedersehen würden, sobald sie nach Wien zurückgekommen sei. Sie werde mich auf alle Fälle besuchen. Ich dankte ihr noch einmal für alles, stand auf und griff nach den Krücken. Während Amalia ihre Taschen und Nylonsäcke zur Tür brachte, suchte ich mein Geldkuvert und zog einen Fünfhundert-Euro-Schein heraus, den ich ihr unauffällig in die Manteltasche steckte, als wir uns bei der Eingangstür gegenüberstanden. Ich wünschte ihr eine schöne Reise und ein fröhliches Geburtstagsfest mit ihrer Familie. Über ihr Gesicht liefen jetzt Tränen, die sie schnell mit ihrem Handrücken wegwischte. Sie nahm mein Gesicht in ihre Hände, küsste mich auf die Lippen und meinte, ich solle gut auf mich aufpassen. Sie packte ihre Taschen und trottete hinaus ins Stiegenhaus. Ich winkte ihr nach, aber sie drehte sich nicht mehr um. Jetzt kann ich wieder in Ruhe kiffen, war mein erster Gedanke.

Man lebte mit einem Menschen gezwungenermaßen zusammen, verfluchte ihn, aber sobald er weg war, hinterließ seine Abwesenheit doch eine seltsame Leere. So sehr Amalia und ich uns auf die Nerven gegangen waren, so sehr war die kleine Wohnung in den letzten Wochen doch mit Leben erfüllt gewesen. Leider wusste ich erst dann meine Nächsten zu schätzen, wenn mir klar geworden war, was ich an ihnen verloren hatte. Warum besaß ich nicht die Fähigkeit, die Umwelt mit derselben Aufmerksamkeit wahrzunehmen, mit der ich sie betrachtete, wenn sie mir abhandengekommen war? Man müsste sich in der Gegenwart an die Gegenwart erinnern können, dachte ich, während ich mir einen Joint drehte. Vielleicht bestand gerade darin das Rauschbedürfnis des Menschen, dass ihm der Rausch die Möglichkeit bot, aus der Gegenwart herauszutreten, um sich gleichzeitig an sie erinnern zu können? Daraus ließ sich ein Gedicht machen. Ich zündete den Joint an und driftete langsam auf die andere Seite des Flusses, von der ich mich winken sah.

Flussnixen

Auf der anderen Seite des Flusses
Spielt immer ein Mädchen mit Steinen
Wenn ich sie sehe, muss ich oft weinen
Und denke an den Geschmack meines ersten Kusses

Ich bleibe stehen und winke ihr zu
Und manchmal winkt sie zurück
Ich gehe dann weiter und bin wieder
Ein paar Tropfen älter und noch immer
Nicht über den Fluss gefahren

Ich strich das Wort Tropfen durch und machte mit meinem Bleistift ein Fragezeichen darüber, wobei ich nicht die geringste Erinnerung daran hatte, wie oder wann ich am Vorabend mein Gedichtheft zur Hand genommen und gearbeitet hatte. Plötzlich erklang ein seltsames Scharren, dessen Ursprung ich mir nicht erklären konnte. Ich hielt den Atem an und wartete darauf, dass das Geräusch wieder ertönte. Es kam aus einer Ecke in meinem Kabinett. Plötzlich sah ich, wie hinter der Bananenkiste mit Schallplatten, die ich in einer Ecke abgestellt hatte, eine Taube hochflatterte. Ich schrie auf und tastete nach meiner Greifzange. Die Taube flog direkt auf mich zu, worauf ich ihr zur Verteidigung den Greifarm entgegenstreckte. Sie raste über meinen Kopf hinweg und klatschte an die Fensterscheibe der Oberlichte, welche wir mit Textilband zugeklebt hatten, sie musste also durch das Fenster in der Küche hereingekommen und in mein Kabinett spaziert sein. Die Taube schlug mit den Flügeln gegen die Scheibe, was ein grauenhaftes Schmatz-Geräusch erzeugte. Ich stach mit der Greifzange nach ihr, da flatterte sie wieder hoch und flog zurück in ihre Ecke. Zum Glück lag das Handy meiner Schwester auf meinem Nachtkästchen, und ich rief sofort Ana an. Atemlos bat ich sie, unverzüglich zu mir zu kommen, es sei ein Notfall, eine Taube hätte sich in mein Kabinett verirrt. Sie fragte erstaunt, warum ich die Taube nicht selber aus der Wohnung scheuchen würde, worauf ich ihr zu erklären versuchte, dass ich mit meinem kaputten Bein zu langsam sei, außerdem ekelte mich tatsächlich vor Tauben. Sie meinte, sie hätte am Vorabend Nachtdienst gehabt und sei noch ganz verschlafen. Ich bettelte sie an, sofort zu mir zu kommen, und schließlich versprach sie, sich zu beeilen. Während die Taube und ich uns belauerten, versuchte ich zu ergründen, woher meine Tierphobie stammte. Zuhause hatten wir eine neurotische Siamkatze gehabt, aber irgendwie hatte ich sie gemocht und sie mich auch. Judith war zwar ihr Liebling gewesen, was ich ihr nie verziehen hatte, aber nach dem Auszug meiner Schwester kam sie in mein Zimmer und nicht in das Schlafzimmer meiner Eltern, obwohl ich sie in der Nacht immer unter meine Bettdecke zwang, was sie nur fauchend über sich ergehen ließ. Hauskatzen zählten in dem Fall aber nicht, indessen befiel mich bei Begegnungen mit Tieren in der freien Natur meistens eine unergründliche Angst. Als Kind war ich auf einer Wanderung mit meinen Eltern einmal in eine winzige Höhle gekrochen. Plötzlich huschte etwas Dunkles, Pelziges an mir vorbei. Ich erschrak fürchterlich und stieß mir den Kopf. Ich konnte mir auch später nie erklären, was für ein Tier es gewesen war. Ich erinnerte mich lediglich an den bedrohlichen Schatten, der aus dem Nichts aufgetaucht und wieder lautlos verschwunden war.

Nach einer qualvollen halben Stunde kam Ana. Die Taube hatte noch einige erfolglose Versuche unternommen, zu entkommen, und war wirr im Zimmer umhergeflattert. Sie hatte nicht mehr zurück in die Küche gefunden, und ich war zu paralysiert, sie aufzuscheuchen und in die richtige Richtung zu dirigieren. Wie erleichtert war ich, als ich Anas Schritte im Vorzimmer vernahm. Sie streckte ihren Kopf belustigt zur Tür herein. Ich deutete auf die Stelle hinter dem Karton mit den Schallplatten.

„Unternehmen Sie etwas", herrschte ich Ana an, „sonst werde ich noch wahnsinnig." Sie beugte sich über mich und wollte bereits das Fenster über dem Kanapee öffnen, da erklärte ich ihr, dass ich es mit Textilband zugeklebt hatte.

„Wieso denn das?"

„Ich will für den radioaktiven Niederschlag gerüstet sein, was denn sonst?", rief ich empört aus.

Sie sah sich im Kabinett um, als suchte sie etwas.

„Es ist mir ein Rätsel, wie dieses Scheißvieh hereingekommen ist", meinte ich nervös, „können Sie sich das erklären?"

Sie blickte mich erstaunt an und antwortete vergnügt: „Es ist Frühjahr, sie suchen sich gerade Nistplätze."

„Einen Nistplatz in meiner Wohnung? Das ist ja widerlich."

Ana ging ins Vorzimmer und suchte einen Besen. Ich erinnerte mich, gelesen zu haben, dass es laut Aberglaube Unglück bringe, wenn ein Vogel zum Fenster hineinfliege, und erzählte Ana davon. Woher ich das hätte, wollte Ana wissen, bei den Rumänen würde es Glück bringen, wenn Vögel ins Haus flögen.

Nachdem sie die Tür zur Küche weit geöffnet hatte, ging sie mit dem Besen zur Ecke, wo die Taube saß, und schreckte sie hoch. Sie schlitterte auf dem Fußboden entlang, flatterte wie verrückt durch das Zimmer, dann flog sie wenige Zentimeter über meinem Kopf hinweg und fand durch die Tür und das Küchenfenster endlich nach draußen.

„Sehen Sie", bemerkte Ana zufrieden, „so einfach geht das!"

„Wenn man normal gehen kann, ja!"

„Beruhigen Sie sich", meinte sie spöttisch, „es ist ja nichts passiert. Was ist denn das?"

Ihr Blick war auf das aufgeschlagene Handbuch für Krisenzeiten gefallen. Ohne zu fragen, nahm sie den Band zur Hand, begann darin zu blättern und ließ sich in den Rollstuhl plumpsen.

„Schutzbunker!", gab ich zur Antwort, „das sind Zeichnungen zum Bau von Schutzräumen in der freien Natur."

„Wozu wollen Sie so etwas bauen?", fragte sie höhnisch und überflog die Seiten.

„Als Unterschlupf natürlich! Wenn ich vom atomaren Regen überrascht werde. Was dachten Sie?"

„Wenn es so weit kommt, ist ohnehin alles egal."

„Das glauben Sie vielleicht jetzt. Aber wenn es so weit ist, werden Sie sich dafür verfluchen, dass Sie nicht vorgesorgt haben!"

„Ich muss dann wieder", entgegnete Ana barsch und erhob sich mit einer abrupten Bewegung aus dem Rollstuhl. Sie wollte wissen, ob ich noch etwas benötigte oder ob sie mir einen Tee oder etwas zum Essen machen solle. Ich bedankte mich und erklärte ihr, dass ich jetzt ohnehin nichts hinunterbringen würde. Mir sei von der Begegnung mit der Taube geradezu schlecht geworden. Ich bat sie, das Küchenfenster wieder zu schließen, damit kein weiteres Glückstäubchen hereinfliegen könne. Ana schloss das Fenster und verabschiedete sich hastig, da sie noch viel zu erledigen habe. Sie versprach, am nächsten Tag für mich einzukaufen.

„Der Mensch sollte immer einen Ort haben, wohin er sich flüchten kann!", rief ich ihr hinterher. Sie hatte mich nicht mehr gehört und die Tür lautstark hinter sich ins Schloss geworfen.

Ich gab den Tag frühzeitig auf und beschloss, mir einen Joint zu genehmigen, woraufhin ich auf dem Kanapee einen angenehmen Tag mit Meditationen und Sitarspiel verbrachte.

Ich schreckte aus dem Schlaf und starrte auf meinen Wecker. Es war kurz vor zwölf, und das konnte nur bedeuten, dass Ana bald in meiner Wohnung aufkreuzen würde. Aus irgendeinem Grund war mir die Vorstellung unangenehm, Ana könnte mich in diesem unaufgeräumten Zustand vorfinden. Ich hievte mich aus dem Bett und schleppte mich auf den Krücken zum Waschbecken in der Küche. Ich bemerkte erst jetzt, dass Amalia noch einmal das Geschirr abgewaschen und das Spülbecken geputzt hatte. Ihr Schlüssel lag auf meiner Waschmaschine, von deren Oberfläche die dreckigen Ränder verschwunden waren. Mir war, ohne zu wissen warum, die Sauberkeit in der Küche äußerst angenehm. Ich wusch mir mein Gesicht, kämmte meine Haare und putzte die Zähne. Ana, sagte ich laut zu meinem Spiegelgesicht, das war eigentlich ein sehr schöner Name.

Sie kam erst gegen halb drei, was mich ziemlich ärgerte, da ich stundenlang in der Küche sitzend und auf den Krücken auf- und abgehend auf sie gewartet hatte. Ich wollte sie nicht wie ein Kranker empfangen. Sie stellte zwei Einkaufstaschen auf dem Kühlschrank ab und wollte wissen, ob ich mich von dem Erlebnis mit der Taube gut erholt hätte.

„Ja", antwortete ich zerknirscht, „danke noch einmal, danke, dass Sie so schnell gekommen sind, ich habe einfach so eine idiotische Angst vor Vögeln, eine regelrechte Phobie."

Sie räumte die Lebensmittel aus und grinste vor sich hin. Als sie gerade im Begriff war, mehrere Joghurts in den Kühlschrank zu stellen, bemerkte ich entsetzt, dass sie Diätjoghurts gekauft hatte.

„Was haben Sie denn da eingekauft?"

„Joghurt, ich glaube, das ist Joghurt."

Ich blickte sie entgeistert an und entgegnete scharf: „Ich glaube, das ist kein Joghurt, Ana."

„Das ist sogar ganz sicher Joghurt", antwortete sie frech, „Sie haben Amalia doch auf die Liste geschrieben, dass Sie jeden Tag ein Joghurt essen wollen."

„Das ist kein Joghurt, Ana", wiederholte ich, „das ist Diätjoghurt."

„Dann ist es eben Diätjoghurt, aber es ist doch Joghurt, oder etwa nicht?"

„Es ist schon Joghurt, aber eben kein richtiges Joghurt."

„Joghurt bleibt Joghurt, oder nicht?"

„Ana, ich verstehe einfach nicht, warum Sie Diätjoghurt für mich kaufen. Amalia hat Ihnen anscheinend nicht gesagt, dass ich kein Diätjoghurt mag."

Ich erklärte ihr, dass ich den Geschmack von Diätjoghurts abscheulich fände und die ganze Einschränkungs- und Sparphilosophie dahinter ablehnen würde.

„Dieser Diätwahn hat bereits unser gesamtes Denken okkupiert", deklamierte ich, „und führt nur dazu, dass das Leben selbst zu einer Diät- und Lightversion verkommen ist."

„Ich habe verstanden", erwiderte Ana beleidigt, „Entschuldigung, dass ich vor dem Einkauf nicht ideologische Rücksprache mit Ihnen gehalten habe, aber das ist doch kein Grund, so eine Szene zu machen."

„Ich mache keine Szene, ich will die Dinge nur von Anfang an klarstellen, damit wir uns später solche Streitigkeiten ersparen."

„Ich habe schon verstanden", antwortete sie, „das fängt ja gut an!"

„Wie meinen Sie das?"

„Entschuldigung, ist ja egal."

Was hatte ich doch an Amalia gehabt! Ana seufzte gereizt auf und fragte mich, ob wir heute einen Spaziergang unternehmen würden. Ich hatte überhaupt keine Lust, nach draußen zu gehen, und erklärte ihr, dass ich lieber zuhause bleiben würde. Sie erinnerte mich daran, dass mir die Ärzte sicher geraten hätten, das Bein zu belasten und so viel wie möglich zu gehen.

„Ich weiß, dass ich so viel wie möglich gehen sollte", antwortete ich erschöpft, „aber was habe ich davon? Ich schleppe mich hinaus in den Park, und dann? Was habe ich davon, wenn ich im Park sitze und die Vögel zwitschern höre? Ich bin kein Ornithologe, ich kann nicht einmal zwischen den einzelnen Vogelstimmen unterscheiden, ich weiß nicht, was sie sich gegenseitig mitteilen, wovon sie sprechen. Ich sehe den Blättern zu, die gerade herauskommen, und weiß nicht, ob sie verstrahlt sind oder nicht. Warum soll ich bei so viel Unwissenheit hinausgehen? Ich bin völlig ungebildet in Sachen Natur."

„Ich habe gelesen", antwortete Ana ruhig, „dass das Leck dicht ist, es gibt keine Gefahr mehr, kommen Sie, gehen wir."

„Es gibt keine Gefahr mehr?", rief ich aus. „Es gibt immer eine Gefahr. Wir leben in einer Risikogesellschaft. Die Gefahr lauert überall. Nicht, dass ich Angst hätte, mich stört die Gefahr weniger als die Sicherheit, in der sich alle wiegen. Wissen Sie, wie viele Atomkraftwerke in unserer Nachbarschaft stehen?"

„Gehen wir?"

Ich zog meine Lederjacke an und ließ mir von Ana die Schuhbänder zubinden. Im ersten Moment war es mir peinlich, dass sie sich vor mich hinkniete und mir die Schnürsenkel band, doch die Scham wich sogleich einer leichten sexuellen Erregung, da ich mir vorstellte, dass sie sich vor mich hingekniet hatte, um meinen Reißverschluss zu öffnen. Ich war darüber etwas erstaunt, gleichzeitig freute ich mich, dass der Apparat noch einwandfrei ansprang. Das war beruhigend. Während sie vor mir kniete und die Maschen band, betrachtete ich die einzelnen Wirbel ihres gebogenen Rückens, die sich unter dem grünen Stoff abzeichneten. Da tat ich etwas ganz und gar Ungeheuerliches und streichelte den vor mir gebückten Rücken. Meine Hand wanderte einmal hinauf und dann wieder hinunter. Sie schreckte jedoch nicht, wie ich es erwartet hatte, hoch, sondern verharrte geduldig in dieser Stellung, wobei ich nicht wusste, ob sie mit dem Binden meiner Schnürsenkel fortfuhr, um das Streicheln zu genießen oder weil ihr die Situation derart peinlich war. Langsam richtete sie sich wieder auf und starrte mich mit gerötetem Gesicht an. Ich lächelte sie an und flüsterte „Danke", worauf sie mein Lächeln unsicher erwiderte und „Bitte" antwortete.

Nach dieser Geste war, wie mir schien, unser Verhältnis gleich viel herzlicher und intimer. Wir spazierten wortlos in den Park, wobei ich feststellte, dass sich mein Bein besser als gedacht entwickelt hatte. Ich konnte bereits schmerzfrei auf den Krücken gehen, in ein bis zwei Wochen würde ich sie nicht mehr benötigen. Wir setzten uns auf eine Bank und sahen in die Baumkronen der Kastanienbäume, an deren Zweigen sich bereits die ersten grünen Knospen zeigten.

„In meinem Dorf ist der Frühling besonders schön", erzählte Ana, „am ersten März bekommen die Mädchen Märzchen geschenkt, und zu Ostern werden sie von ihren Liebsten mit Parfum besprüht." Sie hatte das Wort „Liebsten" sehr zärtlich ausgesprochen, und in diesem Augenblick fand ich Ana unwiderstehlich charmant. Ich wollte wissen, aus welchem Dorf sie komme. Sie nannte einen Namen, den ich sofort wieder vergaß, aber ich merkte mir, dass ihr Dorf in der Nähe von Piatra Neamț gelegen war, das ich aus Amalias Erzählungen kannte.

„Aber ich lebe schon über zwanzig Jahre in Wien", setzte Ana fort.

Ich fragte sie, ob es nicht ein Schock gewesen sei, von einem rumänischen Kuhdorf nach Wien zu kommen?

„Ach", stöhnte sie auf, „im Vergleich zu Bukarest ist Wien doch auch nur ein Kuhdorf, nein, Schock war es keiner, aber ich vermisse Rumänien. Ich vermisse so vieles, das es hier nicht gibt, diese Wärme und Herzlichkeit im Alltäglichen. Ist Ihnen aufgefallen, dass die Leute in Wien überhaupt nicht miteinander reden? Im Zug oder in den Bars oder auf der Straße will eigentlich keiner mit dem anderen etwas zu tun haben. Ich fühle einen ganz tiefen Riss in mir, ich weiß nicht wirklich, wo ich hingehöre."

Wir schwiegen eine Weile.

„So einen Riss", bemerkte ich, „den verspürt doch jeder irgendwie, oder?"

„Ja, vielleicht, aber ich glaube, Sie sind da eine Ausnahme."

„Für eine geborene Rumänin", wandte ich schnell ein, um von mir abzulenken, „sprechen Sie aber ziemlich akzentfrei."

„Sprechen ja", antwortete sie, „das Sprechen geht sehr gut, aber Sie sollten mich erst einmal schreiben sehen. Ich bin kurz nach der Revolution nach Wien gekommen und das Sprechen habe ich schnell gelernt. Aber mit dem Schreiben war es anders, ich war zwischen den beiden Sprachen so hin- und hergerissen, ich weiß nicht –"

„Das Schreiben ist ja nur eine Abart des Sprechens, eine Degeneration sozusagen."

„Dann ist es eben eine Degeneration, von mir aus. Für mich wäre das Schreiben aber sehr wichtig, es wäre wichtig, aber ich habe zu wenig dafür getan."

Ich wollte wissen, womit sie ihr Geld verdiente, worauf sie mir plötzlich das Du-Wort anbot, das ich gerne annahm. Sie erzählte, dass sie nachts im Eberts, einer Bar im sechsten Bezirk, arbeite, aber es gefalle ihr nicht wirklich dort, weil die Nachtdienste zu lang seien. Ihr sei bis jetzt aber noch nichts Besseres eingefallen.

„Und Sie, ich meine du?", wechselte sie schnell das Thema. Obwohl mir ihre samtene Stimme den roten Teppich ausgerollt hatte, zuckte ich bei der Frage innerlich zusammen. Wie oft hatte ich diese Frage schon gehört und noch nie eine wirklich befriedigende Antwort darauf gefunden? Ab der Matura, die ich mit Ach und Krach geschafft hatte, fragten einen die Leute nach nichts anderem als nach dem beruflichen Erfolg. In Wirklichkeit interessierten sie sich überhaupt nicht dafür, was man den ganzen Tag über tat, wobei ich Ana davon einmal ausnahm. Die Leute wollten in Wahrheit nur wissen, inwiefern man sich angepasst und ob man eine mehr oder weniger ansehnliche Stellung in dieser abgeschmackten Gesellschaft eingenommen hatte. Tatsächlich interessierte sie ja nicht einmal das, sondern sie fragten nur, um zu sehen, wie weit sie dem anderen bereits voraus waren.

„Du hast ja das Zinshaus, nicht wahr?", fragte Ana vorsichtig nach, „ich meine zum Geldverdienen und so?"

„Das Haus, und meine Meditationen dagegen", antwortete ich. „Ja, dagegen ist gut gesagt! Und ich versuche, Sitar zu spielen, ich habe bei einem indischen Meister das Sitarspiel erlernt."

„Mir gefällt, dass Sie nichts machen, ich meine, dass du nichts machst, das Nichtstun schaffen ja die wenigsten Leute, das muss man erst einmal können, so herumhängen und nicht viel tun, ich bewundere das."

„Ich nicht", erwiderte ich rasch.

„Doch wirklich, es ist eine Kunst. Es hat etwas Subversives. Das gefällt mir irgendwie."

„Ach", rief ich kraftlos aus, „die Leute sehen in mir immer irgendetwas, das ich nicht bin. Sie interpretieren viel zu viel in mich hinein. Manchmal denke ich, ich sollte

wieder zu studieren beginnen. Ich könnte ein Medizin-
studium anfangen, aber ich bin jetzt einundvierzig, inklu-
sive Turnus wäre ich dann mit fünfzig fertig. Da nimmt
mich doch keiner mehr!"

„Vermutlich nicht."

„Ich lebe ja nicht freiwillig so. Manche Leute halten
mich für einen dekadenten Hausbesitzer, meine Schwester glaubt hingegen, dass ich unheimlich kreativ bin, das
heißt, ich weiß nicht, ob sie das wirklich glaubt oder nicht,
es spielt auch keine Rolle. Ich habe manchmal das Gefühl,
sie zwingt sich daran zu glauben, dass ich kreativ bin, weil
sie mein Nichtstun sonst nicht ertragen könnte, sie ist ja
immer so fleißig. Sechzehn Stunden pro Tag ist sie auf
Achse, hat zwei Kinder, macht Karriere in ihrem Beruf.
Sie ist einfach perfekt, und deswegen könnte sie sich nie
eingestehen, dass ich nichts tue, beziehungsweise könnte
sie mich nicht respektieren und lieben, weil ich ja ihre verdrängte Faulheit repräsentiere. Sie müsste einen unglaublichen Hass auf mich haben, Hass vermengt mit Angst, und
vielleicht hat sie das auch. Und du hältst mich für einen
subversiven Nichtstuer, aber in Wahrheit ist es viel bana-
ler. Man ist nie freiwillig das, was man ist, mehr war einfach nicht drinnen."

„Mir ist schon klar", gab Ana nachdenklich zurück,
„dass das keine ganz freie Entscheidung ist, und dass es
ziemlich anstrengend sein muss, nicht mitzumachen –"

„Meine Eltern", unterbrach ich sie, „haben nach dem
Krieg alles, wirklich alles unternommen, um die bürger-
liche Existenz ihrer Eltern wieder aufzubauen, und es
war völlig klar, dass ich in ihre Fußstapfen treten sollte.
Da, wo ich herkomme, ist dir der berufliche Erfolg in die
Wiege gelegt worden, man hat einfach einen erfolgrei-
chen Karriereweg einzuschlagen. Es wird überhaupt nicht

darüber diskutiert, dass es vielleicht etwas anderes geben könnte als Geld –"

In diesem Moment läutete Judiths Handy, das ich gedankenlos eingesteckt haben musste. Es war Simon.

„Hör zu", brüllte er in den Hörer, „ich stehe gerade neben dem Installateur, und er meint, es muss alles aufgestemmt werden, von oben bis unten, completto. Er braucht dazu mindestens drei Leute, und er könnte gleich loslegen, wenn du willst, sie könnten mal nachsehen, wo der Schaden liegt, soll ich das veranlassen?"

„Natürlich sollst du das veranlassen, Simon, wunderbar, mach das, die sollen das machen."

„Aber er meint, es dauert mindestens vier bis sechs Wochen, bis das alles trocken ist."

„Sie sollen es machen, sie sollen nur anfangen, wir müssen Präsenz zeigen und Handlungsbereitschaft signalisieren."

„Ja gut, und in Sachen Altpapier, ich meine, kannst du nicht die Rechnung bezahlen, damit endlich dieser Papierberg verschwindet?"

„Die Rechnung, keine Ahnung, wo ich die Rechnung habe –"

„Mann", rief Simon aus, „wie stellst du dir das vor?"

„Nimm dir doch ein Taxi, stopf das Papier in den Wagen und fahr den Mist zu einer Deponie, das kann doch nicht so schwer sein."

Er war von der Idee nicht gerade begeistert, aber schließlich konnte ich ihn dazu überreden, beim Magistrat anzurufen und alles Weitere zu organisieren. An seiner Stimme bemerkte ich jedoch, dass ihm noch etwas anderes auf der Zunge lag. Er kam ohne Umschweife auf die Mädchen in dem Massagesalon zu sprechen, worauf ich das Schlimmste befürchtete.

„Ich wollte dir noch erzählen", sagte er in einem leicht zudringlichen Männertonfall, „dass ich heute früh wieder die Mädchen vom zweiten Stock besucht habe. Sie haben mir einen großartigen Cappuccino gemacht, und auf einmal hat mir eine von ihnen doch wirklich die Wange gestreichelt, nachdem sie mir den Kaffee serviert hatte, verstehst du? Aber jetzt kommt es: Sie hat sich auf meinen Schoß gesetzt, und ich dachte, was wird jetzt das, da fragt sie mich doch glatt, ob ich eigentlich verheiratet sei, und beginnt, an meinem Reißverschluss herumzunesteln –"

„Du Simon", unterbrach ich ihn, „es ist gerade ungünstig, können wir vielleicht später –"

„Mensch, Mucki, bei dir ist es immer ungünstig – jedenfalls hab ich sofort versucht, die Sache zu unterbinden. Und ich muss dir sagen, ich bin unheimlich stolz auf mich."

„Ja", antwortete ich erschöpft, „gut gemacht, Simon, reden wir später –"

„Solche Situationen", setzte er unbeirrt fort, „haben wir in der Gruppe durchgesprochen, das ging ja eigentlich schon viel zu weit, und ich hab bemerkt, wie der Tsunami bereits auf mich zurollt, als –"

„Natürlich, hör zu Simon, kann ich dich in einer Stunde –"

„Nein! Ich wollte dir nur sagen, dass ich unheimlich stolz auf mich bin. Diese beiden Mädchen sind wirklich endgeile Chicas, wenn ich mir den Rest dieser Kleinbürger so anschaue, und sie werden von den Parteien wirklich verachtet, das kannst du mir glauben. Jedenfalls hab ich Angie erzählt, dass ich mit meiner Sexsucht meine Ehe ruiniert habe und dass ich jetzt einfach nicht mehr kann und gerade versuche, sauber zu bleiben. Da hatte sie ihre Hand bereits in meiner Unterhose, und ich hab das Dilemma regelrecht gespürt –"

„Entschuldige Simon, könntest du mich bitte mit deiner Unterhose in Ruhe lassen?! Ich sitze hier mit einem sehr liebenswerten Geschöpf und kann mich jetzt einfach nicht mit deinen Nuttengeschichten –"

„Okay, ich habe verstanden, ich warte auf deinen Anruf, ciao!"

„Ein Freund hilft mir in Baden", erklärte ich mit einem entschuldigenden Lächeln, „ich habe große Probleme mit meinen Mietern –"

„Amalia hat mir davon erzählt", antwortete Ana lächelnd, „ja, cool, wenn man solche Wohnungen hat, ich meine, da kommt schon Geld herein, oder?"

„Ach", stöhnte ich auf, „ich habe nichts als Schwierigkeiten mit diesem Haus. Besitz macht einen nicht halb so glücklich, wie einen der Verlust einer Sache unglücklich macht. Aber das ist ja mit allen Dingen so. Außer, dass er satt macht, leistet Reichtum überhaupt nichts. Reich zu sein bringt so viele Sorgen mit sich, dass ich mich oft frage, ob es das wert ist. Wollen wir wieder?"

Ana machte keine Anstalten aufzustehen.

„Am Morgen nach dem Erdbeben in Fukushima", begann sie leise zu erzählen, „bin ich mit dem Bus von der Arbeit nach Hause gefahren, und als ich in die müden Gesichter der Businsassen blickte, bin ich für einen Moment unheimlich erschrocken. Man hat es den Leuten regelrecht angesehen, dass sie Angst hatten. Es war, als wäre für einen Moment eine Maske von ihnen abgefallen, als hätten sie realisiert, dass eine radioaktive Wolke genügte, um uns von einem Tag auf den anderen zu vernichten. In ihren Gesichtern spiegelte sich eine unheimliche Ohnmacht, als hätte auf einmal jeder begriffen, dass es kein Mittel auf dieser Welt gibt, das den ganzen Wahnsinn aufhalten kann. Gleichzeitig musste das Leben einfach weitergehen –"

„Ich finde es aber auch beruhigend", wandte ich ein, „dass das Leben immer weitergeht."

„Ja, aber wie geht es weiter? Die Menschheit marschiert immer weiter in Richtung Abgrund. Ist es nicht unglaublich, wie viele Millionen Jahre es gedauert hat, bis der Mensch aufrecht gehen konnte und gelernt hat, Werkzeuge zu benutzen? Und dass er es geschafft hat, innerhalb von nur zweihundert Jahren die Umwelt zu zerstören, und jetzt sogar die Macht hat, die Erde mit einem Schlag zu vernichten? Ist das nicht unglaublich?"

Ich befürchtete, dass sie sogleich über den maßlosen Energiehunger der Welt sprechen würde, und kam ihr zuvor, indem ich mich mit einem Stöhnen erhob. Sie reagierte nicht, sondern blieb ungerührt sitzen und starrte vor sich hin. Ich fragte schnell, ob sie noch bleiben wolle, da kramte sie in ihrer Handtasche und zog einen Flyer heraus. Ich betrachtete das Foto, das die alten Glasvitrinen einer Bäckerei zeigte. In den Glaskästen standen geflochtene Körbe mit Brezeln und Gebäck. In einem Regal lagen französische, in Papier eingewickelte Baguettes, und über den Schubladen des Einkaufsregals stand in weißem Schriftzug:

### Chansons à la française
Leidenschaft, Temperament und Genuss

Auf der Rückseite war Anas Porträt mit Angaben zu Tag und Uhrzeit des Chanson-Abends abgebildet. Mir war der Flyer etwas peinlich, und ich wusste weder, was ich sagen, noch, wohin ich ihn stecken sollte.

„Morgen singe ich im Eberts", erklärte Ana nach einer Weile, „wir geben ein kleines Konzert, wenn du Lust hast –"

„Ein Konzert, du bist Sängerin?"

„Sängerin ist zu viel gesagt, vielleicht willst du ja kommen."

„Ja, klar", antwortete ich, „ich meine, wenn es mein Bein zulässt."

Nachdem mich Ana nach Hause begleitet hatte und wieder gegangen war, konnte ich an nichts anderes denken als an sie und rekapitulierte unseren Spaziergang bis ins Detail. Ich drehte mir einen Joint und streckte mich auf dem Kanapee aus. In meiner Hosentasche befand sich Anas zerknitterter Flyer. Ich nahm ihn noch einmal zur Hand und betrachtete das Foto von der französischen Bäckerei mit dem Schriftzug. Ich legte den Werbezettel auf meinen Brustkorb und wäre beinahe eingeschlafen, wenn nicht Judiths Handy geläutet hätte.

„Mann, das war ein Tag", plärrte Simon in den Hörer, „so einen Hass habe ich selten erlebt. Ein Pensionist mit Namen Wintersteiger wollte sofort wissen, ob ich der Hausverwalter sei, worauf ich ihm erklärt habe, dass ich dich vertreten würde. Da fragt mich dieser Nazi doch glatt, ob du Jude bist, weil es so eine Verwahrlosung früher nur bei den Juden gegeben habe. Ich war so perplex, dass mir keine passende Antwort einfiel. Aber der Grundtenor war doch, dass man erleichtert ist, weil endlich etwas geschieht. Wir müssen aber unbedingt aufpassen, dass uns die Mieter keine Schäden anhängen, für die sie selber verantwortlich sind. Eine Mieterin hat sich beschwert, dass ihr Ausfluss verstopft ist, also fragte ich sie, wie lange sie schon in ihrem Appartement wohne. Drei Jahre, hat sie geantwortet, worauf ich ihr ins Gesicht sage: Na, dann waren es vielleicht doch die eigenen Schamhärchen und nicht die Haare des Vermieters, die Ihren Ausfluss verstopft haben? Ist doch unglaublich, was den Leuten einfällt, oder?"

„Das hast du wirklich gesagt?"

„Dieser Wintersteiger ist, wie mir die anderen Mieter versichert haben, so etwas wie der Kapo im Haus. Er hat anscheinend nichts Besseres zu tun, als den ganzen Tag am Fenster zu stehen und aufzuschreiben, wer ein- und ausgeht, welche Autos wann parken und wann die Mülltonnen abgeholt werden. Er notiert penibelst die Defekte im Haus mit dem genauen Datum, wann welcher Schaden aufgetreten ist, er zeigt hausfremde Autos an, die im Hof abgestellt werden et cetera."

„Der größte Schuft im ganzen Land, das ist und bleibt der Denunziant!", warf ich ein.

„Ja", rief Simon aus, „und er dokumentiert natürlich die Hausbesuche von Angie und Nicole im zweiten Stock."

„Angie und Nicole?"

„Der Massagesalon Malibu! Die beiden sind wirklich reizend. Und stell dir vor, was mir Nicole erzählt hat: Wer stand gleich nach ihrem Einzug vor ihrer Tür? Wer war einer ihrer ersten Kunden, was glaubst du?"

„Der Bürgermeister?"

„Nein, dieser Kapo von Wintersteiger natürlich. Er hatte sogar die Frechheit, unter den Mietern eine Unterschriftenliste zu organisieren, um den beiden Girls den Auszug nahezulegen. Und was glaubst du, hat er geantwortet, als sie ihn darauf angesprochen haben, dass er ja einer ihrer ersten Kunden gewesen war? Dass sein Besuch nur der Recherche gegolten und er doch gleich geahnt habe, was hier gespielt werde. Er habe quasi nur in seiner Funktion als Detektiv mit ihnen geschnackselt, kannst du dir einen größeren Heuchler vorstellen?"

„Mann, Simon", rief ich aus, „das klingt ja widerlich!"

„Ich denke, wir sollten ihm eine Abreibung verpassen", verkündete Simon in verschwörerischem Tonfall, „irgendeine Aktion, verstehst du, na egal, jedenfalls läuft alles nach Plan. Morgen früh kommt wieder der Installateur. Mit dem Tischler habe ich wegen der Tür gesprochen, er kommt übermorgen, auch der Elektriker ist in Sachen

Stiegenhausbeleuchtung bestellt. Fragt sich nur, was wir mit dem Obdachlosen machen sollen. Der Wintersteiger behauptet, dass er schon öfter die Polizei angerufen habe, aber der Sandler kommt immer wieder."

„Wie auch immer", setzte Simon nach einer Pause fort, „ich wollte dir noch unbedingt von diesem Horrormoment erzählen, als sich Angie auf meinen Schoß gesetzt hat. Ich war wie im freien Fall und hab gespürt, dass sie mit mir hätte anstellen können, was sie wollte, aber irgendwie ist es mir gelungen, aus diesem Freien-Fall-Gefühl wieder herauszukommen. Ich fing an zu reden und erzählte den beiden von meiner Sexsucht, und dass ich damit meine Ehe ruiniert hätte. Sie hatten volles Verständnis, und Angie ist sofort von meinem Schoß heruntergesprungen. Sie haben mir richtig zugehört und sich bei mir entschuldigt. Ich habe das Gefühl, dass wir sogar Freunde werden könnten, wenn ich –"

„Simon", unterbrach ich ihn brüsk, „wenn du dich da mal nicht belügst! Ist es nicht ein bisschen früh, von Freundschaft zu sprechen?"

„Nein, natürlich, jedenfalls bin ich sehr stolz auf mich, und deshalb werde ich mir jetzt einen auf die Lampe gießen. Irgendwie war das ein richtiger Durchbruch für mich. Ich bin ganz von selber da rausgekommen, na, ich muss Schluss machen –"

Ich bedankte mich für alles, was er für mich getan hatte, und wir vereinbarten, in den nächsten Tagen wieder zu telefonieren.

Nach dem Gespräch fühlte ich mich ruhiger und hatte das Gefühl, dass alles wieder ins Lot kommen würde. Mein Bein war im Begriff auszuheilen, Simon schien das Problem mit meinem Zinshaus in den Griff zu bekommen, das Leck in Fukushima war abgedichtet, und irgendwie roch das Kabinett noch immer ein wenig nach Ana. Das war mehr, als ich noch vor wenigen Tagen hatte erwarten dürfen. Ich begann mit meinen Mantra-Übungen, aber ich war bereits derart ruhig und entspannt, dass ich nach wenigen Minuten einschlief.

Ich wurde von einem energischen Klopfen und den Rufen meiner Schwester geweckt und ahnte sogleich, dass ihr Auftauchen vor der Arbeit nichts Gutes bedeuten konnte. Ich stemmte mich hoch, wankte auf den Krücken zur Tür und öffnete ihr. Sie steckte in einer silberfarbenen Rockklage und rauschte von einer Parfumwolke umhüllt an mir vorbei.

„Mucki, bist du schon auf?", schnatterte sie vor sich hin und verbreitete sofort ihre unverwüstliche Heiterkeit. „Du gehst ja bereits auf Krücken", rief sie begeistert aus und fletschte dabei die Zähne, „schau her, ich habe dir Obst mitgebracht, es gibt schon Erdbeeren."

Sie entleerte ihren Einkaufssack auf der Waschmaschine und schlichtete die Orangen und die Erdbeeren aufeinander. Ich schleppte mich in mein Kabinett und ließ mich wieder auf das Kanapee fallen. Ich ahnte sofort, dass sie etwas im Schilde führte und die frühe Morgenstunde ihres Besuches absichtlich gewählt haben musste, um mich zu überrumpeln. Ich war überhaupt noch nicht zu mir gekommen und ermahnte mich, auf der Hut zu sein, denn gewiss würde sie gleich irgendwelche Dokumente aus ihrer Ledermappe ziehen und mir zum Unterschreiben vorlegen. Ich malte mir aus, wie sie sich am Vorabend ihre Strategie zurechtgelegt und gedacht hatte: ‚Den überrasche ich in aller Herrgottsfrühe, da ist er von seinem dämlichen Dope noch ganz benebelt und unterschreibt alles, damit er weiter sein sinnloses Leben verschlafen kann.' Sie hatte sich in ihrem Größenwahn schon immer für cleverer gehalten. Sie, die ja ganz nach unserem Vater geraten war, und der Vater hatten Cleverness und Intelligenz schon immer miteinander verwechselt, wobei sie damit vielleicht sogar Recht hatten. Vielleicht war Cleverness tatsächlich die zeitgemäße Form der Intelligenz? War man nicht schnell genug, und clever sein bedeutete ja vor allem schnell sein, dann war man heute ohnehin ein Idiot.

Sie plumpste in den Rollstuhl, holte einige Unterlagen aus ihrer Mappe und erklärte, dass sie noch einmal mit ihrem Anwalt gesprochen habe. Sie blätterte nervös in ihren Papieren und wiederholte: „Wir haben wie besprochen einige Schriftstücke ausgearbeitet." Ich fragte scheinheilig, wovon sie rede, wir hätten überhaupt nichts besprochen.

„Aber Mucki", unterbrach sie mich in ihrem überheblichen Große-Schwester-Tonfall, „natürlich haben wir die Sache besprochen. Wir haben doch über die Vollmacht geredet."

„Welche Vollmacht?", rief ich aus, „ich weiß gar nicht, was du von mir willst."

„Die Vollmacht, die du mir erteilen sollst, Mucki, damit ich mich um deine Angelegenheiten kümmern und für dich die Mieten eintreiben kann."

„Ich soll dir meine Anteile überschreiben", sagte ich, „ist es das, was du willst? Vergiss es einfach."

„Es geht doch überhaupt nicht um die Anteile", antwortete sie betulich, „du sollst mir nur eine ganz gewöhnliche Hausverwalter-Vollmacht unterschreiben, und du bekommst nach Abzug einer Verwaltungspauschale deine Mieteinnahmen. Das ist alles. Ich will dir doch nichts Böses, warum glaubst du immer, dass ich dir etwas zufleiß tun will?" Sei auf der Hut, sagte ich mir, sie hat einen Plan, gehe ihr nicht auf den Leim!

„Das klingt zu schön, um wahr zu sein", antwortete ich. „Und was hast du davon?"

„Wir müssen etwas mit dem Garten machen", antwortete sie beflissen. „Ich habe dir doch bereits gesagt, dass ich für die Angestellten meiner Baufirma Parkplätze benötige, das ist alles. Du verlierst nichts dabei!"

„Aber was ist mit dem Garten, dann wird der schöne Garten ja völlig zerstört?"

„Er wird verkleinert, Mucki, das ist alles, außerdem bräuchtest du dich dann um keine Handwerker und solche Dinge zu kümmern und hättest ein paar Sorgen weniger."

Ich zog meinen Trumpf aus dem Ärmel und erklärte ihr: „Ist nicht mehr nötig, du kannst das Ganze vergessen."

„Wieso soll es nicht mehr nötig sein?"

„Ich habe bereits einen Emissär nach Baden geschickt, der für mich die Angelegenheiten regelt. Es ist alles in die Wege geleitet."

„Nichts ist geregelt, Mucki, nichts!" Sie erhob sich wütend vom Rollstuhl und begann in dem engen Kabinett auf und ab zu gehen. „Ich lasse mich von dir nicht länger zum Narren halten", schrie sie mich an, „was hast du geregelt?"

„Simon kümmert sich um alles", erwiderte ich lässig. Ich sprach absichtlich langsam, als würde ich jeden Moment einschlafen.

„Gut, das ist ein Notfall", zischte sie mich an, „du hast jetzt noch einmal die Kurve gekratzt, weil dir das Wasser bis zum Hals gestanden ist, aber das Haus braucht eine permanente Betreuung, verstehst du das nicht? Du musst dich rund um die Uhr darum kümmern, nicht nur einmal alle zwei Jahre, wenn der Hut brennt."

„Der Brand ist gelöscht", rief ich fröhlich aus, „sei ganz beruhigt!"

„Ich lasse mir das Haus von dir nicht ruinieren, Mucki, entweder du unterschreibst oder wir haben ein echtes Problem."

Ich versuchte ihr noch einmal darzulegen, dass ich die Schäden gerade beheben ließ. Da platzte es aus ihr heraus: „In deiner Hälfte sieht es aus wie bei den Zigeunern. Das Haus ist völlig heruntergekommen, der Garten wuchert vor sich hin, alles ist verdreckt und vermodert, das ist das Problem."

„Ist doch schön, wenn es wuchert", antwortete ich schwärmerisch.

„Ich lasse das nicht zu, hörst du mich, du kannst denken, was du willst, aber ich lasse nicht zu, dass du unser Haus derart verkommen lässt." Sie fuchtelte mit dem Kugelschreiber in der Hand vor meinem Gesicht herum. „Unterschreibst du jetzt oder unterschreibst du nicht?"

Ich tat, als würde ich überlegen, dann sagte ich galant: „I would prefer not to!"

„Na gut", meinte Judith beleidigt und steckte ihre Papiere mit verkniffener Miene zurück in die Ledermappe. „Du bist wirklich ein Schwein. Du kommst dir ja so lässig und klug vor, aber in Wirklichkeit bist du einfach nur ein faules Schwein und lässt die anderen für dich arbeiten!"

Ihre Augen hatten sich mit Tränen gefüllt. Sie klappte wütend ihre Mappe zusammen und sah mich voller Hass an. „Du und deine Freunde", setzte sie mit zittriger Stimme fort, „ihr habt ja nicht einmal die Eier, Kinder in die Welt zu setzen. Sogar dazu seid ihr zu faul."

„Ach ja?", rief ich aus, „und weißt du, warum, weißt du, warum wir keine Kinder in die Welt setzen wollen? Weil wir diese Welt für nicht mehr lebenswert erachten und die Menschheit für gemein und niederträchtig halten und jeglichen Optimismus verloren haben. Deswegen haben wir alle keine Kinder."

„Ihr habt es euch wirklich bequem eingerichtet in eurer dämlichen Passivität und eurem kindischen Nihilismus. Ihr seid ewige Jugendliche, die nicht erwachsen werden wollen, das seid ihr und das bist du!"

„Und was soll daran so falsch sein?", fuhr ich sie an. „Wieso soll es so erstrebenswert sein, vernünftig und erwachsen zu sein? Wohin hat uns denn die menschliche Vernunft geführt, kannst du mir das vielleicht erklären?"

„Was willst du eigentlich mit deinem Leben anfangen? Gibt es irgendetwas, das du wirklich willst?"

„Das Wollen ist ja schon der Fehler. Es muss überhaupt erst einmal das Wollen aus der Welt geschafft werden."

„Das Wollen, ja?"

„Das Wollen, genau!"

Sie holte ein Taschentuch aus der Jacketttasche ihrer Rockklage, die bereits zerknittert war, und ging in Richtung Tür. Auch wenn sie vielleicht Teil der Inszenierung waren, rührten mich ihre Tränen, und ich rief ihr nach: „Aber Judith, lass uns nicht so auseinandergehen! Wir können doch alles in Ruhe klären." Sie schluchzte auf und hielt sich den Handrücken an die Nase.

„In Ruhe? Mucki, ich habe jetzt wirklich alles versucht, ich habe es mit Geduld versucht, aber du verstehst es einfach nicht. Mach's gut!"

„Bitte wirf die Tür nicht so fest zu, die Dinge wollen liebevoll behandelt werden und das Schloss ist schon völlig hinüber, hast du verstanden?"

Die Tür fiel krachend ins Schloss, und es folgte eine bedrohliche Stille, die sich wie eine Glocke über mich stülpte. Ich lag den ganzen Tag wie erstarrt auf dem Kanapee und versuchte vergeblich, Judiths Stimme aus meinem Kopf zu bekommen. Ich wiederholte in Gedanken zwanghaft ihre Worte. Das schlechte Gewissen nistete sich in Form eines pochenden Kopfschmerzes in meinen Schläfen ein. Ich wollte mir gar nicht vorstellen, zu welch juristischen Gemeinheiten sie fähig war, ich hatte ja nicht einmal einen Anwalt. Ich fühlte mich krank und niedergeschlagen, drehte mir einen Joint und legte die Birds auf, aber es wurde kein angenehmer Trip daraus. Irgendwann schlief ich ein. Im Traum kaufte ich mir, sehr zum Leidwesen meiner Eltern und meiner Schwester, einen schwarzen, panzerartigen Landrover-Van, mit dem ich vor unserem Haus vorfuhr. Meine Mutter schlug die Hände über dem Kopf zusammen, meine Schwester grinste hämisch und meinte, ich könne doch gar nicht richtig Auto fahren, während mein Vater seine Hände angriffslustig in die Hüften stemmte und mich fragte, wie ich mir so einen Schlitten überhaupt leisten könne. „Woher nimmst du denn das Geld für so eine Drecksschleuder?", schrie er mich an, aber ich gab keine Antwort. Ich fuhr mit quietschenden Reifen davon, kurvte um unser Haus, bis ich wieder vor der Eingangstür zu stehen kam und meine Eltern und meine Schwester mürrisch in den Wagen stiegen. Ich ließ den Motor aufheulen, worauf sich meine Mutter schrecklich ängstigte, da ich den schweren Landrover nicht wirklich unter Kontrolle hatte. Mein Vergnügen, ihnen Angst einzujagen, wich einer neurotischen Panik, weil ich für meine Verhältnisse viel zu schnell fuhr und der Wagen in den Kurven gefährlich schlingerte. Auf einmal hörte ich einen unheimlichen Knall, schreckte von meinem Kanapee hoch und blickte in Pracks Gesicht.

„Hast du mich erschreckt", stammelte ich benebelt.

„Hier riecht es ja wie in einer Opiumhöhle", rief er höhnisch aus.

Ich bedankte mich dafür, dass er mich von meinem schrecklichen Trip erlöst hatte, und erzählte ihm von der Spritztour mit dem Landrover.

„Das klingt aber lustig", antwortete Prack fröhlich.

„Es war irgendwie lustig", stimmte ich ihm zu, „aber gleichzeitig hatte ich eine wahnsinnige Angst, weil ich den Wagen nicht richtig beherrschte, du weißt ja, an mir ist kein großer Autofahrer verloren gegangen."

„Vielleicht solltest du dir jetzt erst recht einen Van zulegen. Ich meine, in Zeiten wie diesen –"

„Ja, vielleicht hast du Recht", bemerkte ich nachdenklich. „Meine Eltern hatten ja einen unglaublichen Hass auf diese amerikanischen Vans."

„Vor allem, weil sie amerikanisch waren?"

„Wahrscheinlich dachten sie, dass die amerikanischen Vans für alles Unheil auf der Welt verantwortlich sind. Meine Schwester denkt heute noch so und behauptet bei jeder Gelegenheit, dass diese benzinfressenden Monster doch verboten gehören."

„Der Van als Sündenbock?"

„Sie fährt einen BMW, der vielleicht die Hälfte eines Vans verbraucht, und glaubt allen Ernstes, dass mit der Abschaffung der Vans die Welt gerettet würde. Ich bin ja für die Vans, ich wäre überhaupt dafür, dass jedes Auto hundert Liter Benzin auf hundert Kilometern verbraucht, je mehr sie verbrauchen, desto besser. Ich bin absolut gegen das Benzinsparen. Man kann nicht im Falschen leben und dann auch noch sparen."

„Daraus ließe sich etwas machen", rief Prack begeistert aus. „Du mit einem Van: Fat man driving a fat car, so als Statement, das wäre fantastisch. Wir werden die Welt ja nicht dadurch retten, dass jetzt alle nur noch mit Fiat Pandas herumgurken, das ist ja der Irrtum, insofern wäre das eine sehr schöne Installation. Fat man driving a fat car drinking a Diet Coke, so in etwa."

„Jedenfalls", fuhr ich fort, „war der Trip oder der Traum, ich weiß nicht wirklich, was es war, ein unheimlicher Spaß, aber gleichzeitig bekam ich von meiner Schadenfreude ein fürchterlich schlechtes Gewissen und der Trip wurde allmählich zu einem Horrortrip."

„Du hattest deswegen ein schlechtes Gewissen", erklärte Prack, „weil heute alles der Vernunft untergeordnet ist. Es wird nicht mehr geraucht, es wird nicht mehr gesoffen, es dürfen keine dicken Autos mehr gefahren werden, die Frauen schminken sich nicht mehr, alle rennen mit zerrissenen Jeans herum, weil jeglicher Glamour und wirklich gediegener Lebensgenuss aus der Welt verbannt werden müssen."

„Billig sagt der Hausverstand."

„Ganz genau."

„Ist dir schon einmal aufgefallen", gab ich ihm Recht, „dass es überhaupt keine barocken, rauchenden, schwarzhaarigen Femme-fatale-Diven mehr gibt? Die letzte Diva war die Monroe, und die war blond, sie war blond, aber wenigstens war sie barock. Heute gibt es ja nur noch diese unsäglich langweiligen, flachbrüstigen, magersüchtigen, zutiefst kleinbürgerlichen Julia-Roberts-Bohnenstangen. Alles muss sparsam sein und gesund und –"

„Hör zu", rief Prack aus und ruderte hektisch mit den Armen in der Luft. „Wir könnten etwas zusammen machen, ich zahle dir natürlich das Taxi. Aber wie kommst du ohne Lift in den vierten Stock? Ich dachte jedenfalls an eine Privat-Intervention im Wohnzimmer, du mit deinem Gipsfuß im Rollstuhl als Symbolfigur für die Passivität, die uns heutzutage aufgezwungen wird –"

„Aber ich habe doch überhaupt keinen Gips mehr", unterbrach ich ihn.

„Das macht nichts, wir verpassen dir eine Attrappe oder einen dicken Verband, das spielt keine Rolle, es geht um das Lebensgefühl und diese verheerende Passivität, um dieses sogenannte neue Biedermeier, das heißt, ich würde eine junge nackte Japanerin nehmen, sie in einer Ecke kauern lassen, während du, fett, entschuldige, im Regenmantel auf deinem Rollstuhl sitzt und mit Jodtabletten jonglierst. Kannst du jonglieren?"

„Wovon redest du eigentlich?"

„Eine Performance, was denn sonst? Fukushima-Housewarming-Party, so würde ich das Projekt nennen, dazu dieser Song von, wie hieß die Band nochmal, die das Hiroshima-Lied gesungen hat?"

„Wishful Thinking!"

„Richtig, war das nicht der einzige Hit, den die hatten?"

„Kann sein."

„Siehst du, ich möchte diese Kunstebene mitreflektieren, wie der Horror verarbeitet wird, also im Hintergrund läuft der Hiroshima-Song von Wishful Thinking, während du im Rollstuhl sitzt."

„Prack", wehrte ich ab, „ich weiß gar nicht, was du von mir willst, wie kommst du überhaupt auf die Idee, dass ich da mitmachen könnte?"

„Du hast doch schon einmal mitgemacht", entgegnete er beleidigt, „als wir die Sprengung an deinem Ohr vorgenommen haben, das war doch lustig, oder?"

Ich versuchte ihm klarzumachen, dass diese Aktion schon einige Zeit zurückliege und ich damals auch noch mobiler gewesen sei.

„Ach, was heißt früher", rief er aus, „die Mobilität beginnt im Kopf, wir packen dich in ein Taxi und sind schon bei mir."

„Und wie soll ich in den vierten Stock kommen", fragte ich unsicher, „willst du mich vielleicht hinauftragen?"

„Ich weiß, das wird vielleicht ein bisschen schwierig", bemerkte Prack nachdenklich. „Ich muss ein paar Freunde zusammentrommeln. Wieso bist du auch so fett, mein Lieber? Kleiner Scherz. Hör zu: Diese Fukushima-Housewarming-Party wird ein richtiges Gesamtkunstwerk, schön wäre auch ein langhaariger Hippie-Gitarrist, der den Hiroshima-Song herunterleiert und am Ende die Gitarre zerdrischt. Das Ganze wird von einem Fernsehteam gefilmt und der Musiker anschließend interviewt, eine Totalintervention, die sämtliche Kommerzebenen miteinschließt. Einfach alles muss drinnen sein, verstehst du? Dieser widerliche Hippie-Musiker glaubt noch, dass er einen Akt des Widerstands und der Zerstörung setzt, wenn er die Gitarre zertrümmert, die totale Pervertierung des Punkslogans ‚Mach kaputt, was dich kaputt macht!' In Wirklichkeit macht uns ja längst nicht mehr das Leben, sondern die Ästhetisierung der Wirklichkeit kaputt. Das auf allen Ebenen durchdeklinieren, durchexerzieren, verstehst du, durcharbeiten, bis nichts mehr übrig ist, bis die Wirklichkeit völlig untergeht und zerstört ist in diesem ästhetischen Vernichtungsprozess!"

„Ich weiß nicht, Prack, das klingt irgendwie nach Schererein."

„Geht's dir nicht gut, oder was?"

„Ich fühle mich einfach nicht danach, okay?"

„Wonach fühlst du dich denn sonst, Mensch, du liegst hier immer nur herum, deine Wohnung ist ja die reinste Gruft."

„Ja, weshalb bin ich nur so, das frage ich mich auch."

„Ja, gute Frage, weshalb bist du so?"

„Das ist ja nicht dein Problem, oder?"

„Es ist unser Problem, du bist unser Problem, Mucki, das ist unser aller Problem. Wir liegen auf der Wirklichkeit, wir zerdrücken sie unter unserem fetten Hintern, verstehst du?"

„Entschuldige Prack, sei mir nicht böse, aber ich bin heute schlecht gelaunt, meine Mieter machen mir solche Schwierigkeiten."

„Wirf sie doch einfach raus, wenn sie sich aufspielen?"

„Das sind doch meine Einnahmen, du Idiot."

„Okay, ich mische mich da nicht ein."

„Im Grunde hab ich ja was gegen Immobilien", erklärte ich erschöpft. „Das Wort Immobilie sagt es ja bereits, es heißt übersetzt unbeweglich. Nicht dass ich was für die Globalisierung übrig hätte, aber ich finde, die Leute sollten nicht so sesshaft sein, sie sollten hin und wieder bei Freunden wohnen, im Sommer in Zelten, im Winter im Süden und so weiter. Mehr nomadenhaft, ohne dass den Leuten die Immobilien gehören, verstehst du? Das ganze Unglück der Menschen kommt doch von den Immobilien, Immobilienkrise in den USA, Immobilienkrise in Spanien, es kommt alles davon, dass die Leute sesshaft sind. Der Mensch hätte einfach nie sesshaft werden dürfen. Schau dir die Zigeuner an, die sind vielleicht ärmer, aber die führen ein glücklicheres Leben, weil sie einfach nicht so viel besitzen."

„Dann verschenk doch deine Immobilien, das wäre doch ganz einfach, dann bist du den ganzen Krempel los."

„Wenn das so einfach wäre", entgegnete ich resigniert. „Wie stellst du dir das vor, außerdem habe ich einen lebenslangen Kampf um meine Prinzipien geführt –"

„Du hast Prinzipien?", unterbrach mich Prack, „du hast einen Kampf um deine Prinzipien geführt? Ich glaub es nicht."

„Du wirst es nicht glauben", bemerkte ich müde.

Als er bereits im Begriff war, sich zu verabschieden, fragte ich Prack, ob er Lust habe, am Abend auf ein Konzert zu gehen.

„Du auf ein Konzert?", rief er überrascht aus. Ich erklärte ihm, dass Ana im Eberts singen würde. Er wollte wissen, wer Ana sei, worauf ich ihm von ihr erzählte.

„Ja, klar, komme ich mit", antwortete er euphorisch. „Ach Gott, die Frauen, mein Lieber, du hast gar keine Ahnung, was ich im Moment durchmache. Ich hänge in den Seilen und komme mir vor wie ein Punchingball. Es gibt meine Ex-Freundin, es gibt meine Noch-Freundin und es gibt eine junge Frau aus der Dominikanischen Republik. Aber das sage ich nur dir, du behältst es für dich, ja? Mich ekelt eigentlich vorm Vögeln, ekeln ist vielleicht nicht das richtige Wort, aber ich bin gegen diese Fixierung auf den heterosexuellen Verkehr. Ich neige eindeutig zu Frauen, aber sie wollen immer den Koitus, der für mich etwas zutiefst Bürgerliches ist –"

„Ach, Prack", rief ich ratlos aus, „ich weiß wirklich nicht, was ich dir darauf antworten soll."

„Sag einfach nichts, okay?"

„Seit ich mein kaputtes Bein habe, kommen alle möglichen Freunde zu mir und vertrauen mir Sachen an, von denen ich lieber nichts wüsste. Was soll ich dir jetzt antworten: Ich finde gut, dass du den Koitus für spießig hältst?"

„Ich wollte es einfach nur loswerden, okay?"

„Okay. Klar, danke für das Vertrauen, du machst sicher alles richtig. Du spürst ja sehr gut, was du willst, und danach handelst du auch."

„Ich will ja gar nicht alles richtig machen", sagte er kopfschüttelnd. „Das ist ja mein Problem. Aber vergiss es einfach."

Wenig später verabschiedeten wir uns und vereinbarten, dass er mich gegen acht mit dem Taxi abholen würde.

Je näher der Abend heranrückte, desto nervöser wurde ich. Ich wusch mich gründlicher als sonst, probierte zwei verschiedene Hemden an und suchte in meinem Kleiderberg eine passende Hose, die nicht muffig roch. Als ich endlich fertig war, verspürte ich einen heftigen Widerwillen, auszugehen, und legte mir eine Ausrede zurecht, mit der ich Prack abwimmeln und alleine zum Konzert schicken konnte. Mir war von meinem Horrortrip noch immer etwas flau im Magen, und ich hatte starke Schmerzen im Bein, das sollte wohl reichen.

Um viertel nach acht hämmerte Prack an die Tür, woraufhin ich mich theatralisch stöhnend auf die Krücken hob und schwerfällig zur Tür hinkte. Ich öffnete. Er trug ein schwarzes Hemd unter einem dunkelblauen Samtsakko und roch stark nach Rasierwasser. Ich versuchte ihm beizubringen, dass mir schlecht sei und ich Schmerzen hätte.

„Ich kann heute einfach auf kein Konzert gehen!"

Er blickte mich entgeistert an, dann packte er mich am Oberarm und schrie: „Du kommst jetzt mit, das Taxi wartet."

„Ich kann nicht", versuchte ich es noch einmal, „ich stehe so ein Konzert heute einfach nicht durch."

„Mensch, Mucki, wir ziehen doch nicht in den Krieg, es ist doch nur ein Konzert. Warum hat sie dich wohl eingeladen?"

„Sie hat sicher jeden eingeladen, der ihr untergekommen ist", antwortete ich kraftlos, „so eine Einladung zum Konzert ist doch nicht gleichbedeutend mit einer Einladung zum Vögeln."

„Du kommst jetzt sofort mit oder ich prügle dich ins Taxi!"

Ich warf mir lustlos die Bikerjacke über und schleppte mich zum Taxi, wobei ich feststellte, dass ich bereits ganz gut auf den Beinen war und die Krücken eigentlich gar nicht mehr brauchte, aber das musste ja niemand wissen.

Als wir in das Lokal kamen, war die Hälfte der Tische und Stühle noch unbesetzt. Ana unterhielt sich mit dem Barkeeper an der Bar. Ich stellte ihr Prack vor. Sie strahlte ihn mit ihrem unverschämt charmanten asynchronen Lächeln an, und ich verspürte einen kurzen Anflug von Eifersucht. Sie entschuldigte sich, dass erst so wenige Leute da waren, und meinte zerknirscht, sie sei offensichtlich kein besonderes Zugpferd. Ich erwiderte, dass mir eine leere Bar ohnehin lieber sei als eine volle, worauf sie ein gleichgültiges Gesicht machte. „Ich finde Konzerte vor leerem Haus irgendwie intimer", bemerkte ich lässig und erntete ein schmales Lächeln. Ana erklärte, dass sie sich noch umziehen müsse, und verabschiedete sich hastig.

Ich dirigierte Prack zu einem freien Tisch an der Seite der Bühne, weil ich es nicht ertragen hätte, ihr frontal gegenüberzusitzen. Wir bestellten zwei Bier und unterhielten uns, wenig später kam Ana auf die Bühne. Sie trug ein langes Kleid mit roten Pailletten und begann, von einem schnurrbärtigen Klavierspieler begleitet, französische Chansons zu singen. Nach dem dritten Lied nickte mir Prack anerkennend zu und flüsterte: „Sie hat was!", und nach dem letzten Lied neigte ich mich zu ihm und erwiderte: „Ja, sie hat was."

Nach dem Konzert kam Ana an unseren Tisch und blieb unschlüssig vor uns stehen. Sie entschuldigte sich mit der Erklärung, dass sie sich nach einem Konzert nicht gleich hinsetzen könne. „Haben mir gut gefallen", bemerkte ich, „die Lieder waren herrlich depressiv, so richtig zum Weinen."

„Du fandst die Lieder depressiv?", rief sie enttäuscht aus. „Sie sind aber nicht depressiv gemeint."

„Ist doch egal, wie sie gemeint sind", antwortete ich gereizt.

Ich blickte in das zerknirschte Gesicht von Prack, der mich ansah, als wäre ich ein Irrer, und nervös mit dem Kopf zuckte.

„Es spielt doch keine Rolle, ob die Songs auf mich depressiv wirken oder nicht", wiederholte ich wütend, „mich persönlich tröstet depressive Kunst immer. Ich finde es beruhigend, wenn jemand genauso depressiv ist wie ich und dafür auch noch den richtigen Ausdruck findet, wobei mich das im Grunde noch depressiver macht, weil es mich daran erinnert, dass ich bis jetzt noch immer keinen adäquaten Ausdruck für meine Depressionen gefunden habe."

Wir schwiegen verlegen. Plötzlich sprang Prack von seinem Sessel auf und verabschiedete sich überhastet. Ana und ich tranken an der Bar noch ein paar Bier. Als der Barkeeper den Laden dichtmachte, fragte sie mich, ob ich ihr helfen könne, den Verstärker und die Mikrofonanlage zum Taxi zu bringen. Ich deutete auf die Krücken und erklärte, dass mir die Ärzte verboten hätten, schwere Sachen zu tragen.

„Du kannst ja den Mikrofonständer nehmen!", erwiderte sie schnippisch, drehte sich um und ging voraus.

Wir ließen uns ein Taxi rufen. Nachdem wir alles im Kofferraum verstaut hatten, blieben wir zögernd vor dem Wagen stehen.

„Du bräuchtest wahrscheinlich auch noch eine Hand zum Hinauftragen?", hörte ich mich mechanisch sagen. Ich war völlig perplex von meinen Worten, hatte ich mich in den letzten Jahren doch damit abgefunden, dass mir der Wille, eine Frau herumzukriegen, abhanden gekommen war. Nach der Geschichte mit Xenia, die sich über Jahre und Jahrzehnte hingezogen hatte, verspürte ich einfach keine Lust mehr, einer Frau den Mikrofonständer nach oben zu tragen und gleichzeitig so zu tun, als ginge es nur darum und nicht um etwas ganz anderes.

Während wir im Taxi durch die menschenleeren Straßen glitten, erzeugten die Metallplättchen ihres Kleides in den Kurven ein leises Rieselgeräusch. Ich überlegte, ob ich sie darauf ansprechen solle, aber ich zog es vor, das Geräusch alleine zu genießen. Es gab ohnehin viel zu wenige Gelegenheiten, wo es einem erlaubt war, nichts zu sagen.

Wir trugen ihre Ausrüstung hinauf in den dritten Stock, das heißt, sie trug den Verstärker und die Anlage, während ich mich, auf den Mikrofonständer gestützt, nach oben schleppte. Ihr Appartement war eine typische Single-Wohnung, ein großes Zimmer mit allerlei Spiegeln und Kerzen und einem Schminktisch, daneben ein Kabinett mit einem Schrank und einem Bett, das breiter als ein Einzel- und schmäler als ein Doppelbett war: Singlegröße mit partiellen Einsamkeitsanfällen, dachte ich. Nachdem sie mir die Wohnung gezeigt hatte, gingen wir in die Küche, wo ich mich auf die zerschlissene, rote Couch fallen ließ. Ich sagte ihr, dass ich ihre Küche wirklich sehr gemütlich fände.

„Was willst du trinken?", fragte sie zerstreut. Ich überlegte und antwortete, ich würde gerne ein Bier trinken. Sie öffnete den Kühlschrank, aber sie hatte kein Bier im Haus. In dem Küchenkästchen über der Abwasch fand sie schließlich einen alten Underberg-Magenbitter.

„Ich hab nur das", erklärte sie mit einem herben Lächeln.

Ich nickte und sah zu, wie sie den grauenhaften bräunlichen Sirup in zwei Schnapsgläser füllte. Sie hielt mir ein Gläschen hin, und wir tranken ex aus. Mir fiel kein Gesprächsthema ein, und ich fragte sie, warum sie mich gefragt habe, was ich trinken wolle, wenn sie ohnehin nichts im Haus habe. Ich hatte die Frage ganz unverfänglich und ohne jeglichen Hintergedanken gestellt, aber an Anas Reaktion bemerkte ich sofort, dass sie sich angegriffen fühlte.

„Warum reitest du darauf herum?", fragte sie beleidigt. Ich erklärte ihr, dass ich nicht darauf herumreiten würde, sie hätte nur von Anfang an klarstellen können, dass sie kein Bier im Haus habe. Wir zankten noch eine Weile herum, während ich ihren wunderbar geschwungenen, rot geschminkten Mund betrachtete, der sich hektisch öffnete und schloss. Sie warf mir vor, ich hätte mit meiner idiotischen Bemerkung diesen schönen Moment ruiniert, womit sie vollkommen Recht hatte. Trotzig fragte ich zurück, was an diesem Moment denn so besonders sein solle.

„Es könnte vielleicht ein romantischer Moment sein?", sagte Ana traurig und sah mich mit ihren braunen, melancholischen Augen an.

Ich legte meinen Arm umständlich um ihren Nacken und klemmte dabei dummerweise ihre Haare ein. Sie hob ihren Kopf mit einer schnellen Bewegung, und ich steckte ihr meine Zunge in den Mund. In diesem Augenblick wurde mir klar, wie lange ich keine Frau mehr geküsst hatte und was für ein Wunder so ein Kuss eigentlich war. Man wusste nicht, woher der Impuls kam, dem anderen die Zunge in den Mund zu stecken, aber der Impuls war einfach da, man wollte ineinander sein, und das wollten wir jetzt beide, und der Geschmack des Underbergs änderte daran überhaupt nichts. Während wir uns küssten, stellte ich mir die absurde Frage, ob es möglich wäre, mit der Zunge in ihrer Mundhöhle die Grenze zwischen gelähmter und nicht gelähmter Gesichtshälfte zu ertasten. Ob sich der rechte Teil anders als der linke anfühlte? Ich bekam etwas von ihrem Lippenstift auf meine Lippen und schleckte mit der Zunge darüber. Der Geschmack gab mir das Gefühl, als sei in meinem Leben endlich wieder einmal etwas los. Ich fuhr ihr ein wenig ungestüm mit der Hand unter das Kleid und streichelte ihre Brüste. Es gefiel ihr, woraufhin ich aufstand, sie an den Schultern nahm und sie flach auf das Sofa legte. Sie schob sich selber das Kleid hoch, ich zog mit ihrer Hilfe ihr Höschen hinunter und begann sie zu lecken. Als ich aufsah, bemerkte ich, dass sie teilnahmslos an die Decke starrte. Ich hielt inne und blickte sie an. Sie setzte sich auf, streichelte mir über den Kopf und entschuldigte sich, sie sei einfach nicht in Stimmung. Ich schleckte mir mit der Zunge über die Lippen, stand auf und setzte mich wieder neben sie, nachdem sie ihr Kleid in Ordnung gebracht hatte. Ich versicherte ihr, es sei kein Problem.

„Ich bin gerade aus einer längeren Beziehung draußen", erklärte Ana sachlich, „und ich merke, dass ich noch ein bisschen unsicher bin." Sie wollte wissen, wie lange ich schon allein sei, worauf ich kurz überlegte, ob ich lügen solle. „Sicher Jahre schon", erwiderte ich, „klar, müssen schon einige Jahre sein. Wenn nicht Jahrzehnte. Warum hast du gefragt?" Sie fuhr mir mit den Fingern durch die Haare und bemerkte zärtlich: „Ich wollte nur die Basics abklären. Schauen, ob du auch wirklich real bist."

Wir redeten bis zur Morgendämmerung und tranken dabei den Magenbitter aus. Schließlich lud sie mich ein, bei ihr zu schlafen. Wir fielen beide müde ins Bett, ich war sofort weg. Am späten Vormittag erwachte ich mit einem Ständer und begann sie im Halbschlaf zu streicheln. Sie lächelte mit geschlossenen Augen, und in diesem Dämmerzustand schliefen wir miteinander. Ich hatte das Gefühl, als trüge mich der Halbschlaf über die Wirklichkeit hinweg. Sie drehte sich im Bett eine Zigarette, und während ich ihr beim Rauchen zusah, ordnete ich die Tabakkrümel auf dem Leintuch zu Kreisen und Ornamenten. Nachdem sie aus der Dusche gekommen war, erklärte sie, sie habe mir ein Handtuch hingelegt, aber ich schüttelte den Kopf und meinte, dass ich nicht duschen wolle, um ihren Geruch nicht zu verlieren. Ich mochte es, wenn der Geruch einer Frau an meinen Fingern blieb und mir später unerwartet wieder in die Nase stieg. Wenn ich mich im Gesicht kratzte oder meine Hand an die Nase führte, würde ich mich an Ana erinnern. Sie fragte, ob ich noch frühstücken gehen wolle, aber ich verneinte. Sie versprach, die nächsten Tage mit dem Einkauf zu kommen.

Ich strich ihr zum Abschied über die Wange und nahm beim Heben der Hand ihren Geruch an meinem Finger wahr. Ich fragte mich, ob sie ihren Geruch in diesem Moment auch bemerkt hatte und ob er ihr unangenehm war oder ob sie sich selber gar nicht so intensiv roch wie ich sie.

„Verdammt", rief ich aus, „ich habe meine Krücken im Eberts liegen gelassen!"

Sie lachte laut und behauptete, ich bräuchte sie ohnehin nicht mehr. Ich fragte sie, woher sie das wisse, worauf sie mir einen allwissenden Frauenblick zuwarf.

„Versuch es doch einmal ohne", meinte sie beschwingt, „du wirst sehen, es geht ganz von alleine."

Ich verbrachte den ganzen Tag aufgewühlt von den Erinnerungen an die vergangenen Stunden auf dem Kanapee. Ich wusste nicht, ob ich glücklich oder verzweifelt war. Wie sollte ich mit einer Frau zusammenleben, mit ihr ein Zimmer teilen, mein ganzes Leben umstellen, wenn ich so lange ohne Frau existiert hatte? Konnte ich das Wenige im Leben, das ich bejahte, mit jemandem teilen? War so eine kleine Menge Leben überhaupt teilbar?

Am Abend riss mich Simons Anruf aus meiner Starre. Er hatte gute und schlechte Neuigkeiten und wollte wissen, welche ich zuerst hören wolle. „Die gute Nachricht", antwortete ich schnell.

„Die gute Nachricht?", wiederholte er in einem höhnischen Tonfall. „Also, sie haben heute begonnen in Top 5 aufzustemmen, aber irgendetwas scheint mit der Steigleitung nicht in Ordnung zu sein, sie haben auch das Stiegenhaus aufgestemmt, und es sieht wirklich schlimm aus. Von dort aus hat sich bis in die Wohnungen hinein ein 9/11-Staub ausgebreitet, du kannst es dir nicht vorstellen. Der Tischler hat den Termin verschlafen, er ist einfach nicht aufgetaucht. Das größte Problem scheint mir jetzt das Altpapier zu sein. Da wir im Moment Föhnwetter mit entsprechendem Wind haben, verteilt sich das Papier in den Baumkronen, in den Sträuchern, einfach überall. Ich verstehe nicht, warum du die Rechnung nicht einfach bezahlen kannst –"

„Ich finde die Rechnung nicht mehr", erklärte ich gereizt, „kannst du nicht zum Magistrat gehen und die Rechnung bezahlen?"

„Gut, ich werde sehen, was sich machen lässt", versprach Simon, „jedenfalls waren das eindeutig die guten Nachrichten."

„Das waren die guten Nachrichten?"

„Ich bin wieder rückfällig geworden, das ist die schlechte Nachricht. Ich ging gestern wieder auf einen Kaffee zu den Mädchen, aber fatalerweise war Angies Freundin Nicole nicht zuhause. Wir haben gemütlich Kaffee getrunken, und Angie erzählte mir von den widerlichen Typen, die bei ihnen aufgetaucht sind. Wir haben dann bald angefangen Sekt zu trinken, und das eine ergab das andere. Zum Glück hat sie mir nichts verrechnet, das heißt, ich habe ihr danach einen Hunderter hingelegt, aber ob freiwillig oder nicht, es ist dieselbe Situation, und ich bin ziemlich deprimiert! Nicht, dass ich es bedaure, im Gegenteil, es war eine absolut klare und faire Geschichte, aber es ist trotzdem, was es ist, wenn du verstehst, was ich meine."

„Natürlich verstehe ich, was du meinst, Simon, warum hast du es nur getan?"

„Du weißt doch, wie das mit den Süchten ist. Ich konnte mich einfach nicht beherrschen. Das Ärgste kommt aber noch, denn als ich mich gerade aus dem Malibu schleiche, kommt mir im Stiegenhaus auf einmal dieser Kapo von Wintersteiger entgegen. Er hat mich doch tatsächlich beobachtet, wie ich den Massagesalon verlasse. Dieser Typ muss ununterbrochen auf der Lauer liegen, anders kann ich es mir nicht erklären. Er hat mich regelrecht abgekanzelt: Sie wissen schon, dass Sie sich mit dem Besuch dieses Massagesalons strafbar machen? Es handelt sich hier eindeutig um ein illegales Gewerbe der Geheimprostitution! Aber er hat den Massagesalon ja nur zur Recherche aufgesucht, verstehst du, so ein Heuchler! Ich bin zum Glück ruhig geblieben und habe ihm erklärt, er solle sich nicht so aufspielen, er wolle doch wohl nicht, dass wir unser Mietverhältnis überdenken würden. Ich war ganz begeistert von mir, wie cool ich geantwortet habe, da sagt er doch glatt, wir bräuchten gar nichts zu überdenken, denn er wohne in einer alten Mieterschutzwohnung, aus der wir ihn nur im Blechsarg hinausbrächten. Mann, ich kann dir sagen, ich habe eine unglaubliche Wut auf diesen –"

„Das ist vielleicht eine Sau", fiel ich Simon ins Wort und spürte meinen Hass auf die Badener Nazis hochkommen. „Dem müsste man direkt eine Gemeinheit antun", schrie ich in den Hörer. Simon stimmte mir zu und meinte, er habe auch schon an etwas Derartiges gedacht: den Autolack zerkratzen oder die Fensterscheibe einschießen.

„Die Fensterscheibe würde ein hübsches Ziel abgeben", antwortete ich begeistert. Ich überlegte einen Moment, da fiel mir meine alte Steinschleuder ein, mit der ich als Kind in unserem Garten gespielt hatte. Ich fragte Simon, ob er wisse, wo sich die Holzlagen im Garten befänden. Er bejahte und erzählte, Wintersteiger habe ihn bereits auf die vermoderten Holzlagen aufmerksam gemacht, sie würden eine Gefahr für die Mieter darstellen. Ich bat Simon, in einer Holzlage im hintersten Winkel des Hofes nachzusehen. Auf einem Regalbrett an der Seitenwand müsse noch immer meine alte Steinschleuder liegen.

„Das Badezimmer von Wintersteigers Wohnung befindet sich hofseitig im zweiten Stock", erklärte ich flüsternd, „gib doch einem Burschen Geld, und der soll die Scheibe einschießen!" Simon hielt meinen Vorschlag für eine glänzende Idee, aber er wollte es lieber selber machen. Ich hörte diesen leicht fiesen, verschwörerischen Unterton in seiner Stimme, den ich noch gut aus der Schulzeit kannte, wenn wir uns gegen die Bösartigkeiten des Lebens verbündet hatten. Es war wie ein Gesang, wie ein angriffslustiges Kriegsgeheul, das wir schon vor fünfundzwanzig Jahren angestimmt hatten, wenn es darum ging, uns gegenseitig aus der Klemme zu helfen. Simon und ich hatten so ziemlich alles angestellt: betrunken Kochtöpfe aus dem vierten Stock geworfen, Polizisten in der Nacht vom Fenster aus beschimpft, uns Messer an den Kopf geworfen, Straßenschilder und Baustellenlampen geklaut, Mercedes-Sterne abgerissen und elektrische Christbaumkabel an öffentlichen Plätzen durchgezwickt. Wir hatten nichts ausgelassen, und ich liebte ihn dafür, dass er bereit war, für mich durchs Feuer zu gehen. Ich ermahnte Simon zum Abschied, sich nicht erwischen zu lassen, aber er hatte bereits aufgelegt.

Ich streckte meine Beine auf dem Kanapee aus und malte mir den Innenhof unseres Hauses in Baden aus. Als ich ein Kind gewesen war, hatte es noch keine Parkplätze im Garten gegeben, und im Frühjahr dufteten die zahlreichen Obst- und Fliederbäume wunderbar. Der Garten gehörte mehr oder weniger uns allein, und meine Schwester und ich spielten bei warmen Temperaturen jeden Tag unten im Hof. Bei Regen setzten wir uns oft in eine der Holzlagen, die wir wie unser eigenes Wohnzimmer einrichteten. Wir stellten Stühle und einen Tisch hinein, den wir mit einer Tischdecke und Blumen herausputzten. Wir kehrten den Boden aus, hängten Bilder an die Wand und taten so, als sei die Holzlage unser Zuhause. Draußen blitzte und donnerte es, aber der Regen konnte uns nichts anhaben, weil wir in unserem Haus vor allen Gefahren geschützt waren. Einmal fingen wir eine Amsel, die wir in der Holzlage gefangen hielten. Die Amsel machte keine Anstalten zu fliehen, weshalb wir dachten, sie wolle den Rest ihres Lebens bei uns bleiben, weil sie uns so lieb hatte. Eines Tages lag sie tot am Boden, und wir weinten bitterlich. Wir waren unendlich traurig darüber und begruben den Vogel unter dem Kirschbaum. In der Erde darüber pflanzten wir eine Blume. Nachdem die Amsel gestorben war, wollten wir einen neuen Vogel für unsere Holzlage. Wir bastelten aus einer Hängematte ein großes Netz und gingen mit meiner Steinschleuder auf die Jagd, aber es gelang uns nicht, noch einen Vogel zu fangen.

Am nächsten Morgen erwachte ich früher als sonst und staunte darüber, dass ich noch im Halbschlaf Pläne für den Tag schmiedete. Sobald ich realisierte, dass sich mein Kopf für den Tag organisierte, stand ich normalerweise auf, da mir dieses Gefühl unangenehm war. Es nahm mir die diffuse bettschwere Selbstwahrnehmung, eine wohlige Idiotie, die dem Highsein nicht unähnlich war. Sobald sich Pläne in meinem Kopf einzunisten begannen, hatte ich das Gefühl, diese Vorsätze würden Macheten gleich mein traumverhangenes Gestrüpp zerstören und eine Schneise in den Tag schlagen.

Ich setzte mich verärgert auf und machte mich daran, Listen für die Zukunft zu erstellen. Ich fing mit der Liste jener Orte an, die ich nie wieder bereisen wollte (Venedig, Wiesbaden, München, Paris, Göttingen und Rom), und setzte fort mit der Liste jener Dinge, die ich nie wieder tun würde: einen Liter Chartreuse trinken, einen Bananenkarton mit meinen gesammelten Schallplatten in den vierten Stock tragen, im Wiener Prater mit der Discovery-Schleuder fahren. Nachdem mir nichts mehr einfiel und ich endgültig in der Wirklichkeit angekommen war, beschloss ich, aufzustehen und meine Wohnung zu putzen.

Ich schlurfte in die Küche und suchte nach einem Eimer. Als ich vor der Abwasch stand, bemerkte ich, dass ich kaum noch Schmerzen im Bein hatte und zum ersten Mal seit meinem Unfall gegangen war, ohne darauf zu achten. Ich fand in dem Kasten unter dem Spülbecken einen roten Kübel (ohne Henkel) und einen eingetrockneten schmutzigen Bodenfetzen, der wie ein verstümmeltes, überdimensionales Seepferd aussah. Ich hielt mir den Fetzen vor das Gesicht und betrachtete seine längliche, geschwungene Form. Ich strich mit dem linken Zeigefinger über eine Wölbung, die ich zum Auge des Seepferdchens erklärte. Durch meine Handbewegungen in der Luft roch ich den blassen Geruch von Ana an meinem Finger. Plötzlich fühlte ich einen stechenden Schmerz im Oberschenkel und zog mich an der Abwasch hoch. Ich ließ warmes Wasser über das Seepferd rinnen, bis es sich zu bewegen anfing und in seine ursprüngliche Form eines Fetzens überging. Als ich an mir hinabblickte, registrierte ich, dass ich eine frische Pyjamahose und ein Stihl-T-Shirt trug, Sachen, die ich eigentlich nicht schmutzig machen wollte. Ich zog mich nackt aus, um meine Kleidung nicht mit Fusseln zu übersäen. Ich schleppte den Kübel in mein Kabinett und begann in der hinteren Ecke (wo die Taube gesessen war) zu wischen, aber es war so staubig, dass der Staub sich sofort zu länglichen schwarzen Fäden auf dem Fetzen rollte. Ich wischte ein paar Mal hin und her, bis der Fetzen über und über mit nassen Staubfusseln (und Federn) bedeckt war. Ich wrang ihn aus und betrachtete das dunkle Wasser, das vom Fetzen in den Kübel rann. Ich begann, die Staubnester vom Lappen zu zupfen, aber ich wusste nicht, wohin ich sie geben sollte, da sie, wenn ich sie in den Eimer geschnippt hätte, über kurz oder lang wieder auf dem Fetzen gelandet wären. Ich sammelte die schwarzen, nassen Fäden, bis ich eine Handvoll beisammenhatte, dann klemmte ich die Staubfusseln unter die Achsel und wischte weiter. Ich kam gut voran, und nachdem ich das halbe Kabinett geputzt hatte, packte ich den Eimer, um ihn in der Küche auszuleeren. Der Kübel glitt mir aus den feuchten Fingern, und ich verschüttete ziemlich viel Wasser auf dem Laminatboden. Ich rannte in die Küche, wrang den Fetzen erneut aus und wischte die Lache auf. Als ich in die Küche zurückkam, fiel mir ein, dass ich völlig auf die Fusseln unter meiner Achsel vergessen hatte. Ich stellte mich vor den Spiegel und musterte meinen Bauch. Ich hob die Arme, aber ich erblickte nur meine Achselhaare – von den Fusseln fehlte jede Spur. Ich ging zurück in das Kabinett und warf die Kleidungsstücke, die auf der Kommode lagen, auf mein Kanapee, wobei ich mich so ungeschickt anstellte, dass einige Kleidungsstücke auf den noch feuchten Boden fielen. Ich hockte mich hin, hob die Wäsche auf und betrachtete die schwarzen Spuren, die meine nackten Füße auf dem Laminatboden hinterlassen hatten. Was für Plattfüße ich doch hatte! Im Hocken roch ich mein Geschlecht, es roch noch immer nach Beischlaf. Ich wischte im Rückwärtsgang die Ränder meiner Plattfüße weg, schlussendlich war ich mit dem Ergebnis des Putzens zufrieden. Ich goss das pechschwarze Wasser in das Waschbecken, doch es kam so viel Staub und Schmutz mit, dass das Wasser nicht richtig abrann. Es glitzerte im Waschbecken wie ein dunkler Moorsee. Schließlich fand ich eine Gummiglocke und es gelang mir, den Abfluss zu befreien, wobei ich mich über und über mit dem Schmutzwasser bespritzte. Ich sah aus, als wäre ich gerade einem Moorbad entstiegen. Ich betrachtete das Waschbecken und beobachtete, wie das Wasser langsam abfloss. Frisch geduscht schlurfte ich zurück ins Kabinett. Mir fiel sofort auf, wie rein es auf einmal roch. Mir war die Sauberkeit etwas unheimlich, und ich zündete mir einen Joint an, der so gut schmeckte wie schon lange nicht.

Ich schlief und träumte bis zum Nachmittag, als ich von einem Alptraum schweißgebadet aufwachte. Ana und ich hatten auf einer Blumenwiese ein Picknick gemacht, bei dem wir immer wieder von einer gelben Frisbee-Scheibe gestört wurden, die unentwegt auf unsere Picknickdecke geflogen war. Ich nahm die Frisbee-Scheibe und warf sie zurück, aber sie landete sofort wieder bei uns, was uns am Anfang noch belustigte. Ja, wir lachten über das verirrte Geschoß, und einmal schleuderte ich sie zurück, dann wieder Ana, wobei wir darüber rätselten, wer die Flugscheibe unaufhörlich zu uns zurückwarf. Die Suche nach dem unbekannten Werfer wurde dadurch erschwert, dass sich die Richtung permanent änderte, aus der die Frisbee-Scheibe angeflogen kam. Mit Fortdauer unseres Picknicks wurde die Scheibe zu einer regelrechten Plage, ja es waren auf einmal zwei und drei und zehn und schließlich hunderte gelbe Frisbee-Scheiben, die auf uns zuflogen, bis wir vom unaufhörlichen Zurückschießen der Scheiben völlig entkräftet und am Ende unter tausenden Frisbee-Scheiben begraben waren.

Ich schaltete hastig den Radiorecorder ein und wurde sofort auf den Boden der Realität zurückgeholt. Der Sprecher erklärte, dass auch ein Monat nach der Katastrophe in Fukushima die Menschen in Turnhallen leben müssten, der Fischfang gefährdet sei und die Radioaktivität wieder ansteige. Ich drehte das Radio schnell wieder ab und hievte mich aus dem Kanapee. Ein Picknick wäre gar keine schlechte Idee! Ich hob den Apparat vom Fenstersims, drehte ihn um und untersuchte das Batteriefach. Ich versuchte mir einzuprägen, welche Batterien nötig waren (die großen, nicht die kleinen!), und verließ wenig später voller Tatendrang die geputzte Wohnung.

Beim Betreten des MediaMarktes befiel mich wie immer eine fahrige Rastlosigkeit, und ich war in kürzester Zeit mit den Nerven am Ende. Ich lief durch die Reihen mit den Fernsehern und blieb vor einem Bildschirm stehen, der so groß wie eine kleine Kinoleinwand war. Auf dem Bildschirm sprangen zwei Samurai-Schwertkämpfer über eine Balustrade und warfen sich vor dem Showdown feurige Blicke zu. Ein Vater hielt seinen kleinen Sohn an der Hand, der mit dem Zeigefinger auf das Bild deutete. Ich verzog mich schnell und fand mich bald in dem Gang mit Lautsprecherboxen wieder. Ich beobachtete eine blonde, etwa vierzigjährige, attraktive Frau, die stirnrunzelnd an den Knöpfen einer Box herumdrückte. Sie nahm einen Karton aus dem unteren Regal und war schon im Begriff, in Richtung Kassa zu gehen, als ich mich vor ihr aufbaute und ihr den Weg versperrte. Sie hielt es zuerst für ein Versehen und versuchte an mir vorbeizugehen, aber ich ließ sie nicht passieren, worauf sie mir feindselig in die Augen sah.

„Könnten Sie mich vielleicht durchlassen?", fragte sie genervt, worauf ich sie angrinste und nicht zur Seite wich.

„Lassen Sie mich sofort durch!" Sie stieß mich mit beiden Händen weg, da rief ich aus: „Xenia, kennst du mich nicht mehr?" Sie blickte mir scharf in die Augen, schließlich klingelte es bei ihr.

„Der Mucki, ich glaub es nicht. Ich hätte dich nicht –"

„Ja, wir haben uns lange nicht –"

„Mein Gott, Mucki, schön dich zu sehen!", sagte sie mit ungespielter Freude.

„Xenia, wie geht es dir?"

„Gut, mir geht es gut", antwortete sie sonnig, „wie geht es dir? Du siehst gut aus."

Mein Gott, die Xenia! Als ich sie vor dem Regal stehen gesehen hatte, war ich mir nicht sicher gewesen, ob ich sie ansprechen sollte oder nicht. Kaum hatte ich sie erkannt, fühlte ich einen nervösen Schmerz im Bauch, als hätte mir jemand mit der Faust in die Magengrube geschlagen. Wie wenig sich doch an den Gefühlen änderte, die Zeit heilte eben überhaupt keine Wunden. Xenia und ich pflegten in unserer Studentenzeit eine platonische Freundschaft, das heißt, sie pflegte eine platonische Freundschaft zu mir, während ich in die ganz andere Richtung tendierte. Ich hatte leider schon immer Frauen angezogen, die mit mir eine platonische Freundschaft eingehen wollten. Ich konnte mir nicht erklären, was ich an mir hatte, dass mich alle Frauen immer zu ihrem Kumpel auserwählten. Vielleicht hatte dieses Problem in Wirklichkeit auch jeder Mann, der vögeln und nicht reden wollte. Vielleicht lag es daran, dass Frauen lieber mit Männern als mit anderen Frauen zusammen waren, ohne deshalb gleich mit ihnen ins Bett steigen zu wollen. Wenn man in einem Kaffeehaus zufällig neben einem Frauenkränzchen zu sitzen kam, konnte man eine leichte Aggression und Fadesse am Tisch feststellen. Die meisten Frauen pflegten viel lieber Freundschaften zu Männern, weil sie in ihren Augen lustiger und unterhaltsamer waren, gleichzeitig wollten nur die wenigsten Männer Freundschaften zu Frauen unterhalten, weil sie dabei kostbare Zeit verloren, in der sie ihr Sperma anderweitig verteilen konnten.

Ich blickte Xenia lässig in ihre wasserblauen Augen, während ihre blonden Locken über ihre Wangen fielen, und sagte: „Mein Gott, Xenia, lass uns doch zusammen aufs Klo gehen und ich lecke dich zwischen den Beinen!" Das sagte ich natürlich nicht, aber ich dachte es mir, während sie von ihren drei kleinen Kindern erzählte.

„Und was machst du so beruflich?", wechselte sie das Thema, „bist du noch immer in der Bestattung?" Ich schüttelte den Kopf und erklärte ihr, dass ich die Bestattung aufgegeben hätte. Die Leichen seien nichts für mich gewesen. „Man riecht einfach dauernd schlecht", rief ich aus und bemerkte, dass ihr das Thema unangenehm war, weil sie angeekelt die Nase rümpfte.

„Und du, was machst du so?"

„Ach", seufzte sie, „ich habe meine drei Kleinen und bin noch immer am Herumsuchen und Werken, mache ein bisschen Layout für Freunde und so."

„Klar", nickte ich.

„Du, hör zu, ich muss weiter, aber ich weiß nicht, ob du es gehört hast, der Winkler ist gestorben."

„Der Winkler?", rief ich erschrocken aus, „der Walter?"

„Ja, er ist einfach über Nacht gestorben. Er ist betrunken nach Hause gekommen, hat das Fenster offen gelassen und ist erfroren. Wahrscheinlich war auch eine Überdosis im Spiel."

„Das gibt's doch nicht. Der Winkler?", fragte ich ungläubig nach, „den wir wegen seines kaputten Mopeds immer aufgezogen haben, weil er dauernd ölverschmierte Finger hatte?"

„Genau der Winkler", stimmte sie mir zu. „Das Begräbnis war letzte Woche, und es war eigentlich sehr lustig. Das darf man natürlich nicht sagen, aber es war wie ein Klassentreffen, und ein paar haben gemeint, dass wir uns jetzt öfter treffen sollten, weil doch alles so schnell vorbei sein kann. Wir haben uns für nächsten Freitag verabredet, hast du vielleicht Lust?"

Ich verspürte keinen großen Drang, meine ehemaligen Mitschüler auf einem Haufen wiederzusehen, aber ich fragte trotzdem, wo das Treffen stattfinden solle.

„Im Alt Wien", erklärte Xenia, „ich würde mich sehr freuen, dich wiederzusehen." Ich versprach, dass ich es mir überlegen würde, und wir umarmten und küssten uns zum Abschied.

Ich blickte ihr nach, wie sie mit den Lautsprecherboxen in Richtung Kassa verschwand. Sie hatte noch immer diesen wirklich guten Hintern, den sie schon damals in ihren hautengen, zerrissenen Jeans perfekt zur Schau gestellt hatte. Es gab Frauen, die das Talent besaßen, die richtigen Jeans zu tragen, und Xenia gehörte eindeutig zu dieser Gruppe.

Ich schlenderte eine Weile durch die Regalreihen mit den aufgestapelten Waren und nahm das Treiben in dem Geschäft kaum noch wahr. Ich staunte darüber, dass meine Gefühle zu Xenia nicht abgestorben waren, sondern nach all den Jahren mit einem Schlag wieder auflebten, ganz selbstverständlich, vertraut, und doch nicht freiwillig und schon gar nicht erstrebenswert. Ich hatte mir damals geschworen, mich nie wieder zu verlieben, mich nie wieder diesem Verliebtheitsgefühl, das immer vergeblich war, auszusetzen. Und jetzt war dieses verdammte Gefühl auf einmal wieder da, wie ein räudiger Hund, der einem nachlief und den man nicht mehr loswurde.

Ich lag ausgestreckt auf dem Kanapee und kaute auf meinen Daumenhärchen herum, da hörte ich einen Schlüssel im Schloss meiner Wohnungstür und erschrak unheimlich. Ich befürchtete, es könnte meine Schwester sein, aber sie hatte zu meiner Wohnung ja keinen Schlüssel. Es konnte also nur Ana sein. Ich hörte ihre Schritte und das Rascheln von Einkaufstaschen, kurz darauf streckte sie ihren Kopf zur Tür herein. Sie fragte, ob ich schon wach sei.

„Natürlich bin ich schon wach!", antwortete ich mürrisch.

„Ich hatte Angst, ich könnte dich aufwecken. Habe ich dich auch wirklich nicht aufgeweckt?"

„Nein, du hast mich nicht aufgeweckt."

„Ich habe dir eine Ananas und deine Post mitgebracht, ein Brief ist gekommen."

Sie stellte die Ananas auf meinen Büchern am Fenstersims ab und legte den Brief daneben.

„Könntest du die Ananas bitte woanders hinstellen?"

„Könntest du bitte ein bisschen freundlicher sein. Hallo, ich bin's!"

Anas Betriebsamkeit hatte mich sofort an Judiths Tatendrang erinnert, mit der sie in meine Wohnung zu tänzeln pflegte. Nur eine Frau konnte eine Wohnung mit einer derart bienenhaften Beflissenheit betreten. Frauen hielten nicht einen Moment inne, um sich der Aura eines Raums anzupassen, sie flogen zur Tür herein und mussten alle Gegenstände sofort mit ihrer nervösen Energie aufladen.

„Das sind doch meine Bücher", rief ich wütend aus, „warum stellst du so eine klebrige, tropfende Ananas auf meine Bücher?" Sie packte die Ananas mit einer groben Handbewegung, dann beugte sie sich über mich und gab mir einen flüchtigen Kuss. Ich leckte mir über die Lippen und schmeckte den öligen Labello-Vanille-Geschmack, der von ihrem Mund abgefärbt hatte.

„Bei dir riecht es irgendwie anders", bemerkte Ana und schnupperte in die Luft, „irgendwie sauberer!" Ich bejahte und erklärte ihr, dass ich geputzt hätte, was sie kaum glauben konnte.

„Und ich habe Batterien für den Radiorecorder gekauft", erzählte ich stolz, „damit wir Musik haben, wenn wir einmal ein Picknick machen."

„Das wäre wunderbar", antwortete Ana mit einem charmanten Lächeln, „nur heute kann ich leider nicht. Ich habe Frühdienst in der Bar."

„Es muss ja nicht unbedingt heute sein. Ich habe jedenfalls davon geträumt, dass wir zusammen ein Picknick machen."

„Das wäre schön, Mucki", bemerkte sie liebevoll, „ich würde mit dir sehr gerne ein Picknick machen, am Sonntag vielleicht?"

„Ein Picknick am Sonntag?", rutschte es mir heraus. „Das ist doch das Kleinbürgerlichste überhaupt. Wieso denn am Sonntag? Es ginge doch gerade darum, an einem Werktag ein Picknick zu machen, um all diesen beschissenen Erwerbstätigen zu signalisieren, dass man an einem Mittwochnachmittag auch etwas anderes machen kann, als sich von einem geldgierigen Chef ausbeuten zu lassen."

„Ich gehe, das wird mir jetzt zu dumm!"

Ich bemerkte zu spät, dass ich die Kontrolle über mich verloren hatte. Der Wagen war bereits ins Schleudern geraten und schlitterte in Richtung Böschung. Ich konnte ihn weder durch Gegenlenken noch durch Bremsen davon abhalten, über den Straßenrand hinauszuschießen und die Böschung hinunterzustürzen.

„Ich glaube, du verwechselst mich mit jemandem", schrie ich sie an, „ich bin für so eine Beziehung mit Picknick am Wochenende sicher der Falsche. Da bin ich einfach der Falsche, das möchte ich von Anfang an klarstellen."

„Wovon redest du überhaupt? Ich muss heute arbeiten, verstehst du das nicht? Du kannst mich ja anrufen, wenn du dich wieder beruhigt hast, ich habe dir ein Gulasch auf den Kühlschrank gestellt. Es ist noch warm. Ciao."

„Ich bin nicht wie die anderen, verstehst du?"

Ich hörte die Tür ins Schloss fallen und spürte gleichzeitig ein Zwicken in meinem kaputten Bein.

Nepomuk Lakoter
Pouthongasse 6/26
1150 Wien

Wien, 10. April 2011

*Sehr geehrter Herr Lakoter,*

*danke für Ihr Schreiben vom 5. April. Wir bedauern außerordentlich, dass Ihre bei uns erworbene elektrische Fliegenklatsche schadhaft war und Sie sich mehrmals elektrisiert haben. Bei Importwaren aus China kommt es immer wieder zu Lieferungen mangelhafter Ware, aber unsere Firma ist bemüht, die Qualitätskontrolle auf diesem Gebiet laufend zu verbessern. Zurückweisen möchten wir jedoch auf das Entschiedenste Ihre Unterstellung, wir würden derartige Produkte absichtlich verkaufen, um uns, wie Sie schreiben, „mit den Kunden einen Spaß zu erlauben". Wir dürfen Ihnen versichern, dass wir immer darum bemüht sind, unsere Kunden zufriedenzustellen, geben aber zu bedenken, dass man sich bei einem derartigen Hammerpreis auch keine Wunder erwarten darf.*

*Mit der Hoffnung, Ihnen mit dieser Auskunft weitergeholfen zu haben, verbleibe ich mit freundlichen Grüßen,*

*Gernot Hierlinger*
*Abteilung Reklamation Hofer*

Ich fühlte mich den ganzen Tag bedrückt und deprimiert, nicht einmal das Gulasch konnte mich versöhnen. Es schmeckte nach Streit und Problemen, und ich ließ es nach ein paar Bissen stehen. Am späten Nachmittag dämmerte ich auf meinem Kanapee vor mich hin, da weckte mich ein Klopfen an der Tür. Kurz verspürte ich die Hoffnung, Ana sei zurückgekehrt, aber sie hatte ja einen Wohnungsschlüssel und würde höchstwahrscheinlich nicht klopfen. Ich wagte nicht, mich zu bewegen, weil ich Angst hatte, ich könne mich durch ein Geräusch verraten.

Aufgrund der häufiger werdenden Besuche in meiner Wohnung hatte ich nach Amalias Auszug eine Methode entwickelt, die Identität des Besuchers festzustellen, ohne aufstehen zu müssen: Ich griff nach dem Feldstecher, der auf dem Fenstersims lag, und stellte auf den Spiegel über der Kommode scharf. Via Spiegel hatte ich meine Wohnungstür im Blickfeld, in die kleine Guckfenster eingelassen waren. Das Klopfen wurde lauter und ich sah Bydlynskis Kopf mehrmals an den Fensterchen vorbeihuschen.

„Mucki, bist du zuhause?", hörte ich seine schrille Stimme.

„Ja, stoß die Tür auf", rief ich nach draußen, „ich liege hier." Ich konnte mir nicht erklären, warum ich geantwortet hatte, denn Bydlynski wäre sicher gleich wieder abgezogen. Plötzlich hörte ich ein Krachen. Es klang, als hätte er die Eingangstür eingetreten und komplett aus den Angeln gehoben. Ich hörte ihn fluchen und an seiner Kleidung den Staub abklopfen.

„Hast du nicht gehört", rief ich ins Vorzimmer, „ich habe gesagt aufstoßen, nicht eintreten, sie geht ganz leicht auf, die Tür ist nur eingeschnappt."

„Sei nicht beleidigt!", antwortete er, während er hereinpolterte und vor meinem Kanapee Aufstellung nahm.

„Komm mir nicht zu nahe, du bringst lauter Bakterien mit, Bydlynski, die haben im Frühjahr Hochsaison."

„Das stimmt", gab er mir Recht, „jetzt ist fast jeder verkühlt." Er riss den Mund auf und nieste demonstrativ in meine Richtung. Ich war mir nicht sicher, ob er es unabsichtlich getan oder sich über mich lustig hatte machen wollen.

„Hast du gehört", wechselte er hastig das Thema, „ein Tepco-Sprecher hat heute erklärt, es könnte in einem weiteren Reaktor eine Kernschmelze in Gang sein. Die Werte der Radioaktivität im Wasser sind scheinbar zehn Millionen mal höher als der Normalwert. Der japanische Premierminister hat die Einrichtung einer gigantischen Sperrzone um Fukushima angeordnet. Wenn denen nicht bald etwas einfällt, haben wir in Kürze den Super-GAU."

„Das ist ja widerlich", rief ich aus. „Ich hoffe, es kommt noch schlimmer. Es muss alles noch schlimmer kommen. Es ist noch nicht unerträglich genug!"

„Sag mal", wechselte er das Thema, „im Juni kommen Arcade Fire nach Wiesen, interessiert dich das vielleicht? Wenn du willst, besorge ich dir eine Karte."

„Was soll ich dort?"

„Mensch, was sollst du dort, da kommen tausende schöne Frauen, es gibt laute Musik, Drogen, Tanzen, was sollst du dort, Spaß haben sollst du dort."

„Ich soll auf ein Konzert gehen, während die radioaktive Wolke auf uns zufliegt? Nein danke, da kümmere ich mich lieber um meinen Schutzraum im Kleiderschrank. Du solltest dir übrigens auch einen bauen!"

„Ich hab etwas Besseres zu tun", wehrte er ab, „da halte ich es lieber mit den Musikern auf der Titanic. Die haben es vorgezogen, bis zum bitteren Ende weiterzuspielen, anstatt ins kalte Meer zu springen!"

„Tu, was du nicht lassen kannst, ich gehe sicher auf kein Konzert, solange die Gefahr nicht gebannt ist!"

„Das gibt's doch nicht", rief Bydlynski aufgebracht aus, „weswegen lebst du eigentlich? Wozu bist du überhaupt auf der Welt, wenn du nicht unter die Leute gehst? Du bist ja ein lebender Leichnam!"

„Wer ist da die Leiche", schrie ich Bydlynski an, „träumen die Leute überhaupt von einem anderen Leben?"

„Ach, komm schon, wir haben doch selber eine Band gehabt. Und wenn du die Band nicht geschmissen hättest, wären wir heute vielleicht so berühmt wie Nirvana. Wir hätten eine goldene Schallplatte im Wohnzimmer hängen, wir würden dauernd Konzerte geben, wir hätten Groupies, und wir würden vielleicht auch in Wiesen auftreten."

„Wir wären aber vielleicht auch längst unter der Erde wie dieser bescheuerte Kurt Cobain."

„Über Kurt Cobain warst du schon einmal anderer Meinung!"

„Außerdem habe ich die Band nicht geschmissen!"

„Du hast sie geschmissen, du bist zu den Aufnahmen einfach nicht erschienen!"

„Ich fand das Album noch nicht ausgereift. Außerdem war der Bandname doch der reinste Schwachsinn."

„Wieso denn Schwachsinn?", fragte Bydlynski empört.

„Eisenfrösche, das klingt doch nach überhaupt nichts!"

„Ich fand Iron Frogs als Name für eine Band nicht so schlecht", erklärte er. „Wir haben damals zwei wichtige Strömungen aufgenommen: Heavy Metal und die ökologische Bewegung. Ich finde den Namen noch immer nicht so schlecht, ich meine für damalige Verhältnisse. Es war die Zeit von Hainburg und Tschernobyl, und wenn du heute nach Fukushima schaust, da finde ich Iron Frogs geradezu visionär!"

„Für damalige Verhältnisse vielleicht", entgegnete ich, „aber heute könntest du damit keinen hinter dem Ofen hervorlocken!"

„Jedenfalls ist die Band auch der Grund meines Besuches", erklärte er und fuhr sich mit den Vorderzähnen nervös über die Unterlippe.

„Und ich habe schon gedacht, du brauchst wieder einmal Geld –"

„Ja, ich meine, nein, das heißt: auch. Also, mit zweihundert wäre mir sehr geholfen, ich bin schon wieder völlig platt, mein Sohn braucht ein neues Fahrrad, verstehst du, ich kann ihm nicht einmal ein neues Kinderfahrrad kaufen."

„Warum arbeitest du überhaupt am Theater", fragte ich gelangweilt, „wenn du doch immer pleite bist und Taxi fahren musst?"

„Hast du noch nie etwas vom Prekariat gehört?", schnauzte er mich an, „es gibt einfach keine Jobs mehr, das ist das Problem!"

„Warum suchst du dir keinen normalen Job?", fragte ich kopfschüttelnd, „es muss ja nicht die Kultur sein, oder? Warum züchtest du nicht Haschisch und verkaufst es? Ist es das wirklich wert, dieses bisschen Glück, für deine andauernde Selbstausbeutung?"

„Ach, du mit deinem Zinshaus hast leicht reden!", rief er beleidigt aus. „Es können eben nicht alle vom Nichtstun leben wie du."

„Ach, erinnere mich nicht daran!"

„Wenn ich monatliche Mieteinnahmen hätte, könnte ich auch den ganzen Tag herumliegen und gemütlich meine Reden schwingen."

Ich versuchte ihm zu erklären, dass mich mein Besitz alles andere als glücklich machte und ich nur Scherereien damit hatte, aber er begriff es einfach nicht.

„Wie auch immer", wechselte er das Thema, „ich habe gestern jedenfalls eine Kulturmanagerin getroffen und sie hat mir erzählt, dass sie für ein halbes Jahr einen Gratis-Proberaum vermitteln könnte, ein trockener Keller, in dem sogar ein altes Schlagzeug steht, und da dachte ich sofort, ich meine, das war wie eine Eingebung, das war wie ein elektrischer Schlag, und ich hatte auf einmal das Bild unserer Band vor mir, ein Comeback, verstehst du, und ich dachte, Mensch, vielleicht könnten wir es noch einmal versuchen?"

Ich stellte mich dumm und fragte, was wir versuchen könnten, obwohl ich genau wusste, wovon er sprach.

„Ich kenne einen fähigen Gitarristen", fuhr Bydlynski euphorisch fort, „und wir könnten Prack fragen, ob er nicht Lust hätte, wieder Schlagzeug zu spielen –"

„Ich soll wieder Musik machen? Sicher nicht! Es gibt doch schon genug Musik auf dieser Welt."

„Es geht doch nicht darum, du Idiot. Es gibt von allem genug. Es gibt genug Menschen, es gibt genug Atomkraftwerke, es gibt genug Probleme, das ist doch kein Argument."

„Ich finde, das ist schon ein Argument", entgegnete ich finster. „Im Grunde ginge es heutzutage doch eher darum, Dinge zu unterlassen, Dinge ungeschehen zu machen. Oder zu zerstören! Zerstören wäre natürlich noch besser, Zerstörung ist die erste Form der Kreativität."

„Ich habe jetzt wirklich keine Lust, mit dir über Destruktion und Konstruktion zu diskutieren, du kannst es dir ja überlegen. Überleg es dir einfach!"

Ich fühlte mich überrumpelt und vor den Kopf gestoßen und wollte wissen, über welche Themen wir überhaupt singen sollten, wir hätten doch gar keine Texte.

„Du schreibst doch Gedichte", meinte er, „schreibst du keine Gedichte mehr?"

Ich versuchte ihm klarzumachen, dass ich meine Gedichte nur für mich schrieb, aber er ließ sich nicht beirren: „Oder wir nehmen ein paar Gedichte von Ginsberg, du wolltest doch schon immer was mit Ginsberg machen. Wir nehmen ein paar von seinen Gedichten, ein paar Alpträume, und schon geht's dahin."

„Ich weiß nicht", erwiderte ich kopfschüttelnd. Er wollte wissen, ob ich keine Alpträume hätte, worauf ich ihn anschrie: „Natürlich habe ich Alpträume, ich habe sogar jede Nacht einen Alptraum!" Da er keine Ruhe gab, erzählte ich ihm den Traum mit Ana und den aggressiven Frisbee-Scheiben.

„Wunderbar! Da haben wir schon den ersten Song", rief er begeistert aus. Er begann mit den Fingern zu schnippen und mit dem Fuß einen schnellen Rhythmus zu klopfen.

I was sitting on the meadow
With my new girl called Ana
We were having a nice picnic
On a woolen blanket with banana

We were smiling and eating
And the sun was our friend
We were smiling and eating
And the sun was our friend

I sang a song on the meadow
For my new girl called Ana
And when a Frisbee Disc flew by
It didn't bother at all because

We were smiling and eating
And the sun was our friend
We were smiling and eating
And the sun was our friend

Als ich Bydlynski vor mir stehen und meinen Alptraum vertonen sah, verspürte ich das Bedürfnis, durch den Boden meiner Parterrewohnung hindurch in den Keller und immer weiter nach unten in den Erdboden zu versinken. Er schien meine Stimmung bemerkt zu haben, denn er hörte abrupt mit dem Fingerschnippen auf und sah mich verlegen an.

„So ungefähr jedenfalls", meinte er kleinlaut, „das Musikmachen ist wie Rad fahren, das verlernst du nie, wir bringen das noch immer, glaub mir!"

„Die Sonne ist aber nicht mein Freund!", erwiderte ich gereizt.

„Ach, Mucki, überleg es dir, okay? Versprich mir, dass du es dir überlegst?"

Schlussendlich versprach ich es ihm. Wir blieben eine Weile schweigend sitzen, bis Bydlynski unschlüssig von einem Bein auf das andere trat und mich auf die zweihundert Euro ansprach. Ich deutete auf die Kommode und forderte ihn auf, in dem Kuvert auf der Ablagefläche nachzusehen. Bydlynski rümpfte die Nase, wühlte zwischen den auf der Kommode herumliegenden Wäschestücken und fand das Kuvert. Er nickte aufgeregt mit dem Kopf und erklärte, dass sich noch genug Scheine in dem Kuvert befinden würden. Er fischte mit geschickten Bewegungen fünf Hundert-Euro-Noten heraus und schien zu glauben, ich bekäme nicht mit, dass er mich bescheißen wollte. Während er die Scheine aus dem Kuvert zog, verkrampfte sich sein Gesicht, um den Betrug zu überspielen. Mich amüsierte die kleinliche und vulgäre Gemeinheit, die sich in seiner Miene widerspiegelte. Er stopfte die Scheine schnell in seine Hosentasche und meinte: „Danke, das vergesse ich dir nie, ich bin sicher, dass es nächstes Jahr besser wird, sie haben dieses Jahr die Subventionen völlig heruntergefahren, aber nächstes Jahr soll es wieder aufwärts gehen."

„Es geht nie aufwärts", antwortete ich mürrisch, „das heißt, eigentlich geht es immer aufwärts, ich verstehe diese Metapher ohnehin nicht. Wenn es wie von alleine läuft, müsste man doch sagen: Es geht abwärts. Und ‚Es geht aufwärts' sollte man doch dann sagen, wenn einfach nichts funktionieren will. Das ist wieder einmal ein Beispiel für die Dämlichkeit der deutschen Sprache. In Wirklichkeit verbirgt sich hinter diesem Satz die ganze Gemeinheit der deutschen Kultur, in der der Mensch nur dann glücklich ist, wenn es schön steil bergauf geht. Hurra, es geht aufwärts und ist schon wieder schön anstrengend! Der Mensch soll es gefälligst schwer haben, das steckt dahinter!"

„Wie auch immer", bemerkte Bydlynski verlegen, „danke, ich muss dann wieder –"

„Aber das mit der Band ist keine gute Idee", rief ich ihm hinterher, „und wirf die Tür nicht so brutal ins Schloss, die Dinge wollen freundlich behandelt werden!" Er hatte mich nicht mehr gehört und die Tür mit einem lauten Krachen zugeworfen.

Ich brauchte immer eine Weile, bis ich die Erinnerung an Leute wie Bydlynski aus mir herausbekam. Ich schloss die Augen, versuchte mich zu entspannen und begann leise mit meinem Mantra-Gesang: Ooommmmmmmmmmmmmmmm! Auuummmmmmmmmmmm! Ommmmmmmmmm! Es half nichts, ich fand nicht mehr in mich hinein und hatte den Kontakt zu meinem Inneren verloren. Das Mantra bestrafte mich mit seiner Abwesenheit. Da strampelt sich ein Mensch wie Bydlynski Jahre und Jahrzehnte für das bisschen Karriere ab, dachte ich, um am Ende doch mit einem Krebsgeschwür alleine in einem Krankenhaus zu krepieren. Unerklärlicherweise fiel mir bei diesen Gedanken eine Geschichte ein, die ich wenige Tage zuvor in der Bild-Zeitung gelesen hatte. Ein Mann hatte einen Herzinfarkt erlitten, nachdem er mit seinem Mauszeiger über einen Roll-Over-Sound-Button gefahren war. Seine Dolby-Surround-Lautsprecher waren auf volle Lautstärke gedreht gewesen, und er hatte sich sprichwörtlich zu Tode erschreckt.

Ich lag am späten Vormittag auf dem Kanapee und konnte mich nicht dazu entschließen aufzustehen. Ich wälzte mich von einer Seite auf die andere und machte mich daran, eine Liste all jener Dinge zu erstellen, die ich nie wieder kaufen würde (einen Sitzball gegen Rückenschmerzen, einen VHS-Rekorder, eine elektrische Zahnbürste aus China, Flipflops, ein Jeanshemd, einen batteriebetriebenen Travel-Chess-Player), als gegen elf Uhr das Telefon läutete. Es war Simon, und er klang nicht gut. Ich verstand überhaupt nicht, wovon er sprach, da die Worte unkontrolliert aus ihm heraussprudelten. Schließlich atmete er einige Male tief durch und erzählte der Reihe nach, was passiert war: „Ich bin gestern nach Feierabend durch den Garten zu den Holzlagen spaziert, um zu sehen, ob ich deine Steinschleuder finde. Ich hab sie auch tatsächlich auf dem Regal entdeckt, wie du beschrieben hast. Ich nehme die Schleuder also und teste sie. Der Gummi ist ein bisschen spröde, aber sie zieht wirklich gut, denk ich mir, stecke sie ein und haste zurück in den Garten. Ich hatte mir vorgenommen, Wintersteigers Fenster erst nach Einbruch der Dunkelheit zu attackieren, da ich befürchtete, dass er vielleicht am Fenster stehen und mich beobachten könnte. Ich hatte aber keine Lust, so lange im Garten zu warten, also wollte ich im Malibu vorbeischauen, aber die Mädchen waren nicht da. Ich ging zurück in den Garten und tat so, als würde ich die Holzlagen inspizieren. Da sieht es vielleicht verkommen aus, Mucki, die Mieter haben ihre alten Waschmaschinen und allen möglichen Hausrat einfach in die Holzlagen gestopft, im Garten liegen sogar alte, fleckige Matratzen herum. Ich spaziere jedenfalls die Holzlagen entlang, da werfe ich einen Blick auf die Hausfassade und denke mir, bei den Holzlagen hinter den Sträuchern sieht dich ohnehin kein Mensch. Du kennst das Gelände ja, und die Sträucher wuchern derart vor sich hin, dass man die Holzlagen vom Haus aus eigentlich gar nicht sehen kann. Also wollte ich unser Ding gleich durchziehen, denn wäre ich zu diesem Zeitpunkt bereits jemandem im Garten aufgefallen, wäre der Verdacht auch am Abend auf mich gefallen. Ich hab mich also durch den hinteren Teil des Gartens angepirscht, bis ich auf Höhe von Wintersteigers Badezimmerfenster war. Ich hab mich hinter dem Kirschbaum versteckt und zu seinem Fenster hinaufgespäht. Es war weit und breit nichts von ihm zu sehen. Ich hab die Steinschleuder nochmal kontrolliert und nach einem geeigneten Geschoß gesucht. Ich bückte mich und fand einen schönen walnussgroßen Stein. Ich zog den Gummi zu mir und zielte auf das Badezimmerfenster im ersten Stock. Ich war schon im Begriff, den Stein wegschnalzen zu lassen, als ich einen Kopf auftauchen sah.“

„Oh nein“, rief ich aus, „er hat dich also gesehen?“

„Warte“, unterbrach mich Simon und erzählte nervös weiter: „Wie es der Teufel so wollte, tritt der Wintersteiger tatsächlich in diesem Moment auf den Balkon hinaus und lässt seinen Blick über den Garten schweifen. Er ist vorher sicher auch schon am Fenster gestanden, hab ich mir gedacht, und jetzt ist er auf den Balkon gegangen, um alles noch genauer und fieser beobachten zu können. Er kommt ganz nah an das Balkongeländer heran und sieht in meine Richtung, woraufhin ich mich wieder hinter dem Kirschbaum verschanze. Keine Ahnung, ob er mich gesehen hat oder nicht. Ich blickte hinter dem Baumstamm zu dem Fenster empor und dann wieder zu ihm am Balkon. In diesem Moment lehnt er sich über das Geländer und hält sich die linke Hand an die Stirn, um seine Augen gegen die Abendsonne abzuschirmen. Ich dachte, jetzt sieht er mich gleich, da führe ich, frag mich nicht warum, instinktiv den Arm mit der Steinschleuder in seine Richtung, wie ein Jäger, verstehst du –“

„Sag nicht", unterbrach ich ihn, „dass du es getan hast, sag, dass das nicht wahr ist?"

„Ich hab also mit der Schleuder auf ihn gezielt", erzählte Simon atemlos weiter, wobei sich seine Stimme überschlug, als hätte er den Verstand verloren, „in diesem Moment dachte ich an überhaupt nichts mehr. Ich blieb völlig cool und meine Hand zitterte nicht im Geringsten. Und dann hab ich den Gummi einfach ausgelassen. Der Stein hat ihn satt an der Schläfe getroffen, er hat seinen Mund aufgerissen, aber ich hörte keinen Schrei. Ich hab nur den offenen Mund gesehen, und dann klappte er, ich lüge nicht, weich wie Gummi über das Balkongeländer und fiel auf das Dach eines Autos, das unter dem Balkon geparkt war. Es hat einen unheimlichen Knall gegeben, als er auf das Autodach geklatscht ist. Dann blieb er reglos liegen."

Ich bedankte mich für die nette Geschichte, lachte laut auf und meinte vergnügt, er solle aufhören, mich auf den Arm zu nehmen, und lieber erzählen, was tatsächlich passiert sei.

„Ich mache keine Witze", schrie er in den Hörer, und irgendwie stellte sich bei mir jetzt doch ein ungutes Gefühl im Magen ein. „Ich stecke in der Scheiße, Mucki. Als ich den Wintersteiger reglos auf dem Autodach liegen gesehen hab, hatte ich natürlich sofort Angst, dass mich jemand beobachtet hat. Ich hab die Fenster der Hausfassade geprüft, aber keine Menschenseele entdeckt. Mein Herz raste wie verrückt. Gleichzeitig dachte ich, es wäre doch besser, in die Offensive zu gehen, falls mich wirklich jemand beobachtet hatte. Ich hab mir also die Steinschleuder hinten in den Hosenbund gesteckt, mein Polo-Shirt darübergezogen und bin zum Auto gerannt, auf dem der leblose Körper Wintersteigers lag und sich nicht rührte. Als ich unmittelbar davor stand, sah ich Blut aus seinem Mund rinnen und dachte, der ist tot und ich werde den

Rest meines Lebens hinter Gittern verbringen müssen. In diesem Moment streckten die ersten Hausbewohner ihre Köpfe zum Fenster heraus. Ich war glücklicherweise so geistesgegenwärtig und schrie, jemand solle die Rettung anrufen, obwohl ich mein Handy natürlich dabeihatte, aber irgendwie wirkte das dramatischer und echter."

„Mein Gott", rief ich aus, „Simon, das gibt's doch überhaupt nicht, bist du wahnsinnig? Ich weiß gar nicht, was ich sagen soll –"

„Was soll ich jetzt machen? Es ist einfach passiert. Ich bin völlig in Panik geraten und wollte den Wintersteiger schon vom Autodach herunterzerren, da schrie einer von den Nachbarn, ich solle ihn wegen möglicher Wirbelsäulenverletzungen liegen lassen. Also hab ich nichts unternommen und fasste nur am Handgelenk nach seinem Puls, aber ich war viel zu aufgeregt, um den Puls zu erwischen. In kürzester Zeit standen unzählige Leute unten im Garten herum, bis wenig später die Rettung mit Blaulicht und Sirene in den Garten einfuhr. Ich erklärte den Sanitätern, dass er vom Balkon heruntergefallen sei und ich ihn gefunden hätte. Sie schoben mich zur Seite und meinten, es sei schon in Ordnung. Sie legten ihm eine Sauerstoffmaske an und ein Sanitäter hörte ihn ab. Ich hab den Sani gefragt, ob er tot sei, aber der hat nur den Kopf geschüttelt. Bewusstlos, hat er gemeint, mittelschweres Trauma, mehr nicht."

„Mann, Simon", rief ich erleichtert aus, „hast du ein Schwein, ich meine, haben wir ein Schwein, es tut mir ja so leid –"

„Hör zu", sagte er jetzt um einiges gefasster, „ich muss gleich ins Krankenhaus, ich muss wissen, was mit ihm los ist, und vor allem muss ich verhindern, dass er sofort Anzeige erstattet, wenn er aufgewacht ist. So eine Scheiße, verdammt, was mache ich, wenn er mich gesehen hat und sich an alles erinnern kann?"

Ich versuchte ihn zu beruhigen und meinte, er solle ihm Geld anbieten, sobald er aufwache, es spiele überhaupt keine Rolle, er solle ihm so viel Geld anbieten, wie er wolle, ich würde ihm die Wohnung schenken, Hauptsache, er würde keine Anzeige erstatten.

„Wir kriegen das schon wieder hin", munterte ich Simon auf, er solle sich keine Sorgen machen. Er wollte gleich ins Krankenhaus fahren und nach Wintersteiger sehen, und wir vereinbarten, am Abend wieder zu telefonieren.

Die nächsten Tage saß ich wie gelähmt zuhause, starrte auf das Handydisplay und wartete auf einen Anruf von Simon. Er rief mich mehrmals an, aber das Ergebnis war immer das gleiche: Wintersteiger war noch nicht aufgewacht, sein Zustand schien jedoch stabil zu sein. Die Nächte waren voller Grauen und Alpträume. Ich träumte von Gitterstäben und Häusern voller zerschossener Fensterscheiben. Ich machte mir unentwegt Vorwürfe, dass ich meinen besten Freund in so eine Lage gebracht hatte. Selbst wenn man den ganzen Tag auf dem Kanapee lag, konnte man noch das allergrößte Unheil auf der Welt anrichten. Es war doch nicht zu fassen. Zu all diesen düsteren Gedanken kam erschwerend hinzu, dass ich gegen meinen Willen immer wieder an Xenia denken musste, was mein Unglück geradezu perfekt machte.

Wenn ich als Jugendlicher in meinem Zimmer auf dem Bett lag und das Geräusch des Schlüssels im Schloss unserer Haustür vernahm, befiel mich immer ein unangenehmes Gefühl der Beklemmung. Ich zuckte innerlich zusammen, als befände ich mich in einem Horrorfilm, in dem ein Vampir oder Killer in ein abgelegenes Haus eindringt. Es kam mir dann so vor, als würde mein Kopf von fremder Hand aufgesperrt werden und sich jemand Zugang zu meiner Gedankenwelt verschaffen wollen.

Ich schreckte aus meiner Erinnerung hoch und hörte im Flur das Rascheln von Einkaufssäcken. Ich rief nach Ana, aber sie kam nicht ins Kabinett. Ich hörte sie Lebensmittel in den Kühlschrank räumen und Geschirr abwaschen. Schließlich wurde es mir zu dumm, und ich stand auf. Ich blieb im Türrahmen stehen und beobachtete sie beim Arbeiten an der Spüle. Ihre Bewegungen erschienen eckig, ja ihre ganze Körpersprache drückte eine unverhohlene Aggression aus. Ich bemerkte, wie sich ein nervöses Unbehagen in mir breitmachte, das sich früher oder später immer bei Beziehungskrisen mit Frauen einstellte. Ich fragte Ana, warum sie mich nicht begrüßt habe, aber sie antwortete nicht und wusch, ohne aufzublicken, weiter das Geschirr ab.

„Hast du beschlossen, nichts mehr mit mir zu reden?"

Sie arbeitete trotzig weiter, und ich gewann den Eindruck, ihre Hände würden die Gegenstände, wie um die unterlassene Antwort zu untermauern, noch gröber behandeln. Sie stieß die Messer und Gabeln mürrisch in den dafür vorgesehenen Aluminiumbehälter. Ich fragte sie, wie es ihr gehe, woraufhin sie den Abwasch unterbrach und mir hart in die Augen sah.

„Wie es mir geht?", wiederholte sie, „so wie es einem geht, wenn man bei einem Typen den Haushalt machen muss, der mit einem geschlafen und sich dann wie der letzte Arsch benommen hat."

Mir war bewusst, dass ich mich Ana gegenüber unmöglich verhalten hatte und mich nur eine ordentliche Entschuldigung retten konnte, aber ich brachte sie nicht über die Lippen und quittierte ihren Vorwurf mit einem bleiernen Schweigen. Ich fühlte mich ferngesteuert, als wäre ich programmiert, ein anderer zu sein als der, der Anas Gegenwart teilte, als dürfte ich gar nicht in ihrer Gegenwart leben.

„Es tut mir leid", hörte ich mich auf einmal mechanisch sagen. Ich versuchte ihr zu erklären, dass es mir im Moment nicht gut gehe, weil ich solche Probleme mit meinem Zinshaus hätte und Simon in unheimlichen Schwierigkeiten stecke.

„Ich bin fertig", sagte sie kalt und zupfte an den Plastikfingern ihrer türkisfarbenen Gummihandschuhe, was ein absurdes Schnalzgeräusch erzeugte.

„Ich habe dir dein Mittagessen auf den Kühlschrank gestellt", bemerkte Ana knapp, „soll ich nächste Woche noch einmal kommen oder schaffst du es schon alleine?"

„Ana", rief ich verzweifelt, „hör zu, wir müssen reden, es ist gerade nur ein sehr ungünstiger Zeitpunkt, ich bin einfach nicht bei mir."

„Ich habe schon verstanden, mach dir keine Sorgen, ich habe kein Problem damit."

„Können wir uns vielleicht nächste Woche treffen, um in Ruhe zu reden?"

„Ich weiß nicht, was wir zu bereden hätten, ich möchte hier nur meinen Job erledigen, ich habe es Amalia versprochen, und das war's dann."

Ich fasste sie am Arm, verlor beim Vorbeugen jedoch das Gleichgewicht und spürte plötzlich einen stechenden Schmerz in meinem Bein, sodass ich mich an ihrem Oberarm wie an einem rettenden Geländer festklammerte. Sie riss sich los und ging an mir vorbei zur Tür. Ich versuchte sie aufzuhalten und erinnerte sie daran, dass wir doch vereinbart hätten, gemeinsam ein Picknick zu machen. Sie schüttelte den Kopf und bemerkte traurig, dass das doch alles keinen Sinn hätte. Sie war beinahe zur Tür draußen, da rief ich ihr nach, ich würde mich nächste Woche bei ihr melden.

Sie drehte sich noch einmal um und antwortete kühl, ich solle sie anrufen, wenn ich etwas brauchen würde. Dann warf sie die Tür hinter sich zu.

„Vielleicht brauche ich ja dich!?", schrie ich ihr hinterher, aber sie hatte mich nicht mehr gehört.

Ich wartete den ganzen Tag auf einen Anruf von Simon. Am Nachmittag rief ich ihn an, aber er hatte sein Handy ausgeschaltet. Ich wollte mir schon einen Joint drehen, als mir einfiel, dass am Abend das Treffen mit Xenia und den anderen im Alt Wien stattfand. Ich versuchte mir die Gesichter meiner ehemaligen Mitschüler in Erinnerung zu rufen. Ich hatte noch nie ein Maturatreffen besucht, und es reizte mich nicht im Geringsten, wäre da nicht Xenia gewesen. Sie schwirrte wie ein verirrter Vogel in meinem Kopf herum, und ich wusste nicht, wie ich diesen Vogel wieder aus meinem Kopf herausbekommen konnte. Ich ging in meinem Kabinett nervös auf und ab und dachte abwechselnd an Ana und Xenia. Ein Schritt Ana. Ein Schritt Xenia. Warum hatte ich nur den Fehler begangen, Xenia anzusprechen? Ich rätselte, ob unsere Begegnung im MediaMarkt nicht ein fieser und teuflischer Zufall gewesen war, wie um das, was zwischen Ana und mir bereits aufgekeimt war, vorsorglich zu zerstören.

Vor dem Alt Wien verspürte ich dasselbe mulmige Angstgefühl im Magen, das ich noch gut aus der Schulzeit kannte. Ich blieb im Windfang des Eingangs stehen und fragte mich, ob ich mir sicher sei, mich dieser Erniedrigung aussetzen zu wollen. Ich machte kehrt und hastete zurück auf die Straße. Sofort war das flaue Gefühl im Magen verschwunden. Ich ging vor dem Lokal auf und ab und ermahnte mich, mich von meinem Magen nicht tyrannisieren zu lassen, obwohl es doch immer hieß, man solle auf sein Bauchgefühl hören. Ich nahm mir vor, noch einmal hineinzugehen, und wenn das ungute Gefühl dann nicht verschwunden wäre, würde ich es bleiben lassen. Mir war die ganze Lächerlichkeit meiner Situation bewusst. Wenn ich das Lokal betrat, dachte ich, hatte ich wenigstens den strategischen Vorteil, dass ich mir meiner Lächerlichkeit bewusst war. Andererseits war ich ja nicht derentwegen gekommen, sondern wegen Xenia. Ich war nicht wegen der Vergangenheit hier, sondern wegen der Zukunft. Irgendwie beunruhigte mich der Gedanke an die Zukunft jedoch genauso stark. Ich blieb vor dem Fenster neben der Tür stehen, um in das Lokal hineinzuspähen und einen Blick auf die Runde zu erhaschen. Von unseren Leuten war nichts zu sehen. Wie würdelos doch die Vergangenheit sein konnte! Mir fiel das Wachsfigurenkabinett ein, und ich fragte mich, wie viel es wohl kosten würde, wenn man sich seine ehemaligen Mitschüler als Wachsfiguren in sein Wohnzimmer stellen wollte. Auf einmal spürte ich, wie sich zwei kalte, gut riechende Hände auf meine Augen legten. „Rate einmal, wer das ist?", hauchte mir eine Stimme ins Ohr. Ich drehte mich ruckartig um, aber ich erkannte die Frau, die mich angesprochen hatte, nicht gleich. Dann dämmerte es mir langsam.

„Die Katharina, das gibt's doch nicht!" Es war symptomatisch, dass ich gerade in diesem Moment der Katharina begegnen musste, denn sie war schon immer ein bisschen aufdringlich gewesen und hatte einen mit ihrer Präsenz regelrecht erschlagen. Die Diskrepanz zwischen dem Bild der jungen Katharina in meiner Erinnerung und dem der Katharina, die vor mir stand, war erschreckend groß. Auf einmal fiel mir ein, dass wir uns auf dem Skikurs einmal geküsst hatten, und es trieb mir die Schamesröte ins Gesicht.

„Katharina!", gab ich mich überrascht, „bist du wirklich die Katharina?"

„Und wie! Grüß dich, Mucki", rief sie überschwänglich und grinste mich an, „du hast dich ja überhaupt nicht verändert." Sie legte ihren Arm um meine Hüften, zog mich in das Lokal, und wir betraten das Alt Wien wie ein Liebespaar. Wir gingen an den besetzten Tischen vorbei in das Hinterzimmer und standen plötzlich vor einem Tisch mit sechs oder sieben Personen, die sich nach genauerem Hinsehen als unsere ehemaligen Schulkameraden herausstellen. Ich war schockiert, aber meine Bestürzung schlug unmittelbar in Melancholie um, und ich bekam sofort Mitleid mit uns allen. Wir begrüßten uns, wobei die einen mit dem Zeigefinger auf mich deuteten (die Männer) und die anderen (die Frauen) sich die Hand vor den Mund hielten, weil sie meinen Anblick offensichtlich genauso wenig fassen konnten wie ich den ihren.

„Bist du das, Lakoter? Wo hast du dich denn operieren lassen?"

Der Köhlmaier hat doch nichts von seinem bescheuerten Humor eingebüßt, dachte ich. Ich stellte fest, dass die alten Rollen in kürzester Zeit wieder verteilt waren: die des Außenseiters, die des Clowns, die des Besserwissers, die des Mauerblümchens et cetera. Diese Rangordnung hatte die Zeit überdauert und würde uns bis in den Tod begleiten, sagte ich mir, und keiner der Anwesenden schien sich dagegen auflehnen zu wollen. Ich quetschte mich auf einen Sessel neben Xenia und war froh, dass ich wenigstens dieses Ziel erreicht hatte. Als das Gespräch darauf kam, was ich beruflich machen würde, verstummte die ganze Runde wie auf Kommando. Ich blickte in die aufgedunsenen Gesichter der Männer, die meisten waren ergraut oder hatten eine Glatze, alle wirkten erschöpft und müde, und ich verspürte nicht die geringste Lust, bei der Leistungsschau mitzumachen. Ich erklärte, dass ich halbtags Sitar spielen und meditieren würde, worauf ein hämisches Gelächter aufbrauste.

„Der Mucki!", rief Köhlmaier aus.

„Der Herr Baron!", lachte Angelika.

„Der leibhaftige Oblomow!", grölte der bereits betrunkene Johannes.

Ich blickte in die Runde und antwortete bedächtig: „Am Ende gewinnt immer der, der warten kann", aber sie hatten ihr Interesse an mir schon wieder verloren und widmeten ihre Aufmerksamkeit Martina, die vom Bungee-Jumping erzählte. Xenia war mit Gudrun in ein Gespräch über Allergien verwickelt, das mich noch weniger interessierte. Ich drehte mich zu Siegfried, um dessen Kopf sich nur noch ein flacher grauer Haarkranz wand. Er sah aus wie der Mönch auf den Etiketten der Augustinerbräu-Bierflaschen.

„Mensch, Mucki", hob er erstaunt an, „ich habe geglaubt, du bist nach Indien ausgewandert? Ich bin überrascht, dich hier zu sehen."

„Ja, stimmt", antwortete ich abwesend, „ich war in Indien."

„Aber ich dachte, du bist noch immer dort, du hast doch richtig in Indien gelebt, oder nicht?"

„Mensch, ja", stöhnte ich auf, „ich war vor dreiundzwanzig Jahren ein halbes Jahr in Indien, aber ich lebe schon seit zwanzig Jahren wieder in Wien."

„Ach so, ich dachte, du seist für immer ausgewandert", bemerkte er enttäuscht. „Wir sind ja alle mal ausgewandert", fuhr er nach einer Pause fort, „der Johannes war in Spanien, und der Andreas in Chile, und da dachte ich, du seist eben auch ausgewandert."

„Nein, ich lebe schon lange wieder in Wien. Und du, Siegfried, was machst du so, du siehst ein bisschen krank aus."

„Ja, mir geht's gut, ich bin in meiner Bank gerade zum Abteilungsleiter befördert worden."

„Gratuliere!", rief ich aus. „Nicht schlecht."

„Ich habe wirklich ein Talent für Lebensversicherungen", sagte er und lächelte stolz, „keiner hat im letzten Jahr so viele Lebensversicherungen verkauft wie ich!"

Ich nickte stumm und machte sicher kein Gesicht, das ihn zum Weiterreden animieren sollte, aber er ließ sich nicht beirren.

„Jetzt willst du wahrscheinlich wissen, warum sie mich dann überhaupt befördert haben, wenn ich der richtige Mann am richtigen Ort war, oder?"

Er kicherte und schien auf eine Antwort zu warten, aber ich blickte ihn nur entgeistert an.

„Ich habe eine ganz spezielle Methode entwickelt, die in den letzten Jahren den Verkauf um nahezu dreißig Prozent gesteigert hat, und willst du wissen, wie diese Methode funktioniert? Ich frage die Leute nicht einfach nur, ob sie eine Lebensversicherung haben wollen, sondern ich frage sie zunächst, wie sie ihr Verhältnis zu ihrem Vater einschätzen würden, zu ihrer Mutter, zum Thema Krieg und solchen Sachen, ich habe immer einen Fragebogen dabei. Dann frage ich sie nach ihren eigenen Stärken, und weißt du, was am Ende auf die eine oder andere Art herauskommt? Das Bedürfnis nach Sicherheit und Geborgenheit. Und wie könnte man Sicherheit und Geborgenheit seinen Liebsten besser mit auf den Weg geben als mit einer Lebensversicherung?, frage ich sie dann. Wenn ich die Kunden so weit habe, dann habe ich sie meistens schon eingekocht, verstehst du?"

Ich nickte und sah mich nach einer Gelegenheit um, mich bei einem anderen Gespräch einzuklinken, aber es bot sich nichts Passendes an. Ich blickte in die Gesichter meiner Mitschüler und dachte, wie erschöpft und gequält sie doch alle aussahen.

„Bei potentiellen Kunden, wie du einer wärst", fuhr Siegfried beschwingt fort, „brauche ich dieses Vorglühen natürlich nicht, wir kennen uns ja, und solche Kunden beeindrucke ich mit nackten Zahlen. Nehmen wir etwa deinen Fall: Du bist jetzt einundvierzig und hast eine Lebenserwartung von etwa fünfundachtzig Jahren. Bist du Raucher? Nein? Okay, also bei unserer Risikoversicherung klassisch Plus würde bei einer Versicherungslaufzeit von dreißig Jahren, mit einer Versicherungssumme von hunderttausend Euro und einer Dynamik von sagen wir drei Prozent –"

Er holte sein iPhone hervor und begann darauf herumzutippen.

„Ich habe mir da eine ganz wunderbare Applikation heruntergeladen, das ist so ein geniales Ding, da kannst du alles in einer Sekunde ausrechnen, ich zeige es dir. Also, bei einer Dynamik von drei Prozent und einer Zusatzschutzversicherung im Falle des Unfalltodes, zuzüglich einer erweiterten Nachversicherungsgarantie, kannst du dir das vorstellen, nicht die einfache Nachversicherungsgarantie, sondern die erweiterte Nachversicherungsgarantie, also schon ein unglaubliches Angebot, würde dich das 48,75 Euro pro Monat kosten, und weil du es bist, könnte ich dir noch den Treuebonus von fünf Prozent als Quasi-Freundschaftspreis anbieten, sodass dich die Versicherung sage und schreibe 46,31 Euro pro Monat kosten würde. Was sagst du jetzt dazu? Ist das nicht der absolute Preishammer? Ist das nicht ein Super-supi-super-Angebot?"

„Du Siegfried", entschuldigte ich mich, „ich muss mal kurz, sei mir nicht böse."

Ich zwängte mich an den Stühlen vorbei und ging aufs Pissoir. Als ich zurückkam, wandte ich mich Xenia zu, und wir redeten über die alten Zeiten. Sie wollte wissen, warum ich so viele Jahre nichts von mir hatte hören lassen, worauf ich sie lange ansah und meinte, die Zeit sei einfach noch nicht reif gewesen.

„Reif wofür?", wollte sie wissen und machte ein unschuldiges Gesicht.

„Bist du mit Richard eigentlich glücklicher als mit mir?"

„Wir waren doch nie zusammen!"

„Wir hätten es aber sein können."

„Hätten wir? Ich konnte den Vergleich leider nie anstellen. Um es vergleichen zu können, hätte ich mit dir auch drei Kinder haben müssen, aber sechs Kinder, nein danke." Sie lachte beschwipst über ihren eigenen Witz, und ich bemerkte, dass sie schon ziemlich betrunken war.

„Ich meinte, ob du noch immer verliebt in ihn bist?"

„Verliebt?", rief sie aus. „Nach drei Kindern und über zwanzig Jahren Ehe. Hast du vielleicht eine Ahnung! Ich liebe ihn noch immer, ja, ich bereue es nicht. Wir haben eine glückliche Familie."

Wie banal doch das Wort Glück war! Es war wie eine Hose, die dem Menschen schon immer zu kurz gewesen ist und immer zu kurz sein würde. Was für ein schönes Wort war hingegen das Wort Angelegenheit oder das Wort Leidenschaft oder das Wort Verheißung? Man nahm das Wort Glück (wie Pech oder Gott) einfach zu schnell in den Mund und spuckte es ebenso schnell wieder aus. Es ging einem viel zu leicht über die Lippen, um es richtig auskosten zu können.

„Ich habe viel über uns nachgedacht", bemerkte ich ernst, „ich glaube, wir waren damals einfach noch nicht so weit –"

„Was meinst du mit *noch* nicht?", fragte Xenia stirnrunzelnd.

„Das hast du wahrscheinlich auch gespürt –"

„Das spielt doch heute keine Rolle mehr", unterbrach sie mich schnell. „Ich freue mich jedenfalls, dass wir uns nach so langer Zeit wiedersehen. Es geht dir doch gut, oder? Bist du mit einer Frau zusammen?"

Ich legte meine Hand auf Xenias Schenkel und begann ihn zu kraulen.

„Ich finde", bemerkte ich anzüglich, „wir sollten uns jetzt öfter sehen!"

„Klar, Mucki."

Sie ergriff meine Hand, stieß sie aber nicht gleich von sich, und unsere ineinander verschränkten Finger lagen für einen Augenblick auf ihrem Schenkel. Ich bekam eine Erektion, die mir sehr angenehm war.

„Mein Gott", rief Xenia unsicher aus, drückte meine Hand und schob sie sanft von ihrem Oberschenkel weg, „wie lange ist das her? Ich war ja auch ein bisschen in dich verliebt, weißt du, du warst so anders."

Wir redeten noch eine Weile weiter, bis sie aufstand und sich an mir vorbeidrängte, um aufs Klo zu gehen. Dabei streiften ihre frisch gewaschenen Haare über meine Wange, und ich roch ihren betörenden Duft. Ich betrachtete die abgekämpften und vom Alkohol geröteten Gesichter meiner ehemaligen Schulkollegen und fragte mich, wer von ihnen sein Leben freiwillig gewählt hatte und wer mit seinem Leben zufrieden war. Mir erschien das Wort Unzufriedenheit in diesem Augenblick viel weltmännischer als das Wort Zufriedenheit. Ich stand auf und ging aufs Klo. Als ich an der offenen Tür der Damentoilette vorbeikam, erblickte ich Xenia, die sich gerade die Lippen nachzog. Ich betrat die Toilette, blieb hinter ihr stehen und betrachtete sie im Spiegel.

„Ziehst du dir die Lippen wegen mir nach?", hauchte ich ihr ins Ohr und schlang meine Arme von hinten um sie. Sie wandte sich erschrocken um und blickte mir unsicher in die Augen.

„Ich habe dich gar nicht bemerkt –"

„Ich war schon immer da", flüsterte ich zärtlich.

Ich zog sie an mich und küsste sie. Ich hatte den Eindruck, sie würde den Kuss erwidern, aber gleich darauf stieß sie mich sanft von sich und meinte, das ginge nicht. Ich ließ sie nicht los und presste meinen Unterleib gegen ihren. Ich fasste ihr mit einer Hand in den Nacken und küsste sie noch einmal, aber sie sträubte sich und versuchte sich aus der Umklammerung zu befreien.

„Wir sehen uns jetzt einfach öfter", stöhnte ich aufgeregt.

Ich drängte sie mit aller Kraft in eine offene Kabine, während ich sie immer wieder küsste.

„Mucki, hör auf", fuhr sie mich hart an und wollte sich erneut von mir losmachen, „das ist jetzt nicht mehr lustig."

Ich packte sie an den Oberarmen, drückte ihren Körper gegen die Kabinenwand und presste meine Lippen auf die ihren. Ihre Augen waren starr vor Schrecken, sie wand sich und versuchte sich loszureißen.

„Wenn du nicht sofort aufhörst, schreie ich."

„Warum denn? Du spürst es doch auch, oder?"

„Ja, ich spüre es auch", antwortete sie abweisend, „aber es ist nicht so, wie du denkst, Mucki, bitte lass mich!"

Ich ließ sie los und wir standen verlegen in der Kabine. Dann fingen wir an zu lachen.

„Du solltest dich sehen", bemerkte sie belustigt, „du machst ein Gesicht wie ein entlaufener Psychopath! Du hast Lippenstift auf dem Hemdkragen, komm!"

Sie wischte mir den Lippenstift aus dem Gesicht und rieb an meinem Hemdkragen herum. Als wir fertig waren, ließ ich sie vorgehen, und wir verließen hintereinander das Klo. Da fiel mir ein, dass ich völlig darauf vergessen hatte, die Batterien aus dem MediaMarkt auszupacken und zu kontrollieren, ob sie die richtige Größe für meinen Radiorekorder hatten.

Ich wachte gegen elf Uhr völlig zerprügelt auf, als hätte ich am Vortag stundenlang Sport getrieben. Ich spielte ein wenig mit meinem Geschlecht, aber mir war zu übel, um mich länger zu verausgaben. Ich stand auf und füllte Wasser in den Wasserkocher. Ich wollte ein Teesäckchen aus dem Karton ziehen, aber es spreizte sich in der Verpackung und widersetzte sich meinen Fingern. Ich beschimpfte das Säckchen und hob die Verpackung mit meinen darin steckenden Fingern hoch, schüttelte so lange, bis das Teesäckchen seinen Widerstand aufgab und die Teepackung zu Boden fiel. Beim Aufprall auf den Fußboden sprangen einige Teesäckchen heraus. Ich musterte die am Boden verstreuten Säckchen und maßregelte sie mit Sätzen wie: „Das habt ihr davon. Das geschieht euch recht. Mit mir legt man sich besser nicht an." Als das Wasser kochte, schüttete ich es in die Thermoskanne und schlurfte zurück in mein Kabinett. Ich legte mich auf das Kanapee und versuchte zu meditieren, aber mir kam immer wieder die Geschichte mit Wintersteiger in die Quere. Ich malte mir aus, was geschehen würde, wenn er sich nach dem Aufwachen daran erinnerte, dass ihn vor dem Unfall ein Stein am Kopf getroffen hatte. Vielleicht hatte er Simon schon die ganze Zeit vom Fenster aus beobachtet? Er würde sich ins Gedächtnis rufen, dass er nur deswegen auf den Balkon gegangen war, um ihn zu fragen, was er im Garten verloren habe. Und was, wenn ein anderer Hausbewohner Simon im Garten gesehen hatte? Ich verwünschte mich dafür, dass ich ihn darum gebeten hatte, sich um das Haus zu kümmern. Er konnte sich mit dieser Aktion sein ganzes Leben ruiniert haben. Ich überlegte, welche Optionen uns zur Verfügung standen. Ich konnte nach Baden fahren und Simon zumindest beistehen oder gleich zur Polizei gehen und ihnen erklären, dass es ein Unfall gewesen sei und ich ihn zur Tat angestiftet hätte. Ich überlegte, was das Strafausmaß für fahrlässige Tötung wäre, und stellte mir ein Leben im Gefängnis vor. Der Gedanke ans Gefängnis beunruhigte mich keineswegs, eine Zelle wäre auch nicht viel kleiner als mein Kabinett. Vielleicht konnte ich dann wenigstens ein Handwerk erlernen?

Ich war bereits in einen leichten Dämmerschlaf geglitten, da wurde ich durch ein forsches Klopfen an der Tür geweckt. Ich rief Anas Namen in den Vorraum, aber ich bekam keine Antwort. Das Klopfen ertönte noch einmal. Es war so laut und zackig, dass es eher auf den Rauchfangkehrer, die Feuerwehr, den Briefträger oder gar die Polizei hindeutete. Nicht einmal meine Schwester klopfte so dreist. Ich richtete mich auf, trottete zur Tür und öffnete sie zögerlich. Neben Judith stand ein an den Schläfen ergrauter, dicklicher Mann, der einen dunklen Anzug mit einer rotweiß gestreiften Krawatte trug. Ich fragte sie, was das zu bedeuten habe, worauf sie ihr charmantestes Lächeln aufsetzte und mich bat, sie hereinzulassen, sie würden gerne etwas mit mir besprechen. Die beiden drängten mich zurück in die Wohnung, und mir blieb nichts anderes übrig, als ihnen ins Kabinett vorauszugehen und mich auf das Kanapee fallen zu lassen. Kaum hatte ich mich hingelegt, begann meine Schwester auf mich einzureden.

„Mucki", hob sie in einem zuckersüßen Tonfall an, „wir haben noch einmal alles durchgesprochen und einen sehr schönen Kompromiss gefunden, das ist Doktor Weiss, mein Bruder, Nepomuk Lakoter."

Doktor Weiss reichte mir die Hand und ich wies ihm mit einer großzügigen Geste den Platz im Rollstuhl zu, den er ablehnte. Sie blieben wie Ärzte auf der Morgenvisite vor mir stehen.

„Wir haben einen Vertrag aufgesetzt", erklärte Judith geschäftig, „der mich zur Verwaltung deines Hauses ver-

pflichtet und dir auf Lebenszeit das gänzliche Frucht-
genussrecht zuerkennt, ohne die Besitzverhältnisse zu
berühren. Im Gegenzug räumst du mir das Durchfahrts-
recht ein, wobei die Errichtung von Parkplätzen nur unter
Berücksichtigung der örtlichen Gegebenheiten und der
Beibehaltung des Gartens laut Eigentümerwunsch erfol-
gen darf. Was sagst du dazu?"

Ich hatte meiner Schwester nicht richtig zugehört, da
mir während ihres Monologs ununterbrochen die Geschichte mit Simon durch den Kopf ging. Ich fragte mich
die ganze Zeit, ob sie schon von dem Unfall gehört hatte.
Wahrscheinlich wusste sie alles und hatte sich längst zu-
sammengereimt, dass es gar kein Unfall gewesen war und
Simon nur in meinem Auftrag gehandelt haben konnte.
Sie wird jeden Augenblick darauf zu sprechen kommen,
dachte ich. Sie brauchte nur anzudeuten, dass sie Bescheid
wusste, um meine Unterschrift zu erpressen. All das ging
mir blitzschnell durch den Kopf, während der Anwalt
einige Unterlagen aus seiner Ledermappe hervorzog.

„Für wie dämlich hältst du mich eigentlich?", ging ich
zum Angriff über. „Der Vertrag beinhaltet doch nichts
anderes als das, worüber wir die ganze Zeit gestritten
haben, dass ich dir nämlich den Garten und die Holzlagen überlassen soll und du das Haus ganz nach deinem
Geschmack umbauen und verschandeln kannst."

„Aber Mucki", rief sie gereizt aus, „wir haben doch
schon hundert Mal besprochen, dass das nicht passieren
wird, hier steht doch: Beibehaltung des Gartens laut Eigentümerwunsch."

„Beibehaltung des Gartens, was soll das heißen? Das
heißt doch nur, dass du höchstens eine Verkehrsinsel im
Hof stehen lässt, die du dann als Garten bezeichnest, und
in Wirklichkeit die Holzlagen niederreißt und dort Vaters
Bungalow-Projekt verwirklichst."

„Aber davon kann doch überhaupt nicht die Rede sein, Mucki –"

„Sie können Ihrer Schwester blind vertrauen!" Der Anwalt nickte mir mit einem dämlichen, jovialen Lächeln zu.

„So, wo steht das, dass ich dir blind vertrauen kann?"

„Das versteht sich doch von selbst, Mucki, wir können uns auch neu arrangieren, wenn sich an deiner Lebenslage etwas gebessert hat."

„Wieso soll sich an meiner Lebenslage etwas bessern, ich fühle mich gut, so wie es ist. Du glaubst immer", rief ich immer lauter werdend, „dass ich mit meinem Leben unzufrieden bin."

„Entschuldige", antwortete sie versöhnlich, „ich meinte nicht bessern, ich meinte verändern, es war ein Versprecher."

„Ein schöner freudscher Versprecher war das. Schick mich doch gleich ins KZ, wenn du mein Leben für nicht lebenswert hältst."

„Das war jetzt beleidigend", erwiderte Judith mit rotem Gesicht.

„Sie müssen doch zugeben", sprang ihr der Anwalt mit seiner belegten Stimme bei, „dass Ihre Lebenssituation nicht den Eindruck erweckt, als wären Sie Herr der Lage."

„Verzeihen Sie, wenn ich mich so umständlich ausdrücke", setzte er nach einer Pause fort, wobei seine Stimme klang, als hätte er Kreide gefressen, „ich meinte, als würden Ihnen die Dinge nicht etwas über den Kopf wachsen."

„Sind Sie denn Herr der Lage?", schrie ich ihn an. „Wissen Sie überhaupt, was auf der Welt vor sich geht? Lesen Sie keine Zeitungen? Sind solche Leute wie Sie in Fukushima vielleicht Herr der Lage, ja? Und die Märkte, sind Ihnen die nicht auch etwas über den Kopf gewachsen?"

„Herr Lakoter", antwortete der Anwalt in einem herablassenden Tonfall, „ich bin weder Kernkraftingenieur noch Investmentbanker, ich bin Rechtsanwalt, und was ich hier zu Gesicht bekomme und mir Ihre Schwester anhand Ihrer Liegenschaften darlegte, ist ein klarer Fall von Verwahrlosung."

„Und was kümmert Sie das, unter welchen Umständen ich lebe und ob ich meinen Besitz verwahrlosen lasse oder nicht?"

„Beruhige dich, Mucki", warf meine Schwester besorgt ein, „du hast das missverstanden, wir wollen dir nur helfen."

„Ich brauche keine Hilfe!", schrie ich sie an, „wer sagt dir überhaupt, dass ich Hilfe brauche? Wenn hier jemand Hilfe braucht, dann seid ihr es."

„Herr Lakoter", entgegnete der Anwalt, räusperte sich und rückte seine Brille zurecht. „Sie wollen doch sicher kein Entmündigungsverfahren riskieren, Teilentmündigung natürlich, aber das wollen wir doch alle nicht, oder?"

Ich zog meine Greifhilfe zwischen Kanapee und Wand hervor und richtete mich mit einem schnellen Ruck zu voller Größe auf.

„Wenn Sie nicht sofort meine Wohnung verlassen", drohte ich und wirbelte mit der Greifzange durch die Luft, „dann reiße ich Ihnen eigenhändig ein Ohr ab und schicke es Ihnen per Post an Ihre Kanzlei, haben Sie mich verstanden?"

Meine Schwester machte ein entsetztes Gesicht, was mir eine unsagbare Genugtuung verschaffte. Ich schnitt mit der Greifzange zackige Fechtbewegungen in die Luft, woraufhin die beiden wie in einer choreografierten Bewegung vor mir zurückwichen, während ich sie zur Wohnungstür scheuchte. Der Anwalt maulte hilflos zurück, wir würden uns vor Gericht wiedersehen. Ich war so wütend, dass ich mit der Greifzange nach seinem Kopf schlug, aber leider traf ich nur das Türblatt daneben. Meine Schwester hatte Tränen in den Augen, wandte sich von mir ab und rannte wutentbrannt ins Stiegenhaus.

Ich schrie ihnen die ärgsten Beschimpfungen hinterher, dann warf ich die Tür krachend ins Schloss und blieb reglos davor stehen. Ich entdeckte am Boden einen Holzsplitter, der von meiner Attacke auf das Türblatt stammen musste. Ich bekam Mitleid mit der Tür, hob den Splitter auf, suchte die abgeschlagene Stelle und passte ihn ein. Nachdem ich unter der Abwasch eine staubige Flasche Leim entdeckt hatte, beschmierte ich den Splitter mit Kleber. Während ich das Holzstückchen in die Vertiefung presste, fragte ich mich, warum meine Schwester Wintersteigers Unfall nicht zur Sprache gebracht hatte. Sie wusste offensichtlich noch nichts davon, obwohl Wintersteiger ja immerhin auf das Autodach eines ihrer Mieter gefallen war. Ich wertete es als gutes Omen, dass sie den Unfall unerwähnt gelassen hatte, denn das konnte nur bedeuten, dass keiner der Mieter Simon hinter dem Baum beobachtet hatte. Andernfalls hätte man ihr bestimmt davon berichtet, dass sich der von mir entsandte Hausverwalter auffällig benommen habe. Sie hätte den Unfall zweifelsohne gegen mich verwendet, wenn sie davon gewusst hätte.

Ich nahm meinen Finger von dem eingeleimten Holzsplitter und strich beim Vorbeigehen mit der Hand über das Türblatt. Dann legte ich mich wieder auf das Kanapee und rekapitulierte die Ereignisse, während ich den Kleber von meinem Zeigefinger rollte. Mir geisterten die bösartigen Sätze meiner Schwester noch immer im Kopf herum, da erinnerte ich mich daran, wie ich als Kind mit Alleskleber gespielt hatte. Ich hatte mir die durchsichtige Masse zuerst auf den Zeigefinger geträufelt und dann so lange an dem säuerlichen Kleber geschnüffelt, bis ich ein wenig high geworden war. Dann presste ich Daumen und Zeigefinger zusammen, spreizte die Finger, presste sie wieder zusammen, bis der Kleber hart und weißlich geworden war und ich ihn in den Mund nehmen und kauen konnte. Mit der Erinnerung daran verdrängte ich die aggressiven Sätze meiner Schwester, wofür ich eine tiefe Dankbarkeit empfand. Ich war so erleichtert, dass ich beschloss, noch am selben Tag einen Alleskleber kaufen zu gehen.

Die Nacht hatte ihren schwarzen Umhang über den unerfreulichen gestrigen Tag geworfen. Am nächsten Morgen griff ich zum Handy und probierte es bei Simon, es schaltete sich aber sofort seine Mobilbox ein. Ich sprach ihm aufs Band, er möge mich so bald wie möglich zurückrufen. Dann atmete ich tief durch und wählte Anas Nummer. Unsere Begrüßung war frostig und verlegen, und ich spürte, wie meine Stimme verkrampfte. Ich wollte wissen, wie es ihr gehe. Sie antwortete kurz angebunden, dass sie seit einigen Tagen eine alte Frau pflegen würde, ein Job, den ihr Amalia verschafft habe. Sie solle mir schöne Grüße von ihr bestellen. Sie habe mehrmals gefragt, wie es mir gehe. Ana habe sie beruhigt und gemeint, das Bein sei schon wieder ganz okay. Ich bemerkte, wie wohltuend Anas weiche und samtige Stimme für meine geschundene Seele war. Mein Herz schlug stärker, schließlich gab ich mir einen Ruck und fragte sie, ob sie mit mir vielleicht doch noch ein Picknick machen wolle.

„Vor ein paar Tagen hätte mich das sehr gefreut –", bemerkte Ana abweisend. Sie brach mitten im Satz ab, und ich hörte ihren Atem in der Leitung. „Ich hatte so eine Wut auf dich –", versuchte sie es erneut und brach wieder ab. Ich erklärte, ich sei wegen der Geschichte mit Simon schrecklich nervös gewesen. Sie fragte, was passiert sei, worauf ich ausweichend antwortete, weil ich sie nicht zu einer Mitwisserin machen wollte. Schließlich erzählte ich ihr alles von Anfang bis Ende. Nachdem ich fertig war, reagierte sie verhalten und blieb einsilbig. Ich fügte hinzu, dass ich völlig neben mir gestanden sei, und fragte sie noch einmal: „Hast du heute Zeit, ich meine, hast du heute vielleicht frei?"

Ich spürte, wie sie überlegte, dann sagte sie leise: „Ich muss jetzt auflegen", woraufhin ich ein Klacken in der Leitung vernahm.

Ich ging nervös in meinem Kabinett auf und ab und überlegte, wie ich Ana versöhnen konnte. Ich dachte an einen Blumenstrauß, aber im selben Atemzug kam mir die Idee abgeschmackt vor. Ich hatte es schon immer unendlich billig gefunden, mit Blumen Probleme aus der Welt zu schaffen. Ich überlegte, was ich tun konnte, um Ana umzustimmen, da fiel mir ihre Erzählung über das Besprühen mit Parfum ein.

Ich zog mir meine Lederjacke an, nahm die U-Bahn und fuhr zur Mariahilfer Straße. Als ich den Drogeriemarkt betrat, schwappte mir ein Schwall warmer, süßlich riechender Luft entgegen. Ich suchte die Abteilung für Damenparfum und ging von einem Regal zum nächsten. Ich testete einige Flakons und bemerkte, dass ich unfähig war, die Gerüche auseinanderzuhalten. Ich besprühte das linke Handgelenk und das rechte, dann den linken Handteller und den rechten, schließlich besprühte ich jede einzelne Fingerspitze, bis ich den Eindruck hatte, selber wie ein Parfumladen zu riechen. Ich kam auf keinen grünen Zweig, schlenderte wieder zum ersten Regal und begann mich von neuem zu besprühen. Ich selbst hatte nur als ganz junger Mann Rasierwasser benutzt, nachdem mir meine Eltern im Alter zwischen sechzehn und zwanzig zu jeder Gelegenheit Düfte geschenkt hatten. In meiner Erinnerung hatte ich nach meiner Pubertät an Weihnachten oder zu Geburtstagen nichts anderes bekommen als Rasierwasser, nachdem meine Eltern offenbar realisiert hatten, dass ich nicht mehr wie ein Kind roch. Es musste ein Schock für sie gewesen sein, dachte ich inmitten der Regale mit Hunderten von Parfumfläschchen, sonst hätten sie mich nicht derart mit Parfums überschüttet. Ich nahm mir vor, meine Freunde zu fragen, ob es ihnen als Jugendlichen auch so ergangen war. Plötzlich stand eine stark geschminkte, wasserstoffblonde Frau vor mir, von der ich mich schlussendlich beraten ließ. Ich nahm ein Fläschchen Chanel N°5 mit einer dezenten Note französischer Märzveilchen. Ich war froh, als ich wieder draußen war, und saugte die warme, nach Auspuffgasen riechende Straßenluft tief in meine Lungen.

Eine halbe Stunde später öffnete Ana verschlafen die Tür, während ich noch an der Verpackung herumnestelte. Es gelang mir, das Fläschchen herauszuziehen, und ich besprühte sie von oben bis unten mit Parfum, was sie sich mit einem zerknirschten Lächeln gefallen ließ.

„Liebe Ana", rief ich atemlos, „du hast mir erzählt, dass die Mädchen in eurem rumänischen Dorf im Frühjahr immer Märzchen geschenkt bekommen und mit Parfum bespritzt werden, und da dachte ich –"

„Das ist wirklich nett von dir, Mucki", antwortete sie verlegen und wurde dabei ganz rot.

„Vielleicht hast du heute ja doch frei und vielleicht finden wir unterwegs ein Märzchen –"

„Oder ein Gänseblümchen?", rief sie aus und grinste mich kokett an.

Wir nahmen die U-Bahn bis Heiligenstadt und fuhren mit dem Bus weiter zur Sulzwiese. Als wir die letzten Meter zu Fuß gingen, überholten uns einige Mountainbiker. Sie holperten knapp an uns vorbei und waren bereits zehn Meter vor uns, da streifte einer von ihnen mit seinem rotierenden Bein an dem Sakko eines Spaziergängers an. Der Mountainbiker blieb stehen, um sich zu entschuldigen, doch der Spaziergänger beschimpfte den Radfahrer wild gestikulierend. Wir kamen näher und hörten die Auseinandersetzung mit an. Der Spaziergänger sah aus wie Peter Handke, er trug unter einer spanischen Baskenmütze lange, nach hinten gekämmte graue Haare, ein dünnes Menjou-Bärtchen, ein weißes Hemd und wallende schwarze Leinenhosen. Er schrie auf den Mountainbiker ein, ich verstand nur Wortfetzen wie „Arschloch ... Ruhe ... Wald ... zerstört ...“ Der Mountainbiker brüllte zurück, da rempelte ihn der Fußgänger an und der Biker kippte mit seinem Fahrrad zur Seite. Ich stellte mir vor, wie Peter Handke auf dem Weg zu einer Lesung im Flugzeug saß und an einer Szene für sein neues Theaterstück schrieb. In der Szene würde er die Mountainbiker so richtig fertigmachen, und ich sah ihn vor mir, wie er seine Feder auf das Plastikbord vor sich legte, sich zufrieden zurücklehnte und durch das Bullauge in die Wolken blickte.

Der Spaziergänger ging weiter, woraufhin sich der Mountainbiker langsam aufrappelte und einen Witz in Richtung seiner Bikerfreunde machte, die sogleich ein höhnisches Gelächter anstimmten. Er setzte sich wieder aufs Rad. Als sie erneut an dem Spaziergänger vorbeifuhren, schlug der Biker ihm die Baskenmütze vom Kopf und zeigte ihm den Mittelfinger.

Ana und ich hatten die Szene wortlos beobachtet, jetzt konnte ich mein Lachen nicht mehr zurückhalten und grinste sie an. Sie lächelte nicht, sondern machte ein enttäuschtes Gesicht. Ich fragte sie, was los sei, worauf sie entgegnete, dass diese Szene wieder einmal typisch für Wien gewesen sei. Ich wollte wissen, was sie damit meine, aber sie antwortete nicht. Nach einer Weile erklärte sie: „In Wien läuft alles so aggressiv und ideologisch ab, jeder trägt seine Scheißideologie mit sich herum, die Leute leben überhaupt nicht miteinander, sondern gegeneinander."

„Ich fand den Wanderer einfach nur lächerlich", bemerkte ich.

„Er will eben für ein paar Stunden die Illusion haben, dass es noch einen Flecken Natur ohne Technik gibt."

„Aber die Natur ist doch voller Technik", antwortete ich. „Hier sind unterirdisch überall Kabel verlegt, der Boden ist gedüngt, die Bäume künstlich angepflanzt, die Luft ist voller elektromagnetischer Wellen, und schau dir die Leute an, sie fotografieren sich, sie fotografieren Wien, sie fotografieren die Natur, über uns kreisen Satelliten, die die Natur exakt abbilden, von der ganzen Welt aus kann man auf uns via Satelliten herabsehen. Und wahrscheinlich", rief ich aus, „werden wir sogar in diesem Moment beobachtet! Wie kann man da von einem unberührten Flecken Natur reden?"

„Ich gebe dir Recht", entgegnete Ana, „aber immerhin sieht man die Wellen nicht, immerhin sieht man die Satelliten nicht, mir ist das schon klar, mir ist klar, dass das eine Illusion von Natur ist, aber ich verstehe Leute, die diese Illusion aufrechterhalten und sich ihr zumindest kurzzeitig hingeben wollen."

„Flaubert behauptet, ein romantischer Mann ist lächerlich, eine romantische Frau hingegen gefährlich."

Ana lachte laut auf und erwiderte nichts. Wir erreichten die Sulzwiese und suchten uns einen abgelegenen Platz für unser Picknick. Ich holte aus meinem Rucksack Erdbeeren, Bier, Essiggurken und Brote, die ich zuhause vorbereitet hatte, und breitete die Sachen auf meiner alten Pferdedecke aus. Ana lächelte und bedankte sich für meine Mühe.

Ich biss in eine unreife Erdbeere, deren Säure mir in der Mundhöhle schmerzte. „Schau dir das an", rief ich aus und hielt Ana die angebissene, im Inneren noch weiße Erdbeere vor die Nase.

„Die sind überhaupt nicht reif", sagte ich angewidert. „Sie ernten die Beeren viel zu früh, damit sie unterwegs im LKW reifen können und im Supermarkt wie Erdbeeren aussehen, aber es sind keine richtigen Erdbeeren, sie müssen nur aussehen wie Erdbeeren. Ist das nicht zum Verzweifeln? Mir kommt die Welt manchmal nur noch wie eine billige Kopie vor."

„Das ist zu Frühlingsbeginn immer das Problem", bemerkte Ana sachlich. „Die Erdbeeren sind einfach nicht geeignet für den langen Transport."

„Aber das ist ja nicht mein Problem", echauffierte ich mich. „Ich kaufe die Erdbeeren ja deshalb, weil ich annehme, es seien Erdbeeren. Sie sehen aus wie Erdbeeren, sind aber keine Erdbeeren. Wieso wird man auf dieser Welt nur noch beschissen, wieso muss man heutzutage ein Doktorat in Ernährungswissenschaften haben, damit man die richtigen von den falschen Erdbeeren unterscheiden kann? Warum muss es im Winter überhaupt Erdbeeren geben?"

Sie prostete mir demonstrativ zu, damit ich endlich den Mund hielt.

„Als Kinder", erzählte Ana, „sind wir in Rumänien immer zu einem Nachbarn gefahren, der eine kleine Erdbeerfarm betrieb."

Ich nahm einen Schluck Bier und sah an Ana vorbei. Ein Kleinkind lief über die Wiese auf seine Mutter zu. Die Mutter streckte ihre Arme nach ihm aus, während Ana erzählte, sie hätte als Kind einmal so viele Erdbeeren gegessen, dass sie krank geworden sei und überall am Körper rote Punkte bekommen habe. Der kleine Bub torkelte wie ein Betrunkener auf seine Mami zu, bis er ins Trudeln kam und der Länge nach auf sein Gesicht fiel. Es sah wie eine Slapstick-Einlage aus, und ich musste laut auflachen. Ana stimmte in mein Lachen ein, weil sie dachte, ich hätte über ihre Erzählung gelacht, und wir grinsten uns an.

Wir blickten hinunter auf die Stadt, über der ein hellrosafarbener Schleier vom Abglanz der untergehenden Sonne lag. Es war noch immer ungewöhnlich warm, und die weite Aussicht über die Stadt erschien mir befreiend und beruhigend zugleich. Ich fragte Ana, ob sie vorhabe, in Wien zu bleiben. Sie überlegte und schüttelte langsam den Kopf: „Ich finde Wien gemütlich, für eine Großstadt ist Wien wirklich ein Dorf, sogar die Rolltreppen sind langsamer als in Bukarest. Aber irgendwann möchte ich nach Rumänien zurück, glaube ich." Wir schwiegen eine Weile und genossen den Anblick der Stadt im Abendrot. Auf einmal fragte mich Ana: „Weißt du, was Kinder auf Rumänisch heißt?" Ich schüttelte den Kopf. „Copii", antwortete sie lächelnd, „so wie Kopien, verstehst du? Die kleinen Kopien ihrer Eltern. Das ist so ein Beispiel für den Charme der rumänischen Sprache, als würde ein lustiger Kauz in den Worten sitzen."

„Sehr weise", entgegnete ich, „man unternimmt als junger Mensch ja alles, um nicht zur Kopie seiner Eltern zu werden, aber je älter man wird, desto klarer wird einem, dass man seinen Eltern immer ähnlicher wird."

Sie lachte auf und dabei fielen ihre haselnussbraunen Haare über ihre Wangen. Plötzlich war Anas Gesicht ganz nahe bei meinem. Ich legte den Arm um ihre Schulter und küsste sie, und sie erwiderte den Kuss. Ihr Mund schmeckte nach echten Erdbeeren, auch wenn die Erdbeeren unreif gewesen waren. Ich zog sie näher zu mir und streichelte ihr mit den Fingern über das Gesicht. Die Sonne ging langsam unter und tauchte die Stadt jetzt in ein rötliches Licht. Genau in diesem Moment spürte ich einen Schlag auf dem Rücken. Ich drehte mich um und sah hinter mir eine blaue Frisbee-Scheibe liegen. Ana grinste, weil ich so erschrocken war.

„Du bist mit den Nerven ja ganz schön am Ende", rief sie aus, worauf ich erwiderte, ich hätte gedacht, mich habe ein Tier berührt. Sie wollte die Scheibe schon in die Richtung zurückwerfen, aus der sie gekommen war, aber ich bat sie, sie liegen zu lassen. Ich erzählte ihr von meinem Alptraum mit den Frisbee-Scheiben und wie unglaublich ich es fände, dass jetzt tatsächlich eine solche auf unserer Picknickdecke gelandet sei. Ana sah mich blinzelnd an und erwiderte lächelnd: „Ich habe auch von dir geträumt, ich wollte es dir eigentlich nicht erzählen." Ich hob überrascht den Kopf.

„Ich befand mich im Backstagebereich eines Theaters. Die Schauspieler und Kulissenarbeiter werkten fieberhaft an den letzten Details der Vorstellung. Ich wollte irgendwie mitwirken, aber ich gehörte einfach nicht dazu, niemand schien auf mich gewartet zu haben. Da schnappte ich mir in der Garderobe eine griechische Maske aus Ton, setzte sie mir auf den Kopf und ging auf die Bühne, nachdem das Stück gerade angefangen hatte. Ich sorgte unter den Schauspielern für ziemliche Verwirrung, aber irgendwie hat es funktioniert, und ich spielte das ganze Stück mit. Meiner Meinung nach war ich auch ziemlich gut, aber als das Stück aus war, gab es nur vereinzelten Applaus. Ich dachte zuerst, die Leute seien so ergriffen, dass sie nicht klatschen konnten, aber es kam einfach nicht mehr. Im Anschluss gab es in der Garderobe heftige Diskussionen unter den Schauspielern, ob es an mir gelegen hat. Du warst einer von den Schauspielern und hast dich voll für mich eingesetzt –"

„Ich war ein Schauspieler?", rief ich aus.

„Ja, du warst einer von den Schauspielern und hast dich für mich eingesetzt und gekämpft, dass ich auch weiterhin mit meiner griechischen Tonmaske auftreten kann –"

„Das ist aber ein schöner Traum, ich meine, ich bin denkbar ungeeignet als Schauspieler, aber das mit der Maske finde ich schön!"

„Warum?"

„Hast du nicht manchmal den Wunsch, mit einer Maske herumzulaufen, weil du einfach keine Lust mehr hast, am sozialen Leben teilzunehmen und Theater zu spielen?"

„Als Kind habe ich mir oft eine Maske gewünscht, weil mein Vater sich immer beschwert hat, dass ich so ein unfreundliches Gesicht mache. Ich habe sie dann ja auch bekommen, die Maske."

„Wie meinst du das?"

„Meine Gesichtslähmung. Ist sie dir noch nicht aufgefallen?"

„Doch, natürlich ist sie mir aufgefallen, ich meine, positiv aufgefallen. Ich finde, sie verleiht deinem Gesicht eine gewisse Lässigkeit, eine asymmetrische Lässigkeit."

Ana erzählte, wie die Lähmung in ihrer Kindheit begonnen und sie darunter gelitten habe. Ich merkte, dass ihr das Thema unangenehm war, und bohrte nicht weiter nach. Wir starrten reglos auf die Stadt, da fragte sie mich auf einmal nach dem peinlichsten Moment meines Lebens. Ich musste über die Frage lachen und bat sie, mir ein Beispiel zu geben.

„Ich war einmal mit einem älteren Freund auf einer Party", begann Ana, „es ist schon ein paar Jahre her und ich muss vorausschicken, dass ich auf die Nähe eigentlich eine Brille bräuchte, weil ich weitsichtig bin. Wir kamen jedenfalls auf die Party, und der Gastgeber empfing uns an der Tür mit einer grauhaarigen Frau neben sich. Ich fragte mich, was die Mutter des Gastgebers wohl auf der Party verloren habe, und als wir einander vorgestellt werden, bemerke ich salopp, Ach, die Frau Mama, und geb ihr die Hand. Da schaut mich der Gastgeber fassungslos an und meint, das sei nicht seine Mutter, sondern seine Freundin. Ich wäre am liebsten im Erdboden versunken und stotterte, dass ich meine Brille vergessen hätte, aber die Situation war nicht mehr zu retten. Hinterher hat mir mein Freund erzählt, dass die Freundin des Gastgebers, die ich für seine Mutter gehalten hatte, erst dreiundzwanzig Jahre alt, aber eben schon ergraut war. Sie hatte bereits mit siebzehn Jahren graue Haare bekommen, nachdem ihre Mutter an Krebs gestorben war, kannst du dir das vorstellen?"

„Und sie hatte keine gefärbten Haare?", wollte ich wissen.

„Natürlich nicht, sonst wäre das alles ja nicht passiert."

„Finde ich irgendwie gut", warf ich ein, „dass sie sich nicht die Haare färben ließ."

Ana fragte mich noch einmal nach meinem peinlichsten Erlebnis, und ich musste kurz nachdenken.

„Ich war bei den Eltern meiner ersten Freundin zum Essen eingeladen, und alles war schrecklich peinlich und steif. Der Vater hat mir immer wieder Wein nachgeschenkt, und schließlich war ich so betrunken, dass er mich mit einem Augenzwinkern gefragt hat, ob ich nicht bei ihnen übernachten wolle, seine Frau würde mir im Gästezimmer ein frisches Bett überziehen. Ich und meine Freundin haben uns angegrinst, und ich willigte ein. Wir waren alle ziemlich angeheitert beim Gute-Nacht-Sagen. Meine Freundin gab mir einen Kuss, und ich legte mich ins Bett. Mir war vom Wein ziemlich schwindlig, aber ich bin doch bald eingeschlafen. Am nächsten Morgen wache ich auf und bemerke, dass ich nicht nur in das frische Bett gekotzt, sondern es auch vollgeschissen habe. Kannst du dir das vorstellen? Ich bin aufgesprungen und regelrecht geflüchtet."

„So was Ähnliches ist mir auch einmal passiert", erwiderte Ana lachend, „es war vor ein paar Jahren, ich hatte ein Vorstellungsgespräch für einen Job, den ich eigentlich nicht wollte, und wir feierten am Vorabend den Geburtstag eines Freundes. Jedenfalls kam ich mit einem Monsterkater zu dem Vorstellungsgespräch, und mittendrin, als sie mich gerade nach meinen Lösungsstrategien bei Konflikten fragten, wurde mir speiübel. Ich bin aufgesprungen, aufs Klo gerannt und hab gekotzt."

„Und, hast du den Job bekommen?"

„Warte", rief Ana aus und berührte mich am Arm, „das Peinlichste kommt noch. Ich hab gekotzt und gestöhnt, da höre ich auf einmal die Stimmen der Kommission und realisiere, dass das Klofenster direkt auf den Innenhof hinausgeht, wo das Vorstellungsgespräch aufgrund des heißen Wetters stattgefunden hat. Mir war die Situation so peinlich, dass ich einfach gegangen und nicht mehr zu dem Gespräch zurückgekehrt bin."

„Sehr schön", bemerkte ich anerkennend.

„Und du", fragte Ana, „was hast du zu deiner Freundin hinterher gesagt?"

„Nichts! Ich habe sie nie wiedergesehen", antwortete ich nachdenklich, „nein, von dem Mädchen habe ich nie wieder etwas –"

In diesem Moment läutete mein Handy. Ich warf einen Blick auf das Display. Es war Simon. Ich wollte wissen, wie es ihm gehe und ob es irgendwelche Neuigkeiten über den Zustand von Wintersteiger gäbe. „Es geht ihm unverändert", erklärte Simon sichtlich nervös, „aber die Ärzte rechnen damit, dass er bald aufwachen wird." Ich versuchte ihn zu beruhigen und meinte, dass sich der Alte sicher an nichts mehr erinnern könne, wenn er überhaupt je wieder aufwachte. Bei dem Satz zuckte ich innerlich zusammen, weil er mir wie aus einem Filmdialog vorkam. Der Alte kann sich sicher an nichts mehr erinnern, wenn er überhaupt je wieder aufwacht, wiederholte ich im Geiste und dachte an Filme aus den Sechziger- und Siebzigerjahren mit Belmondo oder Delon, in denen auch stundenlang über die nächsten Schritte beratschlagt wurde.

„Das hoffe ich mittlerweile auch", plärrte Simon weinerlich ins Telefon. „Aber was mache ich, wenn er sich doch erinnern kann, oder wenn mich jemand gesehen hat? Ich kann dir sagen, ich bin so was von fertig, jedenfalls, hör zu, die Handwerkersache ist irgendwie durch. Sie haben den Wasserschaden behoben und müssen noch einmal verputzen kommen. Die Haustür funktioniert wieder, der Magistrat hat das Altpapier abgeholt, nachdem ich die Müllabfuhrmänner geschmiert habe. Der Gärtner hat schon einige Bäume geschnitten, er kommt noch einmal. Der Elektriker hat die Gangbeleuchtung repariert, jetzt bleibt nur noch die Sache mit dem Obdachlosen."

Er wollte wissen, ob er den Obdachlosen hinauswerfen solle. Ich blickte zu Ana, die neben mir saß und abwesend auf die Stadt hinuntersah, in der gerade die ersten Lichter ansprangen. Ich bat ihn, nichts zu unternehmen und den Obdachlosen im Keller schlafen zu lassen.

„Gut", antwortete Simon erfreut, „ich halte es hier jedenfalls nicht mehr lange aus. Ich bleibe noch bis morgen oder übermorgen, bis der Installateur und der Gärtner ihre Arbeit beendet haben. Mir wird das mit Angie und Nicole ohnehin langsam zu viel. Ich habe die Schnauze wieder einmal gestrichen voll, und so habe ich es ihnen auch erklärt. Sie haben das auch voll und ganz akzeptiert, und wir sind nach diesem Exzess auch wieder Freunde –"

„Simon", schrie ich in den Hörer, „ich weiß gar nicht, wovon du redest! Was meinst du mit Exzess?"

Er erklärte mir, sie hätten vorgestern zu dritt eine wilde Nacht mit Koks und Champagner gefeiert.

„Ich war wirklich completto zu", erzählte er stolz, „und sie wollten am nächsten Tag ziemlich viel Geld sehen, da hab ich erst kapiert, dass das alles doch nicht so freundschaftlich gemeint war –"

„Ich weiß nicht, Simon", unterbrach ich ihn, „ich kann dir gerade nicht folgen, sprichst du etwa von meinem Geld? Hast du die Nutten etwa mit meinem Geld bezahlt?"

„Bin ich etwa meinetwegen hier?", rief er empfindlich aus. „Natürlich musst du auch meine Bordellrechnung übernehmen, wer soll denn sonst die siebentausend zahlen, die mich diese Nächte gekostet haben? Bin ich etwa freiwillig hier in Baden?"

„Simon, okay", entgegnete ich, „ich bin dir unendlich dafür dankbar, was du für mich getan hast, aber es war doch nicht die Rede davon, dass ich für deine Süchte aufkomme –"

Er erklärte mir allen Ernstes, dass die Bordellrechnungen zu den Spesen gehören würden, und versprach, dass das sein letzter Rückfall gewesen war.

„Was denkst du, wie ich hier unter Druck stehe?", jammerte er in den Hörer, „zuerst die Handwerker, dann die Sache mit dem Wintersteiger, aber ich verspreche dir, das war wirklich das letzte Mal. Das war's einfach. Ich habe gestern mit meiner Frau telefoniert, das heißt, sie hat mich wegen Bennis Gitarrestunden angerufen, und wir haben eine Stunde lang geredet. Wir haben uns regelrecht ausgeweint, so ausführlich haben wir seit Jahren nicht mehr telefoniert, jedenfalls werde ich morgen oder übermorgen hier abreisen, Mission accomplished."

Ich bedankte mich hastig für den Anruf, und wir vereinbarten, am nächsten Tag wieder zu telefonieren. In der Zwischenzeit war es fast dunkel geworden. Ana hatte sich eine braune Wolljacke angezogen, die ihr wunderbar stand. Wir blickten wortlos auf die Stadt hinunter und konnten uns nicht entschließen aufzustehen.

„Woran hast du gerade gedacht?", fragte Ana leise.

„Ich dachte daran", antwortete ich, „dass ich an dem Tag, an dem ich meinen Unfall hatte, ins Schwimmbad gehen wollte. Ich hatte bereits meine Schwimmsachen in der Hand, da hörte ich im Radio von dem Unglück in Fukushima. Ich hab es mir daher anders überlegt und es vorgezogen, mich mit Lebensmitteln und Wasser einzudecken. In letzter Zeit stelle ich mir öfter vor, was passiert wäre, wenn ich an diesem Tag das Radio nicht aufgedreht hätte und ins Schwimmbad gegangen wäre. Ich hätte in der Schwimmbad-Kantine vielleicht eine Japanerin kennengelernt, die mir ihre Lebensgeschichte erzählt hätte. Wir wären nach dem Schwimmen vielleicht etwas trinken gegangen und hätten uns angefreundet. Vielleicht wären wir hinterher in ihre Wohnung gegangen oder hätten später eine Reise nach Spanien oder woandershin unternommen et cetera. All diese Möglichkeiten, die ich durch meine Entscheidung, einkaufen zu gehen, ausgeschlossen habe, haben in meinem Kopf ihre eigene Realität erzeugt. Mit jeder Entscheidung, jeder Wahl, die du triffst, scheidest du Möglichkeiten aus, verstehst du, und trotzdem sind diese Möglichkeiten als Gedanken vorhanden. Und hätte ich mich entschieden, ins Schwimmbad zu gehen, hätte ich im Bad sitzen und mir ausmalen können, was geschehen wäre, wenn ich einkaufen gegangen wäre. Ich hätte mir vorstellen können, wie ich auf einer Eisfläche ausrutschen, mir das Sprunggelenk brechen und einen Gips verpasst bekommen würde und mir in der Folge eine Heimhilfe nehmen müsste. Und über diese Heimhilfe würde ich eine wundervolle Frau aus Rumänien kennenlernen, und mein Unglück würde sich schließlich als das größte Glück entpuppen. Das alles hätte ich mir auch im Hallenbad sitzend ausmalen können, verstehst du?"

Ana sah mich aufmerksam an und sagte nichts.

„Es wäre also möglich", fuhr ich fort, „dass diese Realität nur eine Vorstellung aus jener anderen Realität ist und umgekehrt, wenn du verstehst, was ich meine?"

„Wir können uns die Realität aber nicht aussuchen, oder?", fragte Ana.

„Ich weiß es nicht", antwortete ich, „ob nicht die Realität uns aussucht. Ich weiß es einfach nicht." Sie entgegnete nichts mehr und wir blieben noch eine Weile wortlos sitzen. Dann erhoben wir uns vom Gras und packten unsere Sachen zusammen. In diesem Moment hatte ich ein seltsames Déjà-vu-Erlebnis: Ich erinnerte mich plötzlich an eine Teekanne-Werbung, die ich vor Jahrzehnten einmal im Fernsehen gesehen haben musste. Vor mir liefen Bilder ab, wie Anna und ich von einer Wanderung zu unserer Berghütte zurückkehrten, Ana eine Petroleumlampe anzündete, ich mir eine Pfeife stopfte und die Gitarre von der Wand nahm, ehe unsere Kinder von der Almwiese hereinstürmten und wir alle gemeinsam heißen, dampfenden Tee tranken. Ich versuchte das Déjà-vu loszuwerden, indem ich einige schnelle Schritte machte und auf meine Schuhe blickte, deren Spitzen vom Gras nass geworden waren. Wir gingen in Richtung Busstation, und als wir beinahe die Straße erreicht hatten, drehte ich mich noch einmal um. Ich sah die blaue Frisbee-Scheibe neben unserem Platz liegen, als hätte sie schon immer da gelegen, als würde sie für immer dort liegen bleiben, bis wieder der Winter käme und sie unter einer dicken Schneedecke begraben würde.

Mein Handy läutete den ganzen Vormittag ununterbrochen, aber ich war zu faul aufzustehen. Gegen Mittag holte ich es aus meiner Hosentasche. Sieben entgangene Anrufe! Zum Glück war es weder meine Schwester noch Simon, sondern Bydlynski gewesen. Während ich auf den Tasten herumdrückte, fing es schon wieder zu läuten an, und ich nahm den Anruf entgegen. Bydlynski wirkte ziemlich aufgeregt und erzählte atemlos, dass er eine Auftrittsmöglichkeit für unsere Band organisiert habe. Ich erwiderte, wir hätten doch noch nicht einmal geprobt, aber er wollte nichts davon hören und erklärte, es handle sich um eine einmalige Chance. Nächstes Wochenende finde ein Benefizkonzert für die Opfer der Katastrophe von Fukushima statt.

„Aber wieso denn wir?", entgegnete ich kraftlos, „wir sind doch keine Musiker, wir können doch nicht einmal richtig spielen."

„Ein Freund von mir organisiert das Konzert", meinte Bydlynski aufgeregt, „Marianne Faithfull ist in Wien, und Ambros wird spielen und Sigi Maron. Den Veranstaltern ist die Vorgruppe wegen eines Todesfalls abgesprungen, und wir sollen jetzt stattdessen zwei Songs spielen, das ist doch grandios, oder?"

Ich versuchte ihm klarzumachen, dass mir das viel zu schnell gehen würde und wir doch seit Jahrzehnten nicht mehr geprobt hätten. Er ging auf meine Einwände nicht ein und erklärte, dass er am Nachmittag bei mir vorbeischauen würde. Wir müssten zwei Lieder überarbeiten, ein altes Lied von den Iron Frogs und ein neues von ihm, und am nächsten Tag würden wir proben. Ich wiederholte, dass ich überhaupt keine Lust hatte aufzutreten, aber er hatte schon aufgelegt.

Am frühen Abend hob ich meine Sitar aus der Nische über dem Kanapee und probierte einige Griffe und Rhythmen. Da hörte ich von draußen ein lautes Klopfen. Ich nahm den Feldstecher zur Hand und stellte auf den Spiegel scharf. Bydlynski presste sein Gesicht an eines der ovalen Fensterchen und grinste. Ich hörte das Krachen der Tür und ein Poltern. Er rauschte herein und begrüßte mich mit exzentrischen Bewegungen, wobei er mit dem Hals seiner Gitarre, die er am Rücken trug, überall anstieß. Er entschuldigte sich, dass er so spät gekommen sei, aber er habe sich noch neue Gitarrensaiten besorgen müssen. Ich solle sofort aufstehen, wir würden schon heute Abend in den Proberaum gehen, Prack spiele sich bereits auf dem Schlagzeug ein und warte auf uns. Ich war verwundert, dass es ihm gelungen war, Prack so schnell für die Idee zu begeistern. In solchen Angelegenheiten entwickelte Bydlynski die Hartnäckigkeit eines Vertreters. Ich fragte mich, warum er nicht einfach Versicherungsagent geworden war. Er wäre der ideale Mann für so einen Job gewesen und hätte wahrscheinlich längst ein schönes Haus am Stadtrand und drei Kinder und keine Geldsorgen. Unsere Generation war geschlossen in die Achtundsechziger-Falle getappt, wir hatten gedacht, wir könnten gegen diese konsumistische, imperialistische und menschenfeindliche Welt rebellieren, ohne zu kapieren, dass die Achtundsechziger in kürzester Zeit die Macht an sich gerissen hatten, gegen die sie sich eigentlich aufgelehnt hatten. Für sie war noch Platz an den Hebeln der Maschine gewesen, für uns nicht mehr. Das ist ungefähr so, dachte ich, während Bydlynski gleichzeitig auf mich einredete, als würde ein Passant an einer Fußgängerampel bei Rot über die Straße gehen und nach einigen Schritten realisieren, dass ein Laster mit ziemlich hoher Geschwindigkeit auf die Kreuzung zurast. Also macht er lieber einen Schritt zurück auf das Trottoir. Genauso hatten sich die Achtundsechziger verhalten, nur waren wir Babyboomer ihnen wie

Bruegel'sche Blinde hinterhergestolpert und waren weitergegangen ohne zu bemerken, dass unsere Vorgänger längst wieder auf dem sicheren Gehsteig standen, weil ihnen die Sache zu gefährlich geworden war.

„Hast du nicht gehört", schrie mich Bydlynski an, „du sollst aufstehen!"

„Wir haben doch gar keinen Bassisten", bemerkte ich zaghaft, worauf Bydlynski ungeduldig den Kopf schüttelte und erklärte, wir würden heute ohne Bassisten proben. Bis zum Wochenende würde er einen auftreiben.

„Was ist eigentlich mit Simon", rief er auf einmal und sein Gesicht wurde ganz rot vor Aufregung, „der hat in unserer Band doch Bass gespielt?" Ich erklärte ihm, dass mir Simon mit meinen Hausangelegenheiten in Baden half. Danach müsste er bald wieder auf ein Schiff. „Ich kann mir nicht vorstellen, dass das funktioniert", warf ich ein, doch Bydlynski packte mich am Oberarm und zog mich von dem Kanapee hoch.

„Wir spielen einfach wieder", herrschte er mich an, „learning by doing, komm, zieh dich an, ich habe gestern Nacht eine Hommage auf den Hiroshima-Song von Wishful Thinking geschrieben. Hör dir das an!" Er packte seine Gitarre aus und begann zu singen, während ich eine Unterhose suchte.

Fukushima

There's a shadow of a wave at Fukushima
Where it rolls from the sea
In a wonderland at Fukushima
'Neath the warm warm sun
And the world remembers the wave
Remembers the wave was here.

Destroy the atom heart in Fukushima
And away your load.
Speak the magic word to Fukushima
Let the nuclear power plant explode.
And the world remembers the wave
Remembers the wave was here.

Als er zu spielen aufgehört hatte, fragte er mich, wie ich den Song finden würde.

„Ich finde den Song nicht gut", antwortete ich, „ich fand schon den Wishful-Thinking-Song bescheuert, es ist einfach so idiotisch, gegen das Unheil der Welt anzusingen. Außerdem ist die Zeile ‚let the nuclear power plant explode' viel zu lang, und das reimt sich alles überhaupt nicht!"

„Das fällt doch niemandem auf, es ist eine Anspielung auf dieses berühmte Antikriegslied, glaubst du, irgendwer hört auf den Text? Die Leute hören Fukushima und denken gleichzeitig an den Hiroshima-Song, das ist die Idee. Sei kein Nazi, komm jetzt!"

„Man kann die beiden Dinge doch gar nicht miteinander vergleichen", wandte ich ein. „Das eine war ein barbarischer Akt militärischer Aggression, und das andere ist irgendwie hausgemacht. So simpel ist die Welt doch nicht mehr gestrickt, damals waren die Kriegstreiber die Bösen, aber heute konsumieren wir doch alle diesen Scheißatomstrom –"

„Das ist doch egal", stöhnte Bydlynski auf, „die ganze Welt war geschockt, weil es uns alle betrifft. Was hättest du gesagt, wenn über uns plötzlich ein nuklearer Regen niedergegangen wäre?"

„Ich weiß, dass es uns alle betrifft, aber ich rede davon, dass man sich lächerlich macht, wenn man mit so einem überholten Lied dagegen ansingt."

„Okay", rief Bydlynski gekränkt aus, „vergiss es einfach, leck mich am Arsch, dann lass es eben bleiben, ich meine, fuck you, Nazi!"

Er packte wütend seine Gitarre ein und war schon im Begriff, das Kabinett zu verlassen.

„So warte doch", rief ich ihm nach, „ich habe ja nicht gesagt, dass ich es nicht mache. Es ist ein Benefizkonzert, hast du gemeint?"

„Du bist so eine verdammte Diva", grinste er mich an. „Ja, das Geld für den Eintritt und was die Leute versaufen wird gesammelt und nach Japan geschickt, damit sich die Obdachlosen in Fukushima was zum Fressen kaufen können."

„Ach was, in Wirklichkeit kauft sich irgendein dämlicher NGO-Manager um meine Auftrittsgage einen Mitsubishi oder einen Daihatsu oder was auch immer."

„Mein Gott, aus dir ist wirklich ein Scheißzyniker geworden, take it or leave it –"

„Schon gut", sagte ich, „ich mache es ausnahmsweise, es ist eine einmalige Aktion und kein Comeback der Iron Frogs, hast du verstanden?"

Er wollte wissen, welche T-Shirt-Größe ich hätte, weil er für uns alle grasgrüne T-Shirts besorgen wolle. Ich schrie auf und erklärte, dass ich sicher nicht auf einer Parteiveranstaltung der bescheuerten Grünen auftreten würde, woraufhin er mich beruhigte, es handle sich um keine Parteiveranstaltung der Grünen, die T-Shirts seien nur als Anspielung auf die Iron Frogs gedacht.

„Ich trete sicher nicht in einem grasgrünen T-Shirt auf!", brüllte ich ihn an.

Er fragte mich, ob ich ein anderes T-Shirt für den Auftritt hätte, und ich kramte mein schmutziges Für-Arbeit-töte-ich-T-Shirt hervor. Er grinste mich an und meinte, das sei genau das Richtige. Ich zog mich an und wollte wissen, ob ich die Sitar mitnehmen solle.

„Ja", antwortete Bydlynski, „ein wenig indisches Hip-
pie-Flair kann nicht schaden! Du könntest es damit probie-
ren, aber die Sitar hat ja keinen Verstärker-Eingang, oder?
Egal, kannst du dich übrigens noch an unseren Tscher-
nobyl-Song in der Maturazeitung erinnern? Ich habe versucht, ihn zu rekonstruieren." Er zog aus der Gitarren-
tasche einige lose Zettel heraus und begann singend zu
deklamieren.

Hohoho, der Super-GAU lässt grüßen

Jetzt ist schon wieder was passiert
Sie sagen wir sollen nicht nach draußen gehen
Der Regen ist verseucht
Doch die Tropfen schmecken
Süß nach Leben wie zuvor

Jetzt ist schon wieder was passiert
Sie gehen über Wiesen über Felder und
Halten Geigerzähler über Milch und Kopfsalat
Doch die Erdbeeren schmecken
Süß nach Leben wie zuvor

Jetzt ist schon wieder was passiert
Am Himmel ziehen weiße Wolken
Es regnet Krebse und Geschwüre aber du siehst sie nicht
Und die Luft schmeckt nach der weiten Welt
Süß nach Frühling wie zuvor

Hohoho, Tschernobyl, der Super-GAU lässt grüßen
Der Overkill, der Super-GAU
Kill! Kill! Kill!
Hey, hey, stoppt die AKWs!
Kill den Kanzler! Kill die Physiker!

Hey, hey, stoppt die AKWs!
Hohoho, Tschernobyl, der Super-GAU lässt grüßen

Bydlynski hörte auf zu singen und sah mich mit hochrotem Kopf an. „So ging der Song ungefähr", meinte er verlegen, weil ich kein Wort herausbrachte, „kannst du dich erinnern?"

„Bydlynski", rief ich aus, „ich bin völlig sprachlos, hast du das geschrieben?"

„Das haben wir gemeinsam 1986 nach Tschernobyl geschrieben. Der Prack, der Simon, du und ich. Vor fünfundzwanzig Jahren, vor einem Vierteljahrhundert, und nichts hat sich geändert, ist das nicht unglaublich? Gefällt es dir?"

„Also, ich weiß nicht, was ich sagen soll –"

„Ein paar Stellen habe ich überarbeitet, aber im Großen und Ganzen, glaube ich, stimmt der Text –"

„Es ist so unheimlich schlecht", bemerkte ich verzweifelt und griff mir an den Kopf.

„Was heißt da schlecht", rief Bydlynski aus, „es ist authentisch, wir haben das Lied als Maturanten geschrieben, und wir werden vor der Ankündigung des Songs darauf hinweisen, dass er fünfundzwanzig Jahre auf dem Buckel –"

Mir war tatsächlich übel geworden und ich erklärte Bydlynski, dass ich diesen Song niemals singen würde, aber er wollte nichts davon hören.

„Wir arbeiten daran, okay? Ein paar Stellen sind von mir neu hinzugekommen, ich gebe zu, an ein paar Sätzen müsste man noch feilen." Ich versuchte ihm klarzumachen, dass der Text nicht zu retten sei, aber er war unbelehrbar.

Nachdem Bydlynski gegangen war, nahm ich den Zettel mit dem Super-GAU-Song noch einmal zur Hand und las den Text mehrmals durch. Die Worte tauchten wie ein unheimliches Gefühl aus der Vergangenheit auf. Ich fragte mich, woher mein Unbehagen rührte. War es der naive Idealismus, der einem aus diesen alten Zeilen entgegenwehte? Es war, als spräche ein Doppelgänger zu mir, der sich über mich lustig machen wollte, ein alter Bekannter, der einmal ich gewesen war und mit dem ich jeglichen Kontakt abgebrochen hatte. Ich ging in Gedanken versunken im Kabinett auf und ab, da entdeckte ich auf der Kommode die Plastikschale mit den unreifen Erdbeeren, die vom Picknick übrig waren. Ich nahm eine heraus und biss hinein, und zu meiner Überraschung hatte ich eine wirklich reife und süße Beere erwischt.

Wir probten die ganze Woche, und irgendwie hatte ich den Eindruck, dass ich die Kontrolle über mein Leben vollständig verloren hatte. Ich litt am allermeisten darunter, nicht mehr allein sein zu können. Meine gesellschaftliche Verpflichtung hatte durch die Proben bedrohliche Ausmaße angenommen. An den Abenden traf ich zumeist Ana, und wir gingen gemeinsam essen oder ins Kino und schliefen miteinander. Ich war unfreiwillig in eine Beziehung hineingerutscht, was mir vor Wochen und Monaten noch unvorstellbar erschienen war. Ana bemerkte, wie angespannt ich war und wie sehr sich mein Inneres gegen den Auftritt sträubte. Ich konnte in dem Konzert einfach keinen Sinn sehen, es erschien mir wie eine Strafe dafür, dass ich wieder normal gehen konnte. Ich sehnte mich nach der Zeit zurück, als ich einen Gips und alle Gründe der Welt hatte, zuhause zu bleiben und auf meinem Kanapee herumzuhängen. Mein Gips war meine Tarnung, mein Alibi gewesen.

Als ich eine Stunde vor dem Konzert den Veranstaltungssaal betrat, standen Bydlynski und Simon bereits auf der Bühne und führten den Soundcheck durch, während Prack auf dem Schlagzeug einen schnellen Rhythmus probte. Ich war von Simons Anwesenheit ziemlich überrascht und winkte ihm schon von weitem zu. Er blickte zuerst mich und dann Bydlynski an, und die beiden grinsten dämlich. Ich stieg ächzend auf die Bühne, ging auf Simon zu und umarmte ihn herzlich.

„Ich bin so glücklich, dich zu sehen!"

„Ich konnte einfach nicht Nein sagen", erklärte Simon strahlend, „es hat sich so gut getroffen. Ich bin gestern aus Baden zurückgekommen, und wir haben ohne dich noch geprobt."

Ich bemerkte, wie sich alles in mir verkrampfte, weil ich sofort an die Sache mit Wintersteiger dachte und Angst vor schlechten Neuigkeiten hatte. „Und die Handwerker", fragte ich nervös, „sind mit ihrer Arbeit fertig?"

„Mission accomplished!", rief Simon heiter aus, und irgendwie gefiel mir seine penetrante Fröhlichkeit überhaupt nicht. Er setzte sein schmutzigstes Grinsen auf. Bydlynski und Prack lachten mitwisserisch, und ich fragte mich, ob hier eigentlich alle anderen mehr wussten als ich. Da platzte ich mit der Frage heraus, wie es Wintersteiger gehe und ob er schon aufgewacht sei.

„Der Wintersteiger?", rief Simon belustigt aus, „dem geht es schon viel besser."

„Was meinst du mit, dem geht es schon viel besser?", fragte ich kraftlos.

„Dem geht es schon viel, viel besser", tat Simon geheimnisvoll, und auf einmal dämmerte mir, dass er nur auf Wintersteigers Tod anspielen konnte. Ich hielt mir die Hand vor den Mund und zischte ihn an: „Sag nicht, dass er –", aber ich konnte den Satz einfach nicht zu Ende sprechen. Prack grinste noch schmutziger, während Simons Gesicht immer breiter wurde und Bydlynski zu spielen aufhörte.

„Wieso grinst ihr eigentlich so dämlich?", fragte ich mutlos in die Runde. „Was gibt es da zu lachen?"

Simon verlor die Beherrschung, und die drei lachten mir schallend ins Gesicht.

„Was ist daran so witzig?", schrie ich sie an, „ich finde das überhaupt nicht komisch. Hast du ihnen etwa davon erzählt?"

„Mein Gott", bemerkte Simon lässig, „das war doch alles nicht so ernst gemeint –"

„Was war nicht so ernst gemeint, was meinst du damit?", brüllte ich.

„Das mit Wintersteiger, es war ein Fake!"

„Es war ein Witz?", rief ich aus. „Willst du etwa behaupten, du hast mich die ganze Zeit verarscht?"

Simon und die beiden anderen prusteten los.

„Das ist jetzt aber ein Witz", versuchte ich es ein letztes Mal. „Dass das nur ein Witz war, oder? Du willst nicht etwa behaupten, dass du mich die ganze Zeit verarscht hast, und dass es gar keinen Unfall gegeben hat?"

„Es war am Anfang eine besoffene Geschichte", erklärte Simon grinsend, „und dann war es einfach zu komisch, mir vorzustellen, wie du dir vor Angst in die Hose machst, dass der Wintersteiger sterben könnte und so –"

Prack und Bydlynski beobachteten die Szene und lachten idiotisch. Unter wüsten Beschimpfungen stürzte ich mich auf Simon und versetzte ihm einige Faustschläge ins Gesicht. Ich warf mich mit vollem Gewicht auf ihn, bis wir beide ineinander verkeilt ins Schlagzeug krachten. Während ich ihn unaufhörlich beschimpfte, rappelte ich mich auf. Simon erhob sich stöhnend. Er hatte einen blutenden Cut über dem rechten Auge.

„Mit dir bin ich fertig", brüllte ich ihn an, „und mit euch und mit dieser Scheißidee von diesem Scheißkonzert!"

Die anderen redeten auf mich ein und versuchten mich zu beruhigen. Simon ging langsam auf mich zu und blieb vor mir stehen.

„Es war ein Witz, okay? Sorry, ja!" Er legte seinen Arm um meine Schulter und sah mich mit seinen braunen Kuhaugen reumütig an. Allmählich beruhigte ich mich, und als ich Simon blutend vor mir stehen sah, konnte ich ihm einfach nicht mehr böse sein. Sobald ich einen Freund leiden sah, litt ich mit, auch wenn Simon mein Mitleid in diesem Fall überhaupt nicht verdient hatte.

„Komm her!", befahl ich ihm. Wir umarmten uns, wobei das Blut von seiner Stirn auf meine Wangen und Schultern tropfte. Während unserer Umarmung spielte Prack einen Tusch und Bydlynski ein paar verzerrte Gitarrenakkorde.

Nach unserer Versöhnung lief ich in meinem blutbespritzten Für-Arbeit-töte-ich-T-Shirt zur Bar und besorgte Simon ein feuchtes Handtuch und Verbandszeug. Er wischte sich das Blut aus dem Gesicht, und ich drückte ihm ein Pflaster auf den Cut. Während ich mit dem Pflaster hantierte, meinte er: „Warte, ich habe noch etwas für dich!" Er fischte sein Handy aus der Hosentasche, tippte darauf herum und hielt mir das Display vor die Nase. Das Bild zeigte eine zerschossene Fensterscheibe mit einem großen Loch. Ich wollte wissen, ob auf dem Foto Wintersteigers Badezimmerfenster zu sehen sei, worauf Simon stolz nickte und erklärte, er habe es vorletzte Nacht nach einer Zechtour durchgezogen: „Schuss. Knall. Handy raus. Blitz. Und davongerannt."

Prack nahm seine Stöcke zur Hand, zählte auf vier und begann einen schnellen Rhythmus, während Simon und Bydlynski mit ihren Instrumenten einstimmten. Es war kaum zu fassen, wir spielten in derselben Formation wie vor fünfundzwanzig Jahren. Nach wenigen Minuten kamen wir wieder in den Takt und hielten ihn sogar, und in diesem Moment war ich, auch wenn ich es schon nicht mehr erwartet hatte, einfach nur glücklich, am Leben zu sein.

Eine Viertelstunde vor Beginn des Konzertes waren erst zwanzig Leute im Zuschauerraum. Der Manager erklärte, dass mit der Werbung irgendetwas nicht geklappt habe, weil die Pressefrau krank geworden sei. Wir sollten einfach zu spielen anfangen, dann würden auch aus dem Lokal Leute hinzustoßen. Die offensichtliche Bedeutungslosigkeit unseres Auftritts beruhigte mich.

Als wir zu spielen begannen, drängte sich das Publikum an die Seitenwände und in Richtung Ausgang, als hätten wir eine ansteckende Krankheit oder wären verstrahlt. Wir spielten das erste Lied, während die Leute leblos vor uns standen. Ich war einigermaßen in den Takt gekommen und fühlte mich beim Singen bereits etwas sicherer, da drängte sich von hinten eine ältere Frau durch die Menge und stellte sich direkt vor die Rampe der Bühne. Sie trug ein spinatgrünes Kopftuch, einen fast knöchellangen dunklen Rock und hatte sich den Mund stark rot geschminkt. Sie nahm in der ersten Reihe Aufstellung und begann im Takt zu wippen. Da ich mich auf das Singen konzentrieren musste und mich die Scheinwerfer blendeten, erkannte ich die Frau nicht auf Anhieb. Doch als sie begann, sich in den Hüften zu wiegen, wusste ich, dass es Amalia war. Mein erster Impuls war, das Lied sofort abzubrechen, von der Rampe zu springen und davonzulaufen, aber ich sang einfach weiter. Sie tanzte und drehte sich um ihre eigene Achse, während sie ihre Hände in die Hüften stemmte und mit ihrem Oberkörper auf und ab wippte. Sie war die Einzige, die zur Musik ausgelassen tanzte, ja jetzt riss sie ihre Arme in die Höhe und winkte mir zu, um auf sich aufmerksam zu machen. Ich lächelte und nickte ihr zu und sang, ich wusste nicht wie, ich wusste nicht warum, einfach weiter. Als wir fertig waren, pfiffen die einen und klatschten und kreischten die anderen. Immerhin war es uns gelungen, die Zuschauer zu polarisieren, es gab ja nichts Schlimmeres als eine Ansammlung von Menschen, die ganz und gar einer Meinung waren. Ich rannte als Erster von der Bühne und stürzte im Backstagebereich drei Bier hinunter. Marianne Faithfull saß bereits in voller Montur auf der Ledercouch, rauchte eine Zigarette und trank ein Glas Rotwein. Als sie mich erblickte, hauchte sie mir zu: „That was a kind of! Iron Frogs, very nice!" Ich lächelte und wünschte ihr einen schönen Auftritt.

Als ich nach einer halben Stunde in den Zuschauerraum kam, war ich bereits ziemlich betrunken und high von einem Joint. Der Saal war mittlerweile gut gefüllt, und ich lehnte mich an die Wand und trank ein Bier. Auf einmal tauchten einige Meter vor mir Anas und dahinter Amalias Kopf auf. Sie kämpften sich an den Leuten vorbei und begrüßten mich. Amalia lächelte mich auf ihre mütterliche Art an, nahm mein Gesicht in ihre Hände und küsste mich mehrmals mit feuchten Lippen. Ihre Küsse waren so nass, dass ich mir am liebsten das Gesicht abgewischt hätte, aber ich brachte es nicht über mich.

„Nun haben Sie doch endlich Weg in Leben gegangen!"", schrie sie mir ins Ohr. Ich zuckte mit den Achseln und machte ein gleichgültiges Gesicht. „Ich mich so freue, dass Sie haben Ana gefunden zusammen! Behandeln Sie gut, ist sie eine brave Mädchen!"

„Ich weiß, Amalia, ich weiß", brüllte ich zurück.

„Ich müssen gehen, ist so laute Musik nichts für eine alte Frau." Sie griff mir noch einmal ins Gesicht, küsste mich, und Ana brachte sie nach draußen.

Wenig später wankte der schon etwas angezählte Bydlynski auf mich zu, und wir stießen auf den Gig an. Wir unterhielten uns schreiend zur lauten Musik, bis irgendwann Ana wieder neben mir stand und fragte, wie ich mich fühlen würde. Ich war so erleichtert, sie zu sehen und in meiner Nähe zu spüren, und mir fiel erst jetzt auf, wie hübsch sie in diesem, von den bunten Bühnenscheinwerfern erzeugten Zwielicht aussah. Sie schrie mir ins Ohr, dass sie das Konzert richtig gut gefunden habe. Irgendwann tauchte Simon mit einem Jungen an der Hand auf. Er stellte mir seinen Sohn vor und zeigte nach hinten zum Ausgang, wo sich seine Frau mit einer Freundin unterhielt. Er strahlte über das ganze Gesicht und brüllte: „Sie sind wegen mir gekommen, sie sind einfach gekommen!" Ich grinste und schüttelte dem Sohn die Hand, der sich verschämt wegdrehte. Ich nahm Simon bei der Schulter und fragte ihn, ob er seinem Sohn schon einmal ein Rasierwasser geschenkt habe. Er verstand nicht, worauf ich hinauswollte, da schrie ich ihm noch einmal ins Ohr, er solle seinem Sohn niemals ein Rasierwasser schenken. Simon grinste, als hätte er begriffen, und streckte den Daumen in die Höhe. Nachdem Simon und Bydlynski verschwunden waren, tanzten Ana und ich und nahmen uns immer wieder an den Händen. Ihr Körper strahlte eine mühelose Leichtigkeit aus, und ich fühlte mich einfach nur gut und dachte, dass mir diese Stunde als eine der wenigen glücklichen Stunden meines Lebens in Erinnerung bleiben würde. Ich zog sie an mich, küsste sie und rief ihr ins Ohr: „Kennst du den französischen Anarchisten Ravachol?" Sie blickte mich herausfordernd an und schüttelte lachend den Kopf. „Er wurde wegen eines Racheaktes zum Tode verurteilt", erklärte ich. „Die Guillotine hat ihm seine letzten Worte regelrecht abgeschnitten. Während das Fallbeil auf seinen Hals niedersauste, hat er geschrien: Lang lebe die Ana... –"

Ana lachte laut auf, hielt ihren Mund ganz nah an mein Ohr und fragte: „Willst du mit mir nach Rumänien fahren?"

„Obwohl sie ihm sein letztes Wort abgeschnitten haben", fuhr ich fort, „wussten die tausenden Schaulustigen ganz genau, was er meinte, verstehst du?"

„Ich habe dich gefragt, ob du mit mir nach Rumänien fahren willst?"

Ich tat so, als hätte ich sie nicht verstanden, und bat sie, die Frage zu wiederholen. Sie griff mir in den Nacken und brüllte in mein Ohr, ich hätte schon richtig gehört. Ich schrie zurück, ich würde vorziehen, es nicht zu tun, woraufhin sie lachte, als hätte ich etwas Unanständiges gesagt.

Als das Lied verklungen war, gab ich Ana zu verstehen, dass ich uns etwas zu trinken besorgen würde. Ich wollte zuerst noch aufs Pissoir gehen und kämpfte mich durch das Gedränge zum Ausgang. Während ich in der Schlange wartete, malte ich mir eine Reise nach Rumänien aus. Ich stellte mir vor, mit welchem Aufwand so eine Reise verbunden war, und wurde allein bei dem Gedanken an die vielen Vorbereitungen nervös. Da fiel mein Blick auf einen Anti-Atom-Aufkleber an der Wand. Ich betrachtete den schwarzen Totenkopf in der Mitte, von dem die tödliche Energie abstrahlte. Ich dachte an Ana und an uns, und mir wurde auf einmal klar, dass ich im Ernstfall nicht in der Lage wäre, uns in Sicherheit zu bringen. Ich war nicht dafür gerüstet, uns beide vor einer Katastrophe zu retten, ganz zu schweigen von unseren möglichen Kindern. Mein begehbarer Kleiderschrank war für eine drei- oder vierköpfige Familie viel zu klein. Ich war in keiner Weise darauf vorbereitet, eine Familie zu beschützen. Der Gedanke löste Panik in mir aus, und ich verließ, vom Alkohol aufgeputscht, augenblicklich das Lokal. Ich rannte so schnell ich konnte, ich lief den ganzen Weg zu Fuß, bis ich gegen Morgengrauen endlich nach Hause kam. Ich riss den Vorhang meiner Dusche herunter, nahm das Rambomesser, die klappbare Schaufel und das Handbuch für Krisenzeiten aus der Schuhschachtel und wickelte alles zu einem Paket zusammen. Dann verließ ich hastig die Wohnung und kümmerte mich nicht darum, ob die Tür ins Schloss fiel oder nicht. Ich rannte zur Station der 49er und fuhr bis zur Endstation in Hütteldorf. Der Himmel färbte sich hellrosa, es würde ein wolkenloser Tag werden. Ich lief an der Mauer des Lainzer Tiergartens entlang und versuchte mir den Weg, den ich eingeschlagen hatte, genau einzuprägen. Ich rannte und rannte und bemerkte gar nicht, wie gut ich schon auf den Beinen war, ich verschwendete keinen Gedanken daran, sondern rannte immer weiter. Schließlich erreichte ich eine Waldlichtung, die mir für meine Zwecke geeignet schien. Ich grub und grub, bis ich eine etwa drei Meter breite und zwei Meter tiefe Grube ausgehoben hatte. Ich war schweißüberströmt, und es musste bereits gegen Mittag gewesen sein. Dann schnitt ich zehn starke Zweige zu brauchbaren Hölzern zusammen. Ich legte die Zweige über die Grube, bedeckte sie mit dem Duschvorhang und begann, Erde aufzuschütten, wobei ich eine kleine Luke zum Abstieg in den Schutzraum frei ließ. Dann häufte ich auf der Zwischendecke noch weitere Erde auf, bis alles aussah wie ein perfekt gebauter Iglu. Ich wandte mich ab und ließ meinen Blick über das sepiafarbene Dickicht des Waldes schweifen. In Bodennähe zeigten sich bereits die ersten grasgrünen Knospen an den Sträuchern. Ich wischte mir den Schweiß ab und betrachtete meinen Bunker. Dann kniete ich nieder und begann zu weinen.

## (Danksagung)

Für wertvolle Hinweise und Ratschläge möchte ich mich bei Rosemarie Poiarkov, Reinhard Kretzl, Anton Badinger und Andreas Essl herzlich bedanken. Mein besonderer Dank gilt Christian Wallmann, ohne den dieses Buch nie zustande gekommen wäre. Großen Dank auch an Georg Hasibeder, der den entlaufenen Kater (mich) eingefangen und mit viel Geduld wieder aufgepäppelt hat. Dorothea Zanon hat dem Text geradezu aufopfernd den letzten Schliff verpasst, wofür ich ihr unendlichen Respekt zolle.

Anregungen, Erkenntnisse, womöglich Zitate und Paraphrasen et cetera verdanke ich ferner folgenden Werken (in alphabetischer Reihenfolge): Jefferson Airplane: Aerie (Gang of Eagles), aus: Long John Silver (Grunt/RCA); Noah Baumbach: Greenberg (DVD); Thomas Bernhard: Beton (Suhrkamp); William Gaddis: Letzte Instanz (Rowohlt); Wilhelm Genazino: Abschaffel (Hanser); Iwan Gontscharow: Oblomow (Rowohlt); Thomas Klupp: Paradiso (Berlin Verlag); Christian Kracht: Faserland (Goldmann); Richard Linklater: Slacker (DVD); Suburbia (DVD); Herman Melville: Bartleby, der Schreiber. Eine Geschichte aus der Wall Street (Insel); Harvey Pekar: American Splendor (Ballantine Books); Robert Pfaller: Das schmutzige Heilige und die reine Vernunft. Symptome der Gegenwartskultur (Fischer); Thomas Pynchon: Natürliche Mängel (Rowohlt); Arthur Schopenhauer: Parerga und Paralipomena (Diogenes); Charles M. Schulz: Die Peanuts (Carlsen); Enrique Vila-Matas: Bartleby & Co. (Fischer); Bernd Wagner: Club Oblomow (Ullstein); www.prepper.de (Preparedness und Survival); www.medizinpopulaer.at/archiv/partnerschaft-sexualitaet/details/article/sexsucht-gefangen-vom-verlangen.html.